BASTEI
LÜBBE
TASCHENBUCH

Weitere Titel der Autorin:

Verliebt noch mal
Drei Männer, Küche, Bad
Wer weiß schon, wie man Liebe schreibt
(Titel auch als Hörbuch erhältlich)

Über die Autorin:

Kristina Günak wurde 1977 in Norddeutschland geboren. Nachdem sie jahrelang als Maklerin arbeitete sowie als Mediatorin und systemischer Coach tätig war, ist 2011 ihr erster Roman erschienen. Seither hat sie sich mit ihren humorvollen Büchern unter Liebesromanleserinnen einen Namen gemacht. Sie schreibt auch unter den Pseudonymen Kristina Steffan und Kristina Valentin. GLÜCK IST MEINE LIEBLINGSFARBE ist ihr erster Roman im Programm von Bastei Lübbe. Weitere Informationen unter: www.kristina-guenak.de

KRISTINA GÜNAK

Glück ist meine Lieblingsfarbe

Roman

BASTEI LÜBBE
TASCHENBUCH

BASTEI LÜBBE TASCHENBUCH
Band 17836

MIX
Papier aus verantwortungsvollen Quellen
FSC® C083411
FSC
www.fsc.org

Dieser Titel ist auch als Hörbuch und E-Book erschienen.

Originalausgabe

Dieses Werk wurde vermittelt durch die
Literarische Agentur Thomas Schlück GmbH, 30161 Hannover

Textredaktion: Dr. Katja Bendels
Titelillustration: © FinePic/shutterstock
Umschlaggestaltung: ZERO Werbeagentur, München
Satz: hanseatenSatz-bremen, Bremen
Gesetzt aus der Adobe Caslon Pro
Druck und Verarbeitung: CPI books GmbH, Leck – Germany
ISBN 978-3- 404-17836-0

2 4 5 3 1

Sie finden uns im Internet unter
www.luebbe.de
Bitte beachten Sie auch: www.lesejury.de

Kapitel 1

Maria eilte laut schimpfend an mir vorbei. Vermutlich galt ihr Ärger nicht mir, aber ganz sicher war ich mir nicht. Obwohl ich jetzt seit drei Monaten auf der Insel war, verstand ich gerade einmal jedes dritte Wort. Was Maria aber nicht wusste. Sie dachte, ich verstünde sie in jeder Lebenslage und sei einfach ein wenig maulfaul. Dabei musste ich mir das Gesagte immer mühsam aus dem Kontext erschließen. Jedes dritte Wort war einfach nicht sehr viel, aber die Spanier verschluckten frohen Mutes sämtliche Konsonanten und redeten ohne Pausen, so dass jedes dritte Wort erst einmal mühsam von mir identifiziert werden musste, weil in meinen Ohren alles wie ein unfassbar langes Bandwurmsatzungetüm klang.

Maria war meine Vermieterin und hieß so wie ihre Mutter, deren Enkelin ebenfalls Maria hieß, was mich jedes Mal aufs Neue verwirrte. Zum Glück waren die drei bei der neben mir schnurrenden übergewichtigen Katze von ihrer Tradition abgewichen, alles Weibliche kurzerhand Maria zu taufen. Escoba – so hieß sie – bedeutete Besen. Das konnte ich mir gut merken, denn *escoba* war neben *cama de matrimonio* eines meiner Lieblingswörter in Spanisch. Beides rollte so schön von der Zunge. Anders als *cortado* oder *cabeza*. Das klang hart und unnachgiebig, und die Worte kugelten einem wie Geröllbrocken im Mund herum. Nicht schön.

Besen und Ehebett. Keine Ahnung, was es über mich aussagte, dass ich diese beiden Begriffe mochte.

Ich streckte die Füße von mir und schob Escoba sanft zur Seite. Tatsächlich war ich mehr der Hundemensch, was Katzen leider sofort spürten und beschlossen, mich mit ihrer ewig währenden Freundschaft zu beglücken. Dazu gehörte engster Körperkontakt. Aber Escoba hatte Zecken. Und so viel Fell, dass sie aussah wie ein explodiertes Sofakissen. Wahrscheinlich war ihr fürchterlich heiß. Heute hatten wir wieder stattliche 28 Grad. Der Himmel war strahlend blau, nur ganz entfernt hingen in den schroffen Bergen der Insel ein paar luftige Wolken. Der Atlantik lag nur wenige Meter entfernt, und man konnte das Salz in der Luft schmecken.

Wieder kam Maria über den kleinen Hof geeilt. Sie nickte mir zu und lächelte sogar. Ich durfte hier sitzen. Zumindest glaubte ich, das verstanden zu haben, aber da mich in den drei Monaten, seit ich hier wohnte, noch nie eine der Marias von meinem Sitzplatz verscheucht hatte, ging ich davon aus. Wobei es bei meinem katastrophalen Spanisch natürlich auch sein könnte, dass ich es einfach nicht richtig verstanden hatte. Aber die Marias waren allesamt sehr durchsetzungsstark, die hätten mich sicherlich schon vom Hof gefegt, wenn ich ihnen ungelegen käme. Escoba schnurrte wie aufs Stichwort und rückte wieder dichter an mich heran.

»Vor einem Jahr hatte ich jetzt Mittagspause«, sagte ich zu ihr.

Und ich hatte ein schönes Büro in einem Hochhaus, mit Klimaanlage, obwohl man die in Hamburg nicht wirklich brauchte, und einen Parkplatz in der Tiefgarage. Ich hatte dreißig Tage Urlaub im Jahr und es trotzdem geschafft, der unglücklichste Mensch der Welt zu sein. Innerlich. Äußerlich hatte man mir das nicht angesehen. Äußerlich war ich fit, durchtrainiert, leicht gebräunt, und wenn ich mir mein Instagram-Profil ansah, mit all den gefilterten, perfekten Lebensmomenten, die so viele Herzchen und nette Worte geerntet hatten, war mir mein Unglücklichsein eigentlich ein Rätsel. Außer, dass sich das alles nicht real angefühlt hatte. Es war mir so fremd vorgekommen, dieses Leben, weit entfernt von mir. Und irgendwie sinnlos.

Escoba sah mich aufmerksam an. Sie war eine exzellente Zuhörerin.

Maria kreuzte den Hof mit einer Kiste Gurken auf dem Arm. »Vacaciones, hä?«, rief sie ein wenig missmutig. Meine Vermieterin war wie diese Insel, sie versteckte ihr gutes Herz unter ganzen Bergen aus schroffem Gestein. Doch ich wusste, dass es tief da unten schlummerte, denn seit ich hier lebte, war sie beständig – heimlich – um mein Wohlergehen besorgt. So stellte sie in schöner Regelmäßigkeit einen knallroten Kochtopf in einer Kühlbox auf die unterste Treppe zu meinem Keller, in dem sie Essen für mich hortete. Mal waren es Marmeladenbrote, mal Mangos, Tomaten, süße Orangen oder kleine, schrumpelige Kartoffeln, aber immer köstlich. Das würde man ja nicht tun, wenn einem der andere völlig egal wäre. Und direkt nach meiner Ankunft war sie mit dem Bus in die Apotheke nach Porto Bello gefahren, um mir eine Flasche Sonnenmilch mit Lichtschutzfaktor unendlich zu kaufen, damit ich mit meiner milchweißen Haut unter der sengenden Sonne von La Palma nicht zu Holzkohle verbrutzelte.

»¡Nunca!«, rief ich zurück. Ich hatte keine Ferien. Ich hatte einfach nur mal zwei Stunden frei, bevor ich heute noch vier Stunden auf dem Foodtruck von Mareille stehen würde, um dann noch eine Runde mit meinen drei aktuellen Dogsitter-Hunden zu drehen und heute Abend zu der Party meines besten Freundes Malte zu gehen.

»Ich gebe mich dem Gefühl von absoluter Freiheit hin«, sagte ich laut, was Maria nicht verstand – selbst auf Spanisch nicht verstanden hätte – und sie nur verächtlich eine Augenbraue heben ließ, während sie jetzt dunkelrote Tomaten vor sich hertrug.

Sie sah nicht aus wie ein Mensch, der über die absolute Freiheit nachdachte. Sie wünschte sich sicher nicht, endlich so zu sein, wie sie wirklich war. Schließlich war sie ja schon jemand. Sie war Maria, die Gemüsefrau von Bajo, die Mutter von Maria 1 und die Tochter von Maria 2, die ohne Mann und mit sehr wenig Geld lebte und trotzdem alles am Laufen hielt. Und vielleicht glücklich war, weil sie einen Platz im Leben hatte. Sie war die Frau, zu der man ging, wenn man ein Problem hatte – also ein ernsthaftes Problem, wie einen entzündeten Schnitt im Handballen vom Obstschneiden, eine pflegebedürftige Mutter, eine kranke Ziege oder eine vom Sturm weggetragene Saat. Dann ging man zu meiner Vermieterin, und sie nahm sich der Sache an.

Nicht zu wissen, wer man war und was man wollte, war in Marias Augen sicherlich kein nennenswertes Problem. Vermutlich konnte sie sich das noch nicht mal vorstellen.

Wer ich war, würde ich aber sicherlich noch herausfinden. Am Ende würde alles gut werden. Daran glaubte ich fest.

Kapitel 2

Ich stand alleine neben dem modernen Küchenblock und beobachtete die vielen schön gekleideten Menschen, die zu Maltes Party aus dem fernen Hamburg angereist waren. Zwei Palmeros hatten sich mit einem Bier dicht nebeneinander auf das Sofa gesetzt und die Köpfe zusammengesteckt. Ich kannte sie vom Wochenmarkt. Marta verkaufte Gemüse, und Javier half mal hier und mal dort aus.

»Das nächste Mal müssen wir wohl gleich noch eine Kita anmieten.« Patrick, Maltes Mann, war neben mir aufgetaucht und drückte mir ein Glas eiskalten Weißwein in die Hand. Er war groß und schweigsam und für mich der Inbegriff eines Kapitäns, der auch auf stürmischer See das Ruder fest in der Hand hielt und sein Schiff sicher in den Hafen lenkte. Tatsächlich hatten er und Malte vor drei Jahren, beflügelt vom Passatwind und vom Kanarenstrom, eine Segelschule eröffnet, und der Laden brummte.

Malte, den ich gefühlt schon immer kannte, hatte entweder keine oder bunte Haare und konnte so schnell sprechen, dass ich manchmal nicht wusste, ober er deutsch oder spanisch mit mir redete.

Zusammen ergaben die beiden ein großartiges Team, und

in den stillen Momenten in meinem Leben beneidete ich sie um diese Harmonie.

»Oder wir warten mit der nächsten Party, bis die Kinder erwachsen sind«, fügte er hinzu und nahm einen tiefen Schluck von seinem Bier.

»Oh nein, was wird denn dann aus mir?«, rief ich und beobachtete, wie ein Papa mit gleich zwei kleinen Kindern auf dem Arm sich den Weg in die Küche bahnte. Zu den fünfzehn Erwachsenen im Raum gehörten mindestens ebenso viele Kinder. Wenn nicht mehr. Offenbar waren alle im letzten Jahr Eltern geworden. Überall kroch und krabbelte es.

»Juli, hey!« Der Mann mit den Kindern auf dem Arm war stehen geblieben und strahlte mich an. Ich strahlte vorsichtshalber zurück, hatte aber keinen blassen Schimmer, wer das sein könnte.

»Nimm doch mal einen.« Er drückte mir geschickt eines der in rosa gekleideten Kleinkinder in den Arm. Reflexhaft griff ich zu, während er sich aus dem Kühlschrank ein kaltes Wasser nahm. Respekt, dazu wäre ich mit einem kleinen Kind auf dem Arm ganz sicher nicht in der Lage gewesen.

»Du bist Juli aus Hamburg. Wir haben uns vor drei oder vier Jahren bei Malte getroffen und über das Leben philosophiert. Erinnerst du dich nicht? Ich bin Jasper.« Einhändig öffnete er die Flasche und goss sich ein Glas ein. Äußerst geschickt, der Mann.

Ja. Ich erinnerte mich. Damals hatte er lange, zottelige Haare gehabt und eine kaputte Jeans getragen. Heute hatte er eine dezente Stoffhose an, und sein braunes Haar war akkurat geschnitten. Ich lächelte ihn ein wenig steif an, während das Kind auf meinem Arm anfing, meine Blusenknöpfe genauer zu untersuchen. Und vermutlich gleich herausfinden würde, wie man sie öffnete. Kinder lernten ja schnell in diesem Alter.

»Du hattest keine Lust mehr auf deinen Versicherungsjob und wolltest auswandern. Offenbar hast du das auch durchgezogen.« Der Vater des lernfreudigen Kindes auf meinem Arm nickte anerkennend. Ich bewegte mich nicht, hielt nur das Kind fest. Es verströmte einen sonderbar warmen, angenehmen Geruch nach Marmelade und Milch.

»Und du wolltest dir einen Camper kaufen und durch Neuseeland reisen«, sagte ich schließlich. Jasper lachte, als hätte ich einen Witz gemacht. Dabei haben wir uns damals, in einer lauen Augustnacht auf Maltes Balkon, die Köpfe heißgeredet. Über unsere Träume und den Sinn des Lebens und die Tretmühle, in der wir uns jeden Tag wiederfanden. Jasper hatte mir ein Foto von dem Camper auf dem Handy gezeigt, und seine ausgeklügelte Reiseroute gleich noch dazu.

»Warst du in Neuseeland?«, fragte ich weiter, nun doch neugierig.

Wieder lachte er. Dann deutete er mit dem Kinn auf die beiden Kinder. Eins auf seinem, eins noch immer auf meinem Arm. »Das Leben kam dazwischen. Kurz nach unserer Balkon-Session habe ich Annika kennengelernt, und dann ging alles ganz schnell. Zack, waren wir Eltern. Und gebaut haben wir auch gerade. In Volksdorf, ein wirklich schöner Stadtteil von Hamburg.«

Das Mädchen auf meinem Arm bearbeitete weiterhin die Knöpfe an meiner Bluse. Vorsichtig drehte ich mich ein wenig seitlich, nur für den Fall, dass das Kind tatsächlich schon wusste, wie man sie öffnete.

Doch das wäre gar nicht nötig gewesen, denn Jasper nickte gerade über meinen Kopf hinweg jemandem zu und machte einen Kussmund. »Ich bin jetzt Mitte dreißig«, sagte er, ohne mich anzusehen. »Der beste Zeitpunkt für eine Familie. Und seien wir ehrlich. Das ist doch das Wichtigste im Leben. Die eigene Familie.«

Ich war mir sicher, dass er nicht taktlos sein wollte. Ich meine, von meiner Familie war weit und breit nichts zu sehen, aber er wusste ja nicht, ob nicht vielleicht im Nebenzimmer mein Mann gerade die Drillinge in den Schlaf sang.

»Und, was machst du hier, Juli? Auf dieser wunderschönen Insel? Hängst du den ganzen Tag am Strand rum?«, fragte er, doch ich merkte, dass hinter mir etwas seine Aufmerksamkeit auf sich zog.

»Ich lebe jetzt seit drei Monaten hier«, antwortete ich langsam, während Jaspers Lippen lautlos »Mach ich!« formten. Dann grinste er über meinen Kopf hinweg.

»Und ich arbeite. Es läuft gut. Ganz prima«, fuhr ich tapfer fort, obwohl Jasper mir nun gar nicht mehr zuhörte.

»Ich bring die beiden mal kurz zur Mama«, sagte er im nächsten Moment und nahm mir das Mädchen ab. Sofort raffte ich mit einem Handgriff meine Bluse vorne zusammen, denn die Kleine hatte tatsächlich mit kontinuierlicher Beharrlichkeit zahlreiche Knöpfe geöffnet. Aber ich hätte auch komplett nackt sein können, Jasper wäre es nicht aufgefallen.

Ich sah ihm nach, als er sich zu einer langhaarigen Frau auf das Sofa setzte. Vermutlich hatte er mich in genau diesem Moment schon wieder vergessen. Zügig schloss ich die Knöpfe, griff nach meinem Weinglas und flüchtete auf einen der Barhocker am Küchentresen.

Die Türen zur Terrasse standen weit offen, und hinter den Gästen glitzerte der Atlantik in der Abendsonne. Die Felsen ragten schroff und dunkel daraus hervor, und weit entfernt sah man die Wolken, die der Wind mit sich trieb, bis sie an den Bergen der Insel hängen blieben.

Tapfer hielt ich mich an meinem Weinglas fest. Ich wollte nicht mehr hier sein, bei all diesen perfekten Menschen mit ihren offenbar perfekten Lebensläufen. Die alles richtig zu machen schienen. Kinder bekamen, ihre Jobs machten, auch wenn sie sie schrecklich fanden, und nicht einfach abhauten, um sich selbst zu finden und am Ende Sandwiches zu verkaufen. Und Hunde auszuführen. Die Party zu verlassen hätte allerdings einer Entscheidung bedurft, und die konnte ich gerade nicht treffen. Stattdessen saß ich da, nippte an meinem Wein und beobachtete, wie die Sonne langsam den Horizont küsste und sich anschickte, ins Meer zu tauchen.

Es klingelte, und Malte eilte an mir vorbei zur Tür. Er strahlte über das ganze Gesicht. Malte liebte Menschen. Vorzugsweise viele auf einem Haufen. Schon ihm zuliebe konnte ich nicht einfach die Flucht ergreifen, er war schließlich mein bester Freund.

Als er zurückkam, hatte er einen Mann im Schlepptau, den er in seiner gewohnten Manier mit einem Wortschwall beglückte. »Der Wind war wirklich gut und das hat alles toll geklappt und der Wasserhahn tropft auch nicht mehr und das ist Juli! Sie hat Zauberkräfte.« Ein wenig atemlos blieb er vor mir stehen und präsentierte mich dem Nachzügler wie eine Praline auf einem Tablett.

»Habe ich nicht«, murmelte ich peinlich berührt, aber der neue Gast hatte eh keinen Blick für mich, sondern sah an mir vorbei aus dem Fenster zum Meer, wo die Sonne jetzt mit Rosa und Rot in allen Tönen die Welt zum Leuchten brachte, was für La Palma eher ungewöhnlich war. Angeblich war das Farbspektakel beim Sonnenuntergang der Luftverschmutzung geschuldet, und hier war alles so sauber, dass die meisten Sonnenuntergänge recht sang- und klanglos abliefen. Aber heute nicht, heute brachte die Sonne alles zum Leuchten, und den neuen Gast gleich mit, denn sie schickte uns ihre Strahlen mitten durch die weit geöffneten Fenster in den Raum.

Der Mann war einen ganzen Kopf größer als Malte und trug einen dunklen Anzug, das Jackett locker über dem Arm. Das strahlend weiße Hemd unterstrich seine tiefe Bräune, und seine blauen Augen leuchteten in der Sonne, was fast ein wenig gespenstisch wirkte. Ich sah, wie einige der anwesenden Damen trotz Kleinkindern und Babys auf dem Schoß die Hälse reckten.

Malte schenkte mir ein geheimnisvolles Lächeln. »Doch. In mancher Beziehung hast du sehr wohl Zauberkräfte«, sagte er leise und fügte an den gutaussehenden Kerl gewandt hinzu: »Amüsier dich. Es gibt Wein und Tortilla, von Patrick persönlich zubereitet.« Er klopfte ihm einmal auf die Schulter, grinste mich an und verschwand. Wir blieben allein am Küchentresen zurück. Immerhin warf mir der Neuankömmling nun endlich einen knappen Seitenblick zu. Und dann ganz unerwartet noch einen. Und dann sagte er: »Hola, soy Quinn.«

»Juli. Hallo«, antwortete ich und setzte ein Lächeln auf.

»Und, Juli, kommst du auch aus Hamburg?«, fragte Quinn mich, während er sich ebenfalls ein Glas Weißwein eingoss, einen Blick auf die Tortilla warf, die Stirn runzelte und sich kurzerhand ohne Tortilla neben mich setzte.

»Jo. Hamburg. Du vermutlich auch? Hier scheinen alle aus Hamburg zu kommen«, erwiderte ich.

Er schüttelte knapp den Kopf. »Ich komme aus der tiefsten Provinz im Norden, lebe aber schon eine ganze Weile hier. Und seit wann bist du hier, oder bist du auch nur zu Besuch?« Und endlich sah er mich direkt an. Blaue Augen. Und Sommersprossen auf der Nase und den Wangen. Fein verteilte, kleine Punkte, die aufgrund seiner Bräune nicht aufgefallen waren. Jetzt, wo er so dicht neben mir saß, konnte ich sie allerdings deutlich erkennen. Stand ihm gut. Wesentlich besser als mir, obwohl ich mich nach über dreißig Jahren damit abgefunden hatte. Derartig abgelenkt, musste ich über die richtige Antwort einen Moment nachdenken.

»Ich lebe jetzt seit drei Monaten hier auf der Insel«, sagte ich schließlich und hoffte, dass er es dabei beließ.

»Magst du es?«, fragte er und hielt sich damit nicht an die übliche Gesprächschoreografie der Auswanderer auf dieser Insel. Die wollten immer zuerst wissen, womit man sein Geld verdiente. Und ob man davon leben könne. Seine Frage gefiel mir besser.

»Ich liebe das Meer. Ich mag die dunklen Felsen, die struppige Landschaft, den Geruch der Wärme. Die saftigen Tomaten, die kleinen, süßen Bananen und die Palmeros. Die entweder Maria oder Pedro heißen und den vielen Deutschen auf der Insel freundlich gesonnen sind. Ich mag übrigens auch Patricks Tortilla.« Ich deutete auf die Pfanne auf dem Herd, der Quinn nur einen abfälligen Blick zugeworfen hatte.

Er grinste und entblößte dabei eine klitzekleine fehlende Ecke seines Schneidezahns. Ich grinste zurück. Breit. So breit, dass es ihm eigentlich nicht entgehen konnte. »Und du? Magst du es?«, fragte ich zurück, einfach weil es eine gute Frage war.

»Ich mag die Sonnenuntergänge. Überhaupt die Sonne. Die Häuser. Die Farben der Häuser, und ihre großen, überdachten Terrassen. Und die Sprache. Ich liebe Spanisch und habe manchmal das Gefühl, mich darin besser ausdrücken zu können als in meiner Muttersprache.« Jetzt endlich wanderte sein Blick ein wenig nach unten, und ich sah den Moment, in dem er die kleine, fehlende Ecke an meinem Schneidezahn entdeckte. Er beugte sich näher zu mir, deutete auf meinen Schneidezahn, dann auf seinen. »Alle sagen, ich soll das reparieren lassen. Hatte ich auch schon mal, aber da hält nichts. Man müsste es überkronen, und das will ich nicht«, sagte er.

»Ja, ich finde auch, dass man so einen Charakterzahn nicht einfach glattbügeln sollte. Das ist doch ein Alleinstellungsmerkmal.«

Wieder lachte er und wirkte zum ersten Mal seit Beginn unserer Unterhaltung entspannt.

»Er kann lachen!« Malte war vollbepackt mit leeren Weinflaschen neben uns aufgetaucht und betrachtete Quinn derartig erstaunt, als könne er diese Tatsache nicht fassen. »Hast du deine Zauberkräfte spielen lassen? Ich wusste nicht, dass er lachen kann«, erklärte er mir. »Hätte ich das gewusst, hätte ich ihn vielleicht gar nicht eingeladen.«

Quinn verdrehte leicht die Augen, schnappte sich seinen Wein und ging. Ohne ein weiteres Wort.

Kapitel 3

Quinn ward den ganzen Abend über nicht mehr gesehen. Trotz gemeinsamer Sommersprossen und kleinem Schaden am Schneidezahn. Ich fand das außerordentlich bedauerlich.

Als die Sonne endgültig hinter dem Horizont versunken war, beschloss ich, dass es Zeit war zu gehen. Die vielen Kinder lagen schlafend überall herum, die vielen Erwachsenen sprachen über besagte Kinder, ihre Häuser, ihre Jobs. Als Jasper dann anfing, mich zu löchern, wie ich denn krankenversichert sei und wie ich für meine Rente vorsorgen würde, packte ich meine Sachen, einschließlich einer mit Tortilla gefüllten Tupperschüssel, und lief die zwei Stockwerke runter zu meinem Fahrrad.

Vor dem Haus empfingen mich tiefe Dunkelheit und der liebliche Duft der Kiefernwälder, die weiter oben am Hang wuchsen. Die neue ein- und zweigeschossige Wohnanlage fügte sich harmonisch in den Landstrich ein – keine Selbstverständlichkeit in Anbetracht des Baubooms der vergangenen Jahre, der die anderen Kanarischen Inseln heimgesucht hatte.

Aber Bauen auf La Palma war schwierig, und es mussten hohe Auflagen eingehalten werden, was dem Landschaftsbild aber mehr als zuträglich war. Die vielen Naturschutzgebiete taten ihr Übriges, und es blieb zu hoffen, dass La Isla Verde, wie die Insel auch genannt wurde, ihr ursprüngliches Gesicht weitestgehend behalten würde.

Hier oben vermischten sich die Frische des Atlantiks und der erdige Duft des Waldes. Ich atmete tief ein und merkte im selben Moment, wie müde ich war. Bei dem Gedanken, jetzt noch die vier Kilometer bis nach Bajo zu radeln, wurde ich gleich noch müder. Ich hatte großes Glück, dass sich zwischen Bajo und Porto Bello keine allzu großen Steigungen befanden, denn sonst hätte mir auch ein Fahrrad nicht weitergeholfen. La Palma galt nicht umsonst als die steilste Insel der Kanaren, aber gerade dieser Fleck, den ich mir für mein neues Leben ausgesucht hatte, war mit dem Rad gut zu bewältigen.

Ich brauchte ein Weilchen, um das eingerostete Schloss an meinem Rad zu öffnen, dann befestigte ich es an der Mittelstange meines uralten Mountainbikes, das ich von meinem Freund Pedro, dem Postboten von Bajo, geschenkt bekommen hatte. Es war mein Schatz, denn ohne dieses Rad wäre ich auf öffentliche Verkehrsmittel angewiesen, die ausgerechnet zwischen Bajo und Porto Bello in etwa so oft fuhren, wie in Hamburg die Sonne schien.

Was aber auch hieß, dass ich bei tiefster Nacht auf der Insel unterwegs war, und als waschechte Großstadtpflanze war mir das sehr unheimlich. Nicht dass es hier große, wilde Tiere gab. Oder Massenmörder. Aber irgendwer fiel dem ausgebrochenen Esel – die gab es hier nämlich durchaus – oder dem Killer ja immer als Erstes in die Hände. Für diesen Fall hatte ich stets Helmut bei mir. Mein mörderisches Pfefferspray. Laut der Amazon-Bewertungen das beste seiner Art.

Ich wollte mich gerade in den Sattel schwingen, als die Haustür neben mir erneut ins Schloss fiel.

»Wo willst du denn hin?« Quinn war im Schein der Außenbeleuchtung aufgetaucht.

»Nach Hause«, antwortete ich knapp.

»Du hast nicht ernsthaft vor, bei tiefer Nacht mit dem Rad über die Insel zu fahren, oder?«

»Wonach sieht es denn aus?«

»Genau danach«, antwortete Quinn trocken, und fügte ohne zu zögern hinzu: »Ich bringe dich gerne nach Hause.« Ein durchaus verlockendes Angebot. Aber ich schüttelte den Kopf. Er hatte mich vorhin schließlich einfach sitzen lassen.

»Juli. Es sind hier schon schwere Unfälle auf der Landstraße passiert. Ich bringe dich wirklich gerne nach Hause.«

So gerne, wie du dich vorhin schlagartig in Luft aufgelöst hast, wollte ich ihn fragen, beließ es dann aber doch bei einem scharfen Blick aus zusammengekniffenen Augen.

Er räusperte sich. »Mein schönes Fräulein, darf ich wagen, meinen Arm und Geleit Ihr anzutragen?«, fragte er leise, und jetzt musste ich doch lächeln.

»Bin weder Fräulein, weder schön, kann ungeleit nach Hause gehen«, antwortete ich kühl. Sollte der Mann, genau wie ich, eine Schwäche für die guten alten Klassiker haben? Er grinste. »Dein Fahrrad passt in meinen Kofferraum«, erwiderte er und drückte auf seinen Schlüssel. Ein Auto ganz in der Nähe meldete sich diensteifrig mit einem Blinken klar zum Start.

»Du könntest ein Meuchelmörder sein und eine Axt in deinem Kofferraum haben, um mich zu meucheln. Was ich übrigens nicht ohne Weiteres mit mir machen lassen würde. Ich bin stets bewaffnet.«

»Ich habe nichts anderes von dir erwartet«, antwortete er und streckte eine Hand aus, um nach meinem Rad zu greifen. Ich ließ ihn. Weil der Weg nach Bajo so weit war. Weil sich tiefe Nacht über die Insel gesenkt hatte und mir jetzt schon fast die Augen zufielen. Ich konnte nicht ausschließen, dass ich ermattet am Straßenrand von meinem Mountainbike gesunken wäre, um im Graben ein Nickerchen zu machen.

Mein Rad passte tatsächlich in Quinns Kofferraum, und er hob es dort hinein, als wäre es ein Wattebausch.

»Nido«, stand auf der Heckklappe des riesigen Geländewagens, und darunter eine Adresse in Porto Bello und eine Handynummer.

»Deine Firma?« Ich schlüpfte auf den Beifahrersitz. Das Auto sah von außen aus wie ein luxuriöser Trecker, aber von innen offenbarte es sich als Hort des Chaos. Ich musste erst diverse Akten vom Sitz heben und dann meine Füße vorsichtig in den Berg aus Papier, leeren Wasserflaschen, Zeitungen, Stiften und Büchern schieben.

»Ja. Nido gehört mir. Tut mir leid wegen dem Chaos hier. Irgendwie habe ich die Kontrolle über diesen Wagen verloren«, sagte Quinn, der sich gerade neben mir anschnallte. Er wirkte ernsthaft peinlich berührt.

»Macht nichts«, sagte ich wohlwollend. »Ich mag das«, fügte ich noch hinzu, denn Quinn hatte begonnen, Dinge aus der Ablage in der Mittelkonsole nach hinten auf den Sitz zu werfen.

»Ich eher nicht so«, sagte er, ließ aber endlich den Motor an. Rückwärts fuhr er aus der Parklücke und ließ den Wagen dann auf die stockdunkle Landstraße rollen. Die neuen Häuser auf dem Berg lagen wirklich am Hintern der Insel, die ja schon grundsätzlich nicht für ihre dichte Bebauung bekannt war.

Quinn gab Gas, und ich lehnte mich in dem äußerst bequemen Sitz zurück. »Wo soll es eigentlich hingehen?«, fragte mein Chauffeur und drückte gleichzeitig einen Knopf am Lenkrad, woraufhin leise »Happier« von Ed Sheeran aus den Lautsprechern drang.

»Bajo«, erwiderte ich. Quinn warf mir einen Seitenblick zu, was ich in der Dunkelheit, die uns umgab, nur merkte, weil sich die kleinen Lichter des Armaturenbretts in seinen Augen spiegelten. Die Insel war nachts dunkler als der Rest der Welt. »Du wolltest mit dem Fahrrad nach Bajo fahren?«

Meine Güte. Diese vier Kilometer. Der Mann neben mir schien aber äußerst besorgt. »Alle tun das. Niemand findet das komisch«, erklärte ich ihm, und er brummte irgendetwas Unverständliches. Wir bogen auf die große Landstraße ab, die einmal um die ganze Insel führte, und Quinn beschleunigte. Ich lauschte Eds samtiger Stimme und dachte krampfhaft darüber nach, wie ich ein Gespräch in Gang bringen konnte. Sonst würden wir wohl schweigend durch die Nacht rauschen.

»Erzähl mir was von dir«, setzte ich an, und im selben Moment kreischten die Bremsen. Ich wurde in den Gurt geschleudert. Der Wagen verlor für einen Moment den Kontakt mit der Straße. »Himmel«, keuchte ich, als wir schließlich schlitternd am Straßenrand zum Stehen kamen.

Ich spürte eine Hand an meiner Schulter. Quinns Hand. »Alles okay?« Ich nickte und hoffte, dass das stimmte. Dann ließ er mich los, den Blick suchend auf die Straße gerichtet.

»Was war das?«, fragte ich und war über das Zittern in meiner Stimme selber erstaunt.

»Ich weiß es nicht«, antwortete er. »Irgendetwas ist über die Straße gelaufen. Und es war groß. Bleib hier!« Er schnallte sich ab, schaltete die Warnblinkanlage ein, stieg aus und war verschwunden, bevor ich etwas erwidern konnte. Verdutzt beobachtete ich, wie er mithilfe seiner Handytaschenlampe um das Auto herumlief. Hatte er gerade gesagt: »Bleib hier«? Mit Ausrufungszeichen am Ende?

Ich schnallte mich ebenfalls ab, griff mir mein Handy, aktivierte die Taschenlampe und stieg aus. Egal, was sich da draußen rumtrieb, es schien weitaus besser zu sein, sich gemeinsam der potentiellen Gefahr zu stellen.

Quinn kam gerade geschickt zwischen zwei Kiefern hervorgeklettert, die dicht an der Straße standen. »Du solltest doch im Wagen warten«, sagte er, und den strengen Unterton in seiner Stimme bildete ich mir sicher nicht nur ein.

»Ich habe Zauberkräfte, schon vergessen? Mir passiert nichts. Und dir auch nicht, solange du in meiner Nähe bleibst.«

Doch Quinn fand das nicht witzig. Irritiert sah er mich an und schien über eine passende Antwort nachzudenken, als es hinter uns meckerte. Laut und energisch. Wir fuhren herum. Nur wenige Meter hinter uns glitzerten die Augen einer riesigen Ziege im Schein der Taschenlampen. »Kann sie das gewesen sein?«, fragte ich und trat neben Quinn.

»Bestimmt«, murmelte er und machte einen Schritt auf das Tier zu, das mit leicht gesenktem Kopf dort stand und uns beobachtete.

»Sieht unverletzt aus«, sagte ich. »Und sauer.«

Quinn lachte auf und sah jetzt mich an. »Am Auto ist nichts. Kein Blut oder Fell. Ich denke, ich habe sie nicht erwischt. Nur empfindlich in ihrer Nachtruhe gestört.«

»Du hattest recht. Die Nacht hier ist gefährlich. Gut, dass du mich fährst.«

»Ich bin mir manchmal nicht ganz sicher, ob du mich verarschst oder das ernst meinst«, sagte er und drehte sich zum Wagen.

»So ganz sicher bin ich mir da selber nicht«, murmelte ich und folgte ihm.

Als Quinn den Wagen anließ, ertönte ein ziemlich unmelodisches Klingeln, und Quinn brummte etwas Unverständliches. »Ich muss noch schnell tanken«, sagte er schließlich. »Irgendjemand hat die Kiste schon wieder leergefahren. Morgen früh schaffe ich es nicht, da muss ich um sieben auf der Baustelle sein. Ich hoffe, das ist okay? Geht es dir gut?«, fragte er und gab sanft Gas.

»Klar.« Dieser Mann war wirklich erstaunlich fürsorglich. Ich lehnte den Kopf an die Stütze und genoss das Brummen des kraftvollen Motors. Ob er mir gleich noch eine Decke reichen würde? Oder wahlweise ein Nackenkissen? Vielleicht würde er mich auch direkt bis ins Bett tragen, wenn ich ihn darum bat.

Quinn steuerte die einzige um diese Uhrzeit noch geöffnete Tankstelle in einem Gewerbegebiet etwas außerhalb von Porto Bello an. Gewerbegebiete waren überall auf der Welt hässlich, sogar auf der Isla Bonita. Hier standen einige der üblichen Wellblechhütten und Industriebauten, es gab staubigen Sandboden, schlecht geteerte Straßen, und einige der Gewerbebetriebe hatten sich mit hohen Drahtzäunen abgeschottet. Ich wusste, dass hier so einige Wachhunde ihr tristes Dasein fristeten und nur nachts aus ihren kleinen Verschlägen herauskamen. So wie auch die vielen Jagdhunde im übrigen

Land, die nach einer Saison aussortiert und bestenfalls einfach irgendwo angebunden wurden, waren diese Tiere reine Gebrauchshunde, um die sich niemand groß scherte. Wenn sie Glück hatten, landeten sie über den Tierschutz irgendwann in Deutschland oder anderswo und konnten so an eine neue Familie vermittelt werden. Manche von ihnen hatte ich in Hamburg im Tierheim getroffen. So schön die Insel auch war, es war nicht alles Gold, das hatte ich schnell festgestellt.

Quinn manövrierte seinen Wagen dicht an die Zapfsäule heran. Ich sagte mit dunkler Stimme: »Ich bleibe natürlich im Wagen. Keine Alleingänge.«

Quinn, der den Schlüssel schon aus dem Schloss gezogen hatte, hielt inne. Es zuckte in seinem Mundwinkel. »Ich weiß nicht, ob dir das schon mal jemand gesagt hat, Juli«, sagte er mit exakt dem gleichen Tonfall. »Aber du hast einen enormen Unterhaltungswert. Bleib im Wagen, Baby. Nicht, dass hier Killerziegen herumstreunen.«

Mit diesen Worten stieg er aus. Ich hörte ihn am Tankdeckel hantieren und kurz darauf die Zapfsäule anspringen.

Während Quinn tankte, wühlte ich mein Handy aus meiner Umhängetasche und zögerte einen Moment, bevor ich es entsperrte. Ein kleiner roter Kreis zeigte mir eine neue Nachricht an. Schweren Herzens tippte ich darauf. Meine Mutter.

Jetzt melde dich doch bitte mal! Papa wartet auf eine Antwort wegen dem Jobangebot in Pinneberg. Mama

Schnell schob ich das Handy wieder zurück in die Tasche. Das Jobangebot in Pinneberg bestand aus einem Vierzig-Stunden-Job am Empfangstresen eines Versicherungsmaklers. Allein bei dem Gedanken daran wurde mir schlagartig ganz komisch im Bauch. Bestimmt war das eine gute Stelle – wenn die Bezahlung nicht so niedrig wäre, dass ich wieder zu meinen Eltern ziehen müsste. Und der Empfangstresen nicht in einem düsteren Vorraum ohne Fenster stünde. Und ich dafür in zwei Wochen wieder nach Deutschland ziehen müsste. Nachdem ich mir das Geld für das Flugticket von meinen Eltern geliehen hätte.

Vermutlich raufte meine Mutter sich mittlerweile die Haare, und mein Vater strich schweigend den Zaun, die Garage oder deckte das Dach neu. Er renovierte gewöhnlich, wenn ihm etwas nicht passte. Es war nicht so, dass sie es direkt aussprechen würden. In meiner Familie wurde grundsätzlich nur sehr wenig gesprochen, aber meine Eltern fanden mich ziemlich seltsam und aus der Art geschlagen. Während meine Schwestern ihr Leben im Griff hatten und großartige Dinge taten, hatte ich alles hingeschmissen und war vor meinem eigenen Leben davongelaufen.

Vor einem hochangesehenen Job in einer hochangesehenen Firma, die mir eine prestigeträchtige Wohnung in bester Wohnlage und einen Mini Cooper beschert hatte. Vom Verkaufserlös des Autos lebte ich zurzeit.

Das waren alles Dinge, an die ich nicht gerne dachte, deswegen war ich froh, als Quinn wieder neben mir auf den Sitz glitt und mich damit aus meinen unerfreulichen Gedanken riss. »Juli …« Er machte keine Anstalten, sich anzuschnallen, und sah mich an. »Okay. Das ist mir jetzt enorm peinlich. Aber ich habe offenbar meine Visa-Karte irgendwo verloren. Ich … äh … kann nicht zahlen. Sie lassen sich nicht darauf ein, den Ausweis als Pfand zu behalten. Deswegen jetzt die äußerst unangenehme Frage: Hast du Bargeld?«

Er biss die Zähne so fest aufeinander, dass sein Gesicht einen harten Zug bekam. Erst mit Verzögerung merkte ich, dass er sich tatsächlich schämte. Ich griff in meine Tasche und wühlte nach meinem Geldbeutel. Meine Lieblings-Dogsitter-Auftraggeberin Frau Mardens, die leider mitsamt ihres perfekt ausgebildeten Border Collies zurück nach Deutschland ging, hatte mir gestern einen ordentlichen Batzen Abschiedstrinkgeld in die Hand gedrückt. Die vierzig Euro lagen liebevoll zusammengefaltet in dem ansonsten leeren Fach, und ich zog sie heraus. Meine Kreditkarte hatte ich in einer blaugeblümten Butterdose unter dem Waschbecken in meinem Souterrain versteckt, denn ich neigte dazu, unqualifiziert Geld auszugeben, das ich nicht hatte.

»Reicht das?«, fragte ich und drückte ihm die Scheine in die Hand.

»Nein, aber mit den Restbeständen in meiner Hosentasche dürfte es klappen.« Ich konnte förmlich spüren, wie es ihm widerstrebte, die Scheine auch tatsächlich entgegenzunehmen. Er zögerte und blinzelte. »Ich gebe es dir gleich morgen zurück.«

»Oder übermorgen«, antwortete ich. Schließlich hatte ich jetzt ja Tortilla in rauen Mengen, und der Kaffee reichte auch noch. Mein Leben könnte schlimmer sein.

»Morgen«, sagte er fest.

»Echt, kein Problem. Es eilt nicht«, erwiderte ich.

Er atmete tief durch. »Doch. Ich komme morgen bei dir vorbei.«

»Wirklich. Es ist kein Problem!«

»Ist es doch«, sagte er. »Morgen. Ich bringe dir das Geld morgen vorbei.«

Du meine Güte, so groß war die Insel nun auch nicht, dass

ich davon ausgehen musste, dass er sich mit der Tankfüllung absetzte und ich das Geld nie wiedersah. Ich betrachtete ihn genauer im grünen Schein der Tankstellenbeleuchtung. Quinn wirkte angespannt, wie ein Pfeil kurz vor dem Abschuss.

»Ist gut«, gab ich mich schließlich geschlagen.

»Danke«, murmelte er und stieg aus. Als er zurück zur Kasse ging, sah man die Verspannung in seinem ganzen Körper. Als hätte er mich gerade um eine Niere gebeten. »Okay, dann eben morgen«, sagte ich in die Stille des Autos hinein. Würde ich ihn halt noch mal wiedersehen. Es gab schlimmere Schicksale.

Auf dem weiteren Weg nach Bajo fielen mir vor Müdigkeit fast die Augen zu. Quinn schwieg, und so tat ich es ihm gleich. Wenige Minuten später hievte er mein Rad aus dem Kofferraum, und wir verabschiedeten uns voneinander. Züchtig mit einem flüchtigen Kuss auf die Wange.

Zurück in meinem Keller, kochte ich mir erstmal einen Gute-Nacht-Tee. Ich bildete mir ein, dass diese bunt verpackten Teesorten mit den verheißungsvollen Namen tatsächlich das brachten, was sie versprachen, weswegen ich sie auch direkt aus Deutschland importierte. *Glück*, *Seelenruhe* oder *Bester Nacht-Schlaf* hatten bis jetzt zwar noch nicht funktioniert, aber ich war hartnäckig. Außerdem war das abendliche Teekochen in meiner rosafarbenen Kanne, die ich mir aus einem Urlaub in Cornwall mitgebracht hatte, einfach ein schönes Ritual.

Bei meiner fluchtartigen Reise auf die Insel hatte ich in meinen beiden Koffern zwei Kannen und sieben Tassen mitgebracht. Darüber hinaus noch eine Sammlung bunter Bänder, die man schmückend um die Wasserleitungen in meinem Keller winden konnte, eine Kiste mit Bastelkram, eine alte

Knopfsammlung, zwei Bettbezüge – beide in Rosa mit bunten Blumen drauf –, eine alte Zuckerdose und einen Bilderrahmen, in dem der Spruch stand:

Da es förderlich für die Gesundheit ist,
habe ich beschlossen, glücklich zu sein.
Voltaire

Der hing jetzt über der Tür und erinnerte mich täglich daran, warum ich Deutschland verlassen hatte.

Die Knisterfolie, in die ich alles sorgfältig verpackt hatte, bewahrte ich unter meinem Bett auf. Für die Rückreise. Ich würde nicht einen einzigen meiner Lieblingsgegenstände zurücklassen. Die Sachen waren vielbenutzt und bildeten mein Sicherheitsnetz in dieser Welt. An meiner blauen angeschlagenen Blümchentasse hatte ich mich im Büro festgehalten, wenn ich nicht weiterwusste. Was ziemlich oft der Fall gewesen war. Vor dem Abi und vor meiner Fahrschulprüfung hatte ich mich ebenfalls an ihr festgehalten. Sie war meine Superheldentasse. Die mir aber leider auch keinen seligen Schlaf bescherte.

Ich war die Schlaflose in Bajo. Als hätte ich diese liebgewonnene Angewohnheit des Schlafens einfach abgelegt. Stattdessen las ich tonnenweise Romane, starrte die Decke an und dachte über das Leben nach. Was nicht hilfreich war. Eher im Gegenteil. Weil sich seit geraumer Zeit in meinem Kopf ein fetter Knoten gebildet hatte, durch den die Gedanken einfach nicht durchkamen.

Ich goss den heißen Tee in die blaue Tasse, pustete einmal

über die dampfende Oberfläche und gab einen kleinen Schuss Honig dazu. Mit einem meiner beiden Löffel, Leihgaben von Maria, rührte ich um, dann schlüpfte ich in meine Schlafhose und das ärmellose Oberteil. Auf dem Weg ins Bett löschte ich alle Lichter, bis nur noch die kleine Nachttischlampe brannte. Sie war rosa, und auf ihrem zarten Schirm tummelten sich viele kleine Elfen, die zauberten, tanzten und generell sehr glücklich zu sein schienen. Die Lampe hatte ich mir vor vielen Jahren von meinem ersten eigenen Taschengeld auf einem Flohmarkt gekauft, und seitdem begleitete sie mich. Ihr Schirm hing schief, und sie hatte hartnäckige Ketchupflecken an der ehemals weißen Bordüre, weil meine doofe Schwester sie einmal in einem Streit vom Nachttisch gefegt hatte. Direkt hinein in einen Pommes-Ketchup-Schlachtfeld-Teller neben dem Bett.

Ich setzte mich auf die Bettkante und nippte an meinem Tee. Es war absolut still um mich herum. Die ganze Insel war in der Nacht still und dunkel. Am Himmel sah man sämtliche Sterne, die das Firmament zu bieten hatte, was vielleicht auch daran lag, dass Flugzeugen nachts der Überflug verboten war. Und leise war es, weil die Menschen hier nachts schliefen. Also alle außer mir.

Ich griff mir meinen Reader und drehte ihn unschlüssig in der Hand hin und her. Früher hatte ich mich ins Bett gelegt, mir die Decke bis zur Nasenspitze hochgezogen, die Augen geschlossen und geschlafen. Aber seit der Sache mit Isabella ging das nicht mehr. Etwas hielt mich wach. Trieb meinen Puls in die Höhe, verhinderte, dass ich in den Schlaf fand. Seufzend legte ich den Reader wieder unter die Elfenlampe mit den Ketchupflecken und mich daneben auf das Bett.

Mit zehn hatte ich doch tatsächlich gedacht, dass ich mit

Mitte dreißig sieben Kinder, ein großes Haus, einen tollen Job und einen noch tolleren Mann haben würde. Als wäre es eine absolute Selbstverständlichkeit, so zu leben. Und vorher wollte ich noch mit einer Ziege und einem Esel auf irgendeinem hübschen Berg wohnen. Der Berg sollte dort sein, wo immer die Sonne schien, sich ein kleiner Fluss durch die Landschaft schlängelte und das Gras saftig und grün war.

Mit den Plänen im Leben war das schon so eine Sache. Noch einmal seufzte ich, tief und laut, wie ich es beim Yoga gelernt hatte, und dabei wäre mir fast das sanfte Kratzen an der Tür entgangen. Ich hielt die Luft an und lauschte. Ein ganz leises Kratzen. Fast nicht zu hören.

Ich stellte meinen Tee auf die Kommode, stand auf und ging zur Tür. Es brauchte zwei Anläufe, bis ich die ständig verzogene Holztür endlich geöffnet hatte, doch dann saß Calida vor mir, Pedros schwarzweiß gefleckte Hündin, die leise juchzend um mich herumsprang und offenbar total begeistert war, dass ich ihre sanfte Bitte um Einlass erhört hatte.

Calida hieß »Wärme«. Ein wunderschöner Name für die kleine Hundedame mit der dunklen Vergangenheit. Sie war ein sehr höflicher Hund. Niemals würde sie bellen. Sie war stets leise und zurückhaltend.

Allerdings nur, bis sie ihr Ziel erreicht hatte, denn jetzt zischte sie an mir vorbei und sprang mit einem einzigen Satz auf mein Bett. Von dort aus blickte sie mir entgegen, und es schien, als lächelte sie mich an.

»Hallo«, sagte ich leise und schloss die Tür hinter ihr. Manchmal besuchte Pedros Hund mich. Vielleicht lag es an den Hundesnacks, die ich in der obersten Schublade meiner Miniküche verwahrte. Vielleicht mochte sie mich auch einfach nur gut leiden. Ich bevorzugte die letzte Alternative. Sie mochte mich und schenkte mir ihr Vertrauen, was für so einen ängstlichen Hund eine wirklich große Leistung war.

Ich folgte ihr zum Bett und legte mich vorsichtig neben sie. Wenn man sich zu schnell bewegte, sprang sie wieder vom Bett hinunter und stand dann so lange vor der Wohnungstür, bis man sie endlich rausließ. Aber heute war ich langsam genug, und so griff ich, ebenfalls im Schneckentempo, zu meinem Handy und tippte eine Nachricht an meinen Freund Pedro.

Calida ist hier. Kann sie bleiben?, fragte ich ihn auf Deutsch. Pedro hatte in seiner Jugend einige Jahre in Essen verbracht und sprach ganz hervorragend meine Muttersprache.

¡Claro!, kam die Antwort postwendend. *Schlaf gut!*

Gracias, tickerte ich zurück. *Ich bringe sie dir morgen vor deiner Postrunde vorbei.*

Er antwortete mit einem lachenden Smiley, und ich lehnte mich in meine Kissen zurück. Pedro war groß und stark und ein wirklich netter Mensch. Weswegen er auch mit der ängstlichen Hündin so gut umgehen konnte. Calida beobachtete noch ein paar Minuten lang ganz genau, ob ich vielleicht vorhatte, wild herumzuspringen oder andere unkalkulierbare Menschendinge zu tun, dann drehte sie sich mehrmals im Kreis und ließ sich mit einem tiefen Seufzer, meinem eigenen nicht unähnlich, auf die weiche Matratze sinken. Die Schnauze bettete sie auf mein linkes Knie. Dann schloss sie die Augen und versank in Tiefschlaf. Ich bewegte mich nicht, schloss ebenfalls die Augen und lauschte dem sanften Hundeatem dicht neben mir. Es war schön, wenn der kleine Hund mich besuchen kam. Dann war ich nicht alleine. Und wenn man nicht alleine war, konnte man Vieles viel besser ertragen.

Kapitel 4

Hinter der Frau kringelte sich eine Schlange bis zum Nordpol, trotzdem redete sie ungerührt weiter, als wären sie und ich alleine auf diesem Planeten. Und das nicht, weil sie einfach eine Quatschtante war, die Gott und der Welt die intimsten Geheimnisse ihres Lebens anvertraute. Sie hatte schon drei Mal betont, dass sie das alles bisher noch niemandem erzählt hatte. Und ich glaubte ihr. Sie war wie ein praller Luftballon, in den jemand ein kleines Loch gepikst hatte.

Dabei hatte ich sie eigentlich nur gefragt, ob sie noch ein paar geröstete Mandelblättchen auf ihr Quinoa-Avocado-Sandwich gestreut haben wollte. Vielleicht lag es auch daran, dass ich die einzige Person war, die Meike – so hieß sie – wirklich verstand. Also sprachlich. Offenbar war sie jetzt seit drei Wochen auf der Insel und hatte bisher einfach keinen Gesprächspartner gefunden. Vielleicht hatte ich aber auch etwas an mir, das die Menschen dazu veranlasste, mir ihr Herz auszuschütten.

»Ich muss weitermachen«, flüsterte ich, um ein freundliches Gesicht bemüht.

»Entschuldige!« Meike wurde rot und drückte mir zehn Euro in die Hand. »Ich spreche sonst nie darüber.« Sie blickte sich um und sah all die wartenden Menschen. »Ach, du Schreck!«

Ich winkte ab. »Kein Problem.« Was glatt gelogen war, denn es regte sich schon derber Unmut in der Schlange. Die Leute würden unfreundlich zu mir sein, und wenn das so weiterging, würde ich am Ende eine halbe Stunde länger arbeiten müssen, denn wir mussten jeden Nachmittag, wenn wir den Wagen schlossen, den Arbeitstresen und die Kühlschränke aufräumen und reinigen. Das war Mareille sehr wichtig. Doch um drei musste ich den ersten Hund abholen, der alleine in der Wohnung seines Besitzers auf mich wartete und sich ja nicht selbst mal fix an den Laternenpfahl führen konnte. In meinem Job war Pünktlichkeit enorm wichtig.

»Trotzdem danke! Für das Sandwich und das Zuhören.« Meike blickte mich derartig treuherzig an, dass ich nicht anders konnte, als »Alles wird gut!« zu antworten, weil das mein Lieblingsspruch war. Ich glaubte tatsächlich daran. Irgendwann würde alles gut werden.

»Spätestens, wenn ich ihn an den Eiern in einer Pinie aufgeknöpft habe«, knurrte Meike und drehte sich um. Ihr Mann hatte sie betrogen. Und um das Ganze mit ordentlich Drama zu versehen: mit ihrer Schwester. Die jetzt schwanger war. Nachdem Meike und ihr Jetzt-Ex-Mann drei Jahre erfolglos versucht hatten, ein Kind zu bekommen. Mein Mitgefühl hatte sie.

»Wie außerordentlich freundlich von Ihnen, dass auch ich noch ein Sandwich bekomme.« Der Mann vor mir trug Shorts und Flipflops und sonst nichts. Er hatte hübsche Rastazöpfe, ein Sixpack, schien direkt vom Strand zu kommen und war sauer. Weil er sich nicht für die sehr viel schneller vorankomende Schlange meiner Kollegin Jana entschieden hatte. Ich straffte die Schultern und sagte: »Was hätten Sie gerne?« Freundlich. Wie immer. Ich konnte einfach nicht anders.

»Das mit Camembert, Tortilla und Avocado-Gojibeeren-Soße.« Er kniff missbilligend die Lippen zusammen. Ich stöhnte innerlich auf. Der Camembert-Tortilla-Sandwich benötigte für die Zubereitung ungefähr so lange wie eine Weihnachtsgans. Da man aber in diesem Gewerbe nie die Wahrheit sagte, lächelte ich und flötete: »Sehr gerne.«

Mareilles Foodtruck erfreute sich äußerster Beliebtheit bei Touristen und Einheimischen. Wir standen überall, meistens aber an den beiden Wochenmarkttagen in Porto Bello. Für die Touristen gab es wunderschöne vegetarische und vegane Superfood-Kreationen, für die Insulaner Boccadillo mit Jamón. Nicht weil die Einheimischen in irgendeiner Art ernährungstechnisch hinter dem Mond lebten, sondern weil sie einfach Geschmack hatten. Der ganze Superfood-Kram ging mir manchmal tierisch auf die Nerven. Alles musste gesund, exotisch und teuer sein, dabei war das, was die Spanier hier seit Jahrhunderten zu sich nahmen, eine wirklich feine Spezialität. Auf dieser Insel verstand man etwas vom Essen.

Ich schmiss also den Camembert in die Fritteuse, hackte die Tortilla klein und stellte dann fest, dass die Avocado-Gojibeeren-Soße braun geworden war. Weil kein Mensch sie mochte, außer dem schlechtgelaunten Surfer vor mir. Den braunen Kladderadatsch konnte ich ihm schlecht auf sein Sandwich schmieren, also wühlte ich in den Kühlschubladen nach einer neuen, reifen Avocado. Die Dinger waren so empfindlich wie eine Operndiva kurz vor der Weltpremiere. Entweder waren sie noch nicht reif und damit ungenießbar, oder, drei Atemzüge später, schlagartig zu reif, und wenn man sie nicht mit ausreichend Zitronensaft beträufelte, wurden sie im Bruchteil einer Sekunde kackbraun.

»Hatten Sie einen schönen Tag am Strand?«, fragte ich, während ich den dicken Kern aus der Avocado hebelte. Ich musste dem Mann eine Zwangskonversation aufdrängen, damit er nicht merkte, dass er noch länger warten musste. Die meisten Leute aus der Schlange hinter ihm waren schon zu Jana abgewandert und aßen zufrieden ihre Sandwiches. Vermutlich waren einige von ihnen auch stiften gegangen und hatten sich bei unserem Konkurrenten labbrige Weißbrotscheiben mit trockener Tortilla besorgt. Ich war einfach geschäftsschädigend. Aber ich konnte nicht anders. Wenn die Menschen anfingen, mir ihr Herz auszuschütten, musste ich zuhören. Und das taten sie nun mal regelmäßig.

Meine Frage überraschte ihn. Damit hatte er nicht gerechnet. »Ja«, sagte er knapp, musterte mich aber etwas intensiver. Ich war plötzlich nicht mehr die lahme Sandwichverkäuferin, sondern jemand, der Interesse an ihm zeigte.

»Ich muss die Soße kurz frisch zubereiten. Die von heute Mittag ist ein bisschen braun. Die will ich Ihnen nicht auf das Sandwich machen«, erklärte ich meine hektischen Bewegungen mit der Gabel, um die Avocado zu manschen.

»Das ist … nett«, sagte er zögerlich. Erfahrungsgemäß musste man den Menschen erklären, was man tat. Und wenn man es dann noch für sie tat, waren die meisten gleich viel zugänglicher. Aber das kannte man ja von sich selbst.

»Haben Sie denn schon die Fajana-Becken besucht? Die Naturschwimmbecken ganz oben im Norden? Die sind einfach wunderschön! Wenn die See ruhig ist, kann man dort sogar schnorcheln.« Nicht, dass ich je dort gewesen war, aber ich hatte mir einen Reiseführer gekauft, und aus dem zitierte ich oft und gerne. Währenddessen wusch ich die Goji-Beeren und mischte sie mit etwas Salz und Zitronensaft zu dem Avocadobrei.

»Nee. Da wollte ich aber tatsächlich noch hin.«

»Machen Sie das.« Ich warf ihm einen kurzen Blick über den Verkaufstresen zu und lächelte. Und er lächelte zurück.

»Ich bin gleich fertig. Aber wir machen alles frisch. Und manchmal dauert das einen Moment«, erklärte ich. Okay. Jana hatte in der Zwischenzeit schon siebenundzwanzig weitere Sandwiches verkauft, aber dafür bekamen die Menschen halt auch nur ein Weißbrot mit Füllung. Bei mir bekamen sie persönliche Ansprache. Hauptsache, der Surfer hatte nicht ein tiefsitzendes Trauma, von dem er mir gleich erzählen würde, denn dann wäre mein restlicher Tagesplan im Eimer.

»Sind Sie immer so nett?«, fragte er schließlich zögerlich.

»Wenn Menschen zu mir nett sind, natürlich.« Ich strahlte ihn an, und er erkannte die Ironie nicht.

»Ich mag die Insel«, sagte er plötzlich. »Vielleicht komme ich wieder. Aber ich habe gerade meinen Job verloren und brauchte mal Abstand. Allerdings habe ich jetzt meinen letzten Notgroschen verprasst.« Er schwieg. Ich blickte auf und gab ein unverbindliches Geräusch von mir.

»Aber egal. Ich finde schon was Neues.« Er winkte ab. Kein tiefes Trauma. Nur eine aktuell etwas missliche Lage. Damit kannte ich mich aus. Ich packte den Camembert und die Tortilla in das Sandwich, goss die frische Soße darüber und reichte ihm das Ganze. Und dann griff ich unter den Tresen, zog einen roten Lolli aus der Schublade und schob ihn hinterher.

»Alles wird gut«, sagte ich leise. Erstaunt ergriff er den Lolli, dann strahlte er.

»Danke«, sagte er ein wenig atemlos. »Das ist … cool!« Er hielt das in Plastik verpackte Teil hoch und freute sich. Dann zog er zehn Euro aus der Hosentasche, legte sie auf den Tresen und zwinkerte mir zu. »Der Rest ist für die Kaffeekasse.«

»Alter. Juli. Wir brauchen einen neuen Namen für den Wagen hier. Nix mehr mit ›Mareilles Sandwich-Van‹, sondern ›Tiefenpsychologische Betreuung to go‹«, brummte Jana neben mir und warf mir einen düsteren Blick zu.

»Ich mag Menschen halt«, murmelte ich.

»Ich nicht«, antwortete Jana.

Es kam, wie es kommen musste. Ich fegte gerade den Wagen aus, als Frau Dormann mich anrief, die Besitzerin von Flipp, den ich genau jetzt hätte abholen sollen. Sie leitete ein beliebtes Restaurant in Porto Bello und buchte mich immer für die Nachmittagsrunde.

»Flipp hatte heute Morgen Durchfall«, erklärte sie mir ungerührt, während ich das Telefon mit der Schulter an das Ohr drückte und möglichst leise die Mülltüte in den großen Container plumpsen ließ. »Sind Sie noch nicht da?«, fragte sie mich im nächsten Moment entrüstet.

Ich verzog das Gesicht. »Ich bin auf dem Weg. Ich hatte …«

Sie unterbrach mich. »Ich muss mich auf Sie verlassen können!«

Einhändig schloss ich mein Rad auf, was mir einige Verrenkungen abverlangte. »Das können Sie. Das wissen Sie auch. Flipp ist sehr entspannt, wenn er alleine ist. Ich würde mich niemals mehr als zehn Minuten verspäten.«

»Das will ich auch hoffen«, antwortete Frau Dormann nach einem Moment des Schweigens. »Also, können Sie mir ein Foto vom Hunde-AA schicken? Damit ich sehe, ob der Durchfall weg ist.«

Ich hielt einen Moment inne und räusperte mich. Keinesfalls wollte ich Hundehaufen fotografieren. Und die Fotos dann auch noch verschicken. Aber für den Moment blieb mir wohl nichts anderes übrig, deswegen sagte ich: »Okay. Mache ich. Ich bin in fünf Minuten bei Flipp.«

Ich verzichtete darauf, mir mein laut Malte marketingtechnisch so wichtiges grellpinkfarbenes Shirt mit der Aufschrift »Dogsitting by Juli« überzustreifen und fuhr so schnell, dass mir vom Fahrtwind die Augen tränten und eine Staubwolke sich um mich erhob, so dass die Menschen stehen blieben, mir hinterherblickten und mit den Fingern auf mich deuteten. Zumindest nahm ich das an. Ich war ja viel zu schnell, um das zu sehen. Tatsächlich hielt ich exakt vier Minuten und dreiundzwanzig Sekunden später vor der hübschen Wohnanlage von Frau Dormann.

Mit fliegenden Fingern schloss ich mein Fahrrad an den Zaun, schulterte meine Tasche und rannte durch das gemauerte Treppenhaus der doppelgeschossigen gelben Finca nach oben. Fünf Sekunden gingen noch drauf, weil ich an meinem heiligen Schlüsselbund nach dem richtigen Schlüssel fahnden musste, dann öffnete ich die Tür und rief leise: »Flipp!«

Der Golden Retriever kam verschlafen um die Ecke getappt. Dann brauchte sein charmantes Spatzenhirn noch einen Moment, bis er mich als Juli, die Frau der Laternenpfähle, identifiziert hatte, und er freute sich. Durch und durch. Von der Schnauze bis zur Rute.

»Hallo, mein Freund.« Ich kniete mich hin und kraulte dem etwas zu groß geratenen Retriever das lockige Fell. Er war ein netter Kerl, aber in meinem Hunde-Gassi-Rudel nicht die hellste Kerze auf dem Kuchen. Doch gerade das machte ihn unwiderstehlich umgänglich. Wenn alle anderen schon die Katze auf der Straße jagen und fressen wollten, hatte er es gerade mal geschafft, in die richtige Richtung zu gucken. Und grundsätzlich war alles, was atmete, sein Freund.

»Sorry. Hat ein wenig länger gedauert. Ich hatte wieder sehr mitteilsame Sandwichkunden«, erklärte ich und streifte ihm sein blau-weiß gemustertes Halsband über. Vorsichtig fuhr ich ihm einmal über den Bauch und sah ihm tief in die gutmütigen braunen Augen. Der Hund sah gesund aus. Vielleicht hatte er sich nur den Magen verdorben.

Gemeinsam machten wir uns auf den Weg zum Hafen, um Eli, den Höllendackel, in unsere Runde zu integrieren und fachgerecht zu beschäftigen.

Der Weg zum Hafen führte uns über eine kleine Allee aus Platanen, die den schmalen Fußweg säumten. Links und rechts von uns gab es kleine Läden und Bars, Menschen saßen dichtgedrängt auf bunten Stühlen auf dem alten Pflaster und genossen ihren Urlaub oder Feierabend. Wie überall auf der Insel waren die Häuser in bunten Farben gestrichen und sahen aus wie überdimensionale Edelsteine, die vor dem strahlend blauen Himmel um die Wette glitzerten. Es war einfach ein wunderbarer Ort.

Flipp trabte gutgelaunt neben mir her. Er war immer gutgelaunt. Schließlich hatte er ein tolles Frauchen, gutes Futter, schlief auf dem Sofa, konnte am Strand toben, und die Menschen waren nett zu ihm. Sein Retrievergesicht schien immer zu lachen. Nur wenn der Höllendackel ihn nervte, guckte er manchmal hilfesuchend zu mir oder gleich ganz in die andere Richtung.

»Genießen wir die letzten ruhigen Minuten«, sagte ich leise und kraulte ihn im Gehen hinter den Ohren. Er lächelte mich an. Zumindest bildete ich mir das ein.

Früher hatte ich wie selbstverständlich angenommen, dass ich auch einen Hund haben würde, wenn ich endlich erwachsen war. Einen wie Klara, meine Hündin, die mich durch meine gesamte Kindheit begleitet hatte. Nun war ich erwachsen, und trotzdem war in meinem Leben kein Platz für einen Hund. Ich schaffte es ja kaum, für mich selbst zu sorgen, wie sollte ich da Verantwortung für ein anderes Lebewesen übernehmen? Diese Erkenntnis schmeckte irgendwie bitter, und ich vermied jeden Gedanken daran, so gut es ging.

Der Hafen lag direkt in der Bucht von Porto Bello, und der frische Wind stand hier immer gut für Segler. Dem Normalbürger ohne seglerische Ambitionen riss es aber die Frisur entzwei, und so stemmten der blonde Hund und ich uns gegen die Naturgewalt.

Maltes und Patricks Segelschule befand sich stilsicher auf einem alten Holzsegelschiff. Ein kleiner Steg führte auf das Boot, und ich band Flipp am Pfosten daneben an. Er wurde direkt nach Betreten eines Schiffes, egal welcher Größe, seekrank und kotzte sich die Seele aus dem Leib.

Ich schaffte es mit einem gewissen Todesmut über den schmalen Steg und wollte gerade auf das Deck hüpfen, als Eli wie ein Höllenhund auf mich zugeschossen kam. Sie kläffte, dass ihr der Geifer von den spitzen Zähnen stob.

»Die Bestie läuft frei!«, rief ich quer über das Boot, und

dann mit maximaler Autorität in der Stimme: »Eli, halt die Klappe!«

Tat sie natürlich nicht. Sie würde aufhören, wie angestochen zu kläffen, wenn *sie* befand, dass es genug sei. Keine Millisekunde früher.

Malte kam aus der Kabine geschossen und schnappte sich den Dackel. »Oha. Zum Glück warst du es und kein Kunde.«

»Der hätte jetzt ein paar Löcher in den von einem Dackel erreichbaren Körperteilen«, stimmte ich zu.

»Dieser Hund ist wie ein Sack tollwütiger Flöhe«, brummte Malte und sicherte Eli mit der Flexleine, bevor er sie auf den Holzboden zurücksetzte. Dem gab es nichts hinzuzufügen. Außer vielleicht, dass ein klitzekleines bisschen Grundlagenerziehung bei einem so dominanten Hund hilfreich wäre, aber das bekamen die Jungs nicht hin. Eli guckte sie einmal mit ihrem zur Standardausstattung gehörenden Dackelblick an, und sofort gingen beide voller Entzücken in die Knie. Vergessen war das Körbchentraining oder das Sitzenbleiben trotz Außenimpuls. Für einen Dackel, gezüchtet, um sich alleine im Bau mit einem Dachs zu befassen, also mit Mut für sieben Kampfhunde und acht Löwen ausgestattet, war das nicht hilfreich.

Malte drückte mir die Leine in die Hand, dabei sah er mir tief in die Augen. »Ich habe heute Morgen Quinn getroffen«, raunte er mir zu und lehnte sich lässig gegen die Reling.

»Ach ja?«, fragte ich, und aus irgendeinem dämlichen Grund machte mein Herz einen hektischen Doppelschlag.

»Offenbar habt ihr gestern noch ein paar Abenteuer erlebt.« Malte grinste.

»Die suizidale Riesenziege.« Ich nickte zustimmend und

spürte, wie mein Herz noch einen Zahn zulegte. Verdammt. Das konnte ich ja eigentlich gar nicht gebrauchen.

Malte stieß sich von der Reling ab und wandte sich zum Gehen. Dann drehte er sich noch einmal um und sagte plötzlich in ernstem Ton: »Ich weiß nicht viel über Quinn. Er ist ein ziemlicher Geheimniskrämer, aber ich mag ihn sehr. Und ich weiß mit absoluter Sicherheit, dass man sich auf ihn verlassen kann. Er hat ein Herz aus Gold. Man muss nur einen Blick hinter die Kulissen werfen.« Mit diesen Worten drehte er sich endgültig um. »Pass auf, dass die Bestie niemanden tötet!«, rief er mir noch zu, bevor ich ihn die Holztreppe unter Deck hinunterlaufen hörte.

»Das ist mein Job«, murmelte ich und hinderte Eli als Erstes daran, vor mir über den Steg zu rasen, um sich auf Flipp zu stürzen, der schon bei ihrem Anblick ein nervöses Zucken im Auge hatte.

»Hinter mich«, sagte ich gebieterisch und versperrte ihr den Weg. Blocken nannte man das, und es war das Einzige, was bei Eli funktionierte. Weil ich dann eben doch die Ausmaße eines LKWs im Gegensatz zu ihr hatte. Das musste selbst ein überkandideltes, größenwahnsinniges Dackelmädchen einsehen.

Wir sammelten auf unserer Route noch Lord Byron ein, den Ratonero-Rüden einer Boutique-Besitzerin aus dem Ort, der leider unkastriert war und deswegen ständig nur an das Eine dachte. Er gedachte es entweder mit Eli zu vollziehen, die jegliche Ambitionen natürlich direkt durch massives Zubeißen im Keim erstickte, oder mit Flipp, der nicht so richtig verstand, was der drahtige Terrier überhaupt von ihm wollte, während der sich genüsslich an seinem Hinterbein rieb. Aber

Flipp war wie immer zu höflich oder einfach zu doof, diesbezüglich mal klare Kante zu zeigen, weswegen ich mit den drei Hunden jedes Mal ziemlich beschäftigt war, damit sie sich nicht fraßen, bestiegen, dumm im Weg rumstanden oder verlorengingen.

Wir spazierten also gemeinsam zum Strand, wo ich wenigstens Flipp laufen lassen konnte. Und obwohl ich jetzt seit drei Monaten hier war, faszinierte mich der Anblick des schwarzen Strandes jedes Mal aufs Neue. Lavakies und feiner Sand bedeckten die breite Bucht, und wie immer bereiteten mir die Farben so viel Freude. Der Himmel war blau, das Wasser hier auf dieser Seite der Insel manchmal fast hellgrün und der Sand so dunkel wie Kohle.

Doch kaum bogen wir auf den weichen Sand ein – ich hatte noch nicht mal eine Sekunde Zeit, mich am Anblick der sanft rollenden, im Sonnenlicht glitzernden Wellen zu erfreuen –, da klingelte mein Telefon. Lord Byron links, Eli rechts, Flipp fröhlich vorweg, zog ich es aus der Tasche und blickte argwöhnisch auf die deutsche Nummer. Meine große Schwester. Die nur anrief, wenn was passiert war. Also Herzinfarkte (unser Onkel vor zwei Monaten, der aber wieder vollständig genesen war), Kindsgeburten (sie selbst, in regelmäßigen Abständen) oder siegreich absolvierte S-Dressuren im Reitsport. Ich sollte dieses Gespräch also annehmen. Dringend. Es könnte wirklich wichtig sein.

»Hallo«, meldete ich mich etwas verzagt. Wer wusste schon, was jetzt kam.

»Hallo Juli«, erwiderte sie kühl. »Du, sag mal: Ich wollte mich da ja nicht einmischen, muss es aber jetzt doch mal tun«, fing sie an. Fast hätte ich gelacht. Sie mischte sich immer ein.

Auf ihrem Grabstein würde mal stehen: Die Einmischerin. Ich versuchte also nicht zu lachen und bemühte mich derweil, die Hundeleinen in einer Hand zu halten, aber nachdem Eli Lord Byron nun mehrmals ihren linken Eckzahn gezeigt hatte, die Vorstufe zu einer Kampfansage bei ihr, klemmte ich mir das Handy zwischen Ohr und Schulter und nahm die beiden Leinen kurz. Eine links, eine rechts.

»Ja. Was ist denn?«, fragte ich gottergeben.

»Papa hat sich da wirklich ins Zeug gelegt mit diesem Job. Es wäre das Mindeste, dass du dich meldest. Wirklich. Das ist ein ziemlich schäbiges Verhalten von dir.«

Ich blieb so abrupt stehen, dass alle drei Hunde mich erstaunt anguckten.

»Schäbig?«, fragte ich fassungslos. Man konnte mir ja viel vorwerfen. Unentschlossen, ja. Wirklichkeitsfremd, vielleicht, auch wenn ich selbst es lieber idealistisch nannte. Aber schäbig? Ich seufzte tief. Ganz vielleicht hatte sie ein klein wenig recht. Ich hätte mich melden können. Hatte ich aber nun mal nicht.

»Na ja, er kümmert sich, und du hockst da auf deiner Insel und hast noch nicht mal den Anstand, dich zurückzumelden. Das ist nicht okay«, belehrte sie mich. Wie sie es so oft tat. Weil Alexandra immer wusste, was richtig oder falsch war, denn sie machte die Regeln. In ihrem aus rotem Backstein erbauten Elfenbeinturm, mit ihren perfekten Kindern, ihrem perfekten Lebenslauf, ihrem perfekten Dressurpferd mit einem Stammbaum, der bis in die Kreidezeit reichte, und dem perfekt ausgebildeten Jagdhund, einem Weimaraner in Silbergrau, der ihr jeden Wunsch von den Augen ablas.

»Papa möchte nicht, dass ich mich melde. Papa möchte,

dass ich morgen zurückfliege, um in einem fensterlosen Raum vierzig Stunden die Woche Versicherungsakten zu ordnen und Empfangsdame zu spielen!«, sagte ich, schärfer als beabsichtigt.

»Aber das wäre doch ein Anfang!«, pampte sie zurück. »Weglaufen ist doch keine Lösung. Auch aus Steinen, die einem in den Weg gelegt werden, kann man etwas Schönes bauen.«

»Du zitierst nicht wirklich gerade Goethe«, rief ich empört. »Und was soll das überhaupt heißen, ein Anfang?« Mein Anfang vom Ende, so sah es aus. Ich war nicht dafür gemacht, vierzig Stunden in dunklen, klimatisierten Büros zu hocken und Dinge zu sortieren. Oder Termine zu vereinbaren. Oder Blätter in Ordner zu heften. Ich konnte das nicht. Dabei wurde ich verrückt. Und wenn ich dann irgendwann starb, hatte ich mein ganzes Leben lang die Versicherungsakten H-K abgelegt.

»Juli. Das kann alles nicht dein Ernst sein! Du musst zurückkommen und dir einen vernünftigen Job suchen. Für die Rente vorsorgen. Bist du da drüben überhaupt krankenversichert?«

»Ach ja?«, fragte ich knapp. »Und das sagt mir die Frau, die nach ihrem Studium nicht eine Millisekunde gearbeitet hat, sondern es vorzog, vier Kinder in die Welt zu setzen?« Unwillkürlich zog ich den Kopf ein. Ihr Job als Mutter war mindestens genauso anstrengend, wie meine Arbeit bei der Versicherung gewesen war. Vermutlich sogar anstrengender.

Doch bevor mich mein schlechtes Gewissen zu sehr plagte, fauchte sie: »Du bist echt fies. Ich habe keine Ahnung, worauf du dir so viel einbildest. Du hast in deinem Leben bisher noch nichts erreicht!« Und dann legte sie einfach auf.

Meine Schwester sagte immer, was sie dachte. Dass sie

damit manchmal anderen Menschen wehtat, interessierte sie nicht. Sie hatte ja schließlich keine Schwachstelle und war nur ehrlich. In ihren Augen war Ehrlichkeit das Wichtigste. Damit konnte man fast alles entschuldigen. »Sorry, du. Ich bin halt nur ehrlich«, sagte sie dann gerne.

Ich war stehen geblieben, weil ich doch tatsächlich nach Luft schnappen musste, und war für einen kleinen Moment unachtsam. Den nutzte Eli, um mich spontan nach links, Lord Byron, um mich nach rechts zu ziehen. Und Flipp galoppierte plötzlich los, weil er in der Ferne einen ebenfalls blonden Hund entdeckt hatte. Andere Retriever hatten eine geradezu magnetische Wirkung auf ihn. Er identifizierte sie sofort als Familienmitglieder und musste dorthin. Und ich stand immer noch da, das Handy zwischen Ohr und Schulter. Hatte sie recht? Vermutlich. So sah mich zumindest meine Familie. Ich war die, die bisher in ihrem Leben noch nicht wirklich etwas auf die Beine gestellt hatte. Oder das, was sie hatte, mit einem Fingerstreich zerstört hatte. Kinder blieben. Ein Doktortitel auch. Ich hingegen hatte nichts. Außer drei Hunden, die allesamt in unterschiedliche Himmelsrichtungen strebten.

»Flipp!«, brüllte ich, endlich aus meiner Starre gerissen. Flipp blieb zwar wenige Meter vor dem anderen Golden Retriever stehen, das war es aber auch schon.

»Hinterher!«, rief ich und rannte los, was die beiden anderen Hunde zum Anlass nahmen, hysterisch kläffend an mir hochzuspringen. Und mich so erfolgreich zu Fall zu bringen.

Ich flog durch die Luft und erwartete eine weiche Landung. Himmel, ich war am Strand! Trotzdem durchzuckte mich ein stechender Schmerz am linken Knie, als ich endlich auf dem Boden auftraf.

Ich hob den Kopf und spuckte Sand. Erstaunlicherweise war es Eli, die leise Laute von sich gebend um mein Gesicht wuselte und mir die Nase leckte. Lord Byron saß einen Meter entfernt und betrachtete mich abschätzig.

Ein Golden Retriever tauchte neben mir auf. Nicht Flipp. »Ist Ihnen was passiert?«, wurde ich auf Deutsch gefragt. Ein älterer Herr mit wenig Haaren auf dem sonnenverbrannten Kopf beugte sich zu mir hinunter. »Das war ja eine geradezu spektakuläre Flugnummer.«

»Wo ist Flipp?«, fragte ich und rappelte mich wieder hoch. Der Mann deutete nach links zur Promenade. »Der ist dem Ruf der Würstchenbude gefolgt«, erklärte er mir. Ich sortierte die Leinen und humpelte einen Schritt nach vorne.

»Wirklich alles okay?«, fragte der Mann und leinte seinen Hund an.

»Alles prima«, erklärte ich so fest und überzeugend, wie es mir möglich war, während mir Tränen in den Augen brannten. Mein Knie schmerzte fürchterlich, ich hasste meine Schwester, und ich musste Flipp suchen. Der Hund war mir anvertraut. Ich war verantwortlich.

Also rannte ich los. Eli und Lord Byron liefen diesmal mit. Offenbar rochen sie meine aufsteigende Panik und hatten beschlossen, mir nicht noch mehr Ärger zu machen.

Ich stürmte auf die gut besuchte Promenade und brüllte: »Flipp!« Köpfe drehten sich zu mir um. Menschen hielten in ihrem Tun inne. Starrten mich an, während mein Knie brannte und mir der Sand aus den Klamotten rieselte. Aber nirgends blickte mir ein freundlicher und leicht dümmlicher Golden Retriever entgegen. Flipp war weg.

Kapitel 5

Die Panik überrollte mich förmlich. Das durfte einfach nicht wahr sein! Flipp lief gut ohne Leine, und er hörte eigentlich immer sofort. Es sei denn, er sah ein Familienmitglied, aber von denen gab es auf der Insel zum Glück nicht so viele. Und nun war er mir verloren gegangen. Er konnte überall sein. Hektisch blickte ich mich um und rannte dann wie ein aufgescheuchtes Huhn hin und her. Die Leute gafften immer noch, und mir fiel beim besten Willen nicht ein, was auf Spanisch hieß: »Ich suche einen blonden Hund.«

Mein Knie pochte heftig, aber ich traute mich nicht nachzusehen. Wenn ich den Schaden genauer begutachtete, lief ich Gefahr, in Tränen auszubrechen. Ich heulte eh schon bei jeder Gelegenheit, da sollte ich es mir hier und jetzt verkneifen.

Irgendwann, zwischen zwei gut besuchten Cafés an der Promenade, blieb Eli stehen und fing an zu bocken, indem sie den Kopf senkte wie ein Pferd, das versuchte, seinen Reiter vom Rücken zu bekommen. Das tat sie manchmal, um sich aus ihrem Halsband zu winden. Dann musste man sofort die Leine lockerlassen, sonst schaffte sie es, sich zu befreien. Sie hatte offenbar eine Schlange in der Ahnengalerie. Oder ein Rodeopferd.

»Hör auf!«, schimpfte ich leise, doch natürlich hörte der kleine Höllenhund nicht auf, also ließ ich die Flexleine noch lockerer und machte einen Schritt auf sie zu. Wenn ich heute noch den zweiten Hund verlor, würde ich mir das niemals verzeihen. Und vermutlich dann doch ab nächste Woche in einem fensterlosen Loch Akten sortieren.

Eli hörte tatsächlich auf zu bocken und drehte sich auf den kurzen Hinterbeinen um. Mir blieb nichts anderes übrig, als ihr zu folgen. Lord Byron gab ein schnaubendes Geräusch von sich und trabte ihr ebenfalls hinterher. So schnell ihre kurzen Beine sie trugen, rannte sie über die belebte Einkaufsmeile, den Kopf hoch erhoben, Lord Byron und mich wie zwei Deppen im Schlepptau.

Und so fanden wir Flipp, der gut gelaunt sein äußerst großes Geschäft zwischen den vollbesetzten Stühlen des angesagtesten Cafés der ganzen Insel verrichtete.

»Ach du heiliger Bimbam«, stöhnte ich und kramte einhändig nach den kleinen schwarzen Tütchen, ohne die ich niemals das Haus verließ, wenn ich mit der Hundegang unterwegs war. Einer der Cafébesitzer schoss schon hervor und begann ungehalten auf Flipp einzureden, der ihn aber nach üblicher Retrieverart nur freundlich begrüßte. Flipp mochte sogar seine Tierärztin.

»¡Lo siento!«, rief ich und zog die beiden Hunde weiter. »¡Lo siento mucho!« Ein unverständlicher Schwall spanischer Worte traf mich, und viele Menschen deuteten jetzt auf das Corpus Delicti. »Freuen wir uns alle kurz, dass der Hund keinen Durchfall mehr hat«, murmelte ich und bahnte mir meinen Weg, bewaffnet mit der umgestülpten Hundetüte über der Hand und den wilden Bestien an der Leine.

Dann wurde es ein wenig abenteuerlich, als ich versuchte, gleichzeitig den Haufen in den Beutel zu bekommen, Flipp anzuleinen, Elis hysterischen Anfall unter Kontrolle zu kriegen und bei alldem nicht vor Scham im Erdboden zu versinken. Wie mir dieses Kunststück gelang, blieb mir im Nachhinein schleierhaft. Irgendwann warf ich die schwarze Tüte mit Schwung in den nächsten Mülleimer, und das offenbar so energisch, dass alle drei Hunde es vorzogen, hinter mir, statt neben mir zu gehen.

Mein Knie brannte immer noch, und ich befürchtete, dass nicht nur die Hose ein Loch, sondern auch das Knie geblutet hatte. Leider war ich von Natur aus ein wenig zimperlich. Jedes Mal, wenn ich Blut sah, wurde mir ganz komisch im Kopf. Vermutlich war ich deswegen auch die einzige weibliche Person in Mitteleuropa, die *Greys Anatomy* nicht kannte. Ich kam nie über die ersten fünf Minuten hinaus, weil es spätestens dann in den OP ging und blutig wurde.

Ich beschloss also, mich dem Knie und dem daraus resultierenden Drama erst später zu widmen, nachdem ich den Hunden endlich die ihnen gebührende Aufmerksamkeit geschenkt hatte. Das war schließlich mein Job. Mein Mehrwert. Ich ging mit den Hunden nicht einfach nur spazieren, ich tat sinnvolle Dinge mit ihnen.

Also ließ ich Flipp apportieren, Lord Byron Futter suchen, und übte mit Eli adäquates Verhalten bei Sichtung anderer, potentiell lebensgefährlicher Hunde: keine gebellten Todesdrohungen ausstoßen oder zähnefletschend in der Leine hängen.

Schließlich lieferte ich die drei in umgekehrter Reihenfolge wieder ab und schickte Frau Dormann das Foto eines Hundehaufens, der in Art und Qualität dem ähnlich war, den Flipp mitten zwischen die Stühle gesetzt hatte. Hätte ich nämlich diesen Haufen vorher noch vor großem Publikum fotografiert, wäre ich sicherlich gefilmt und bei YouTube präsentiert worden. Als Irre des Tages.

Ich versorgte Flipp noch mit frischem Wasser, dann schwang ich mich auf mein Rad und fuhr nach Bajo, wobei das Knie höllisch schmerzte. Die Haare hingen mir wirr ins Gesicht, ich hatte durch meinen stürmischen Kontakt mit dem Strand Sand in jeder Ritze und fühlte mich so erschöpft, als hätte ich Blei in Armen und Beinen. Tonnen von Blei.

Die sich allerdings schlagartig in Luft auflösten, als ich mein Rad in den kleinen Schuppen neben Marias Hof schob und mich dem luxuriösen SUV von Quinn gegenübersah. Er war also wirklich gekommen, um seine Schulden zu begleichen.

Ich richtete mir irgendwie die Haare und klopfte mir behelfsmäßig den Schmutz von der ruinierten Hose. Dann straffte ich die Schultern und ging langsam durch das weiße Steintor in den Innenhof. Gleich zwei Marias eilten mit Gemüsekisten hin und her, und Quinn hockte in Jeans und T-Shirt auf der Treppe, die die vier Stufen zu meiner Souterrainwohnung hinunterführte.

Maria 1 überholte mich, deutete mit dem Kinn auf Quinn und raunte: »¿Tu novio?«

Erschrocken sah ich sie an. »¡No!«, erwiderte ich. Wenn mich nicht alles täuschte, hieß *novio* Freund. Aber für Maria 1 waren alle Männer entweder Nachbarn oder Idioten, wobei beides sich keinesfalls ausschloss. Oder sie waren *maridos* oder *prometidos*, also Ehemänner oder Verlobte. Dazwischen gab es in ihrer Welt nichts.

»*Hola*, Juli«, begrüßte Quinn mich und blickte von seinem Smartphone auf. Sein Blick wanderte einmal über meine ramponierte Erscheinung, dann hob er eine Augenbraue. »Respekt. Du siehst aus, als würdest du auch ohne mich wilde Abenteuer erleben. Ein Zusammentreffen mit einer Killerziege?« Er deutete auf mein Knie. Ich winkte ab.

»Ich habe einen sehr gefährlichen Zweitjob«, erklärte ich und ließ mich neben ihm auf die Stufen sinken. Im Gegensatz zu mir roch er frisch geduscht und sah in Jeans und Shirt ausgesprochen lässig aus.

»Dressierst du nebenberuflich wilde Raubtiere?«, fragte er. Aus Versehen hatte ich mich sehr dicht neben ihn gesetzt. Zu spät fiel mir ein, dass ich vermutlich genauso roch wie nach einem wahrhaftigen Zusammentreffen mit einer Killerziege.

»Hast du einen Verbandskasten?«, fragte er knapp und betrachtete mein Knie. Stumm schüttelte ich den Kopf. Ich verarbeitete noch die unerwartete körperliche Nähe.

»Maria!«, rief er plötzlich so laut, dass ich zusammenzuckte. Maria 1 und 2 streckten die Köpfe aus dem angrenzenden Stall. Quinn sprach Spanisch wie ich Deutsch, und so unfassbar schnell, dass ich nahezu nichts verstand. Im Gegensatz zu Maria, die kurz darauf mit einer kleinen Kiste unter dem Arm und griesgrämiger Miene auf uns zu eilte. Fachkundig begutachtete sie mein Knie und drückte dann Quinn die Box in die Hand.

»Kennst du Maria?«, fragte ich verwundert.

»Ich kenne auf dieser Insel alle«, erwiderte er ein klein wenig großspurig. »Wenn du mich reinbittest, kümmere ich mich um dein Knie. Und zahle meine Schulden zurück«, sagte er, und dann lächelte er. Was ein wenig ungelenk wirkte, weil er das offenbar nicht so oft tat. Allerdings hatte sein Lächeln eine ziemlich deutliche Wirkung auf mich. Ich wollte ihn umgehend reinbitten und nichts lieber, als dass er sich um mein Knie kümmerte.

Maria trug derweil schon wieder eine Kiste mit Gemüse über den Hof. An Tagen wie heute beschlich mich der Gedanke, dass sie den lieben langen Tag nichts anderes tat, außer Kisten ihrer Ernte zu schleppen. Da sie uns aber jedes Mal einen argwöhnischen Blick zuwarf, waren vielleicht auch wir der Grund für die Schlepperei.

»Ich weiß nicht, ob sich in meinem Mietvertrag ein Passus befindet, der das ausschließt. Also die Anwesenheit fremder Männer«, erklärte ich Quinn, woraufhin er wieder eine Augenbraue hob.

»Das wäre vermutlich nicht rechtskräftig«, brummte er schließlich.

»Vermutlich nicht«, erwiderte ich. Auf einmal war ich so befangen, dass ich seinem kleinen Seitenblick in meine Richtung auswich. Denn darin lag eine unerwartete Wärme. Etwas sehr Wohltuendes. Etwas, das mich berührte.

»Dann lass Maria das Knie ansehen. Man sollte die Wunde wenigstens desinfizieren.«

Er fing an, in seiner Hosentasche zu kramen. Vermutlich nach dem Geld, um seine Schulden zu begleichen. Vermutlich würde er danach einfach aufstehen und verschwinden, deswegen sagte ich das Erstbeste, das mir einfiel: »Ich glaube, ich habe noch zwei Flaschen kaltes Bier.« Ich wollte nicht, dass er meine ärmliche Behausung zu Gesicht bekam. Aber ich wollte auch keinesfalls, dass er ging.

Im nächsten Moment hielt er mir ein kleines Bündel

Scheine entgegen. »Meine Kreditkarte steckte übrigens in meiner Hemdtasche. Wie immer. Keine Ahnung, warum ich sie da gestern nicht gefunden habe.«

»Hm«, brummte ich und nahm das Bündel entgegen. »Dann war das wohl ein magischer Zwischenfall.«

Er sah mich einen Moment reglos an. Dann nickte er knapp. Ganz so, als würde er das tatsächlich nicht ausschließen.

»Komm«, sagte ich schließlich und berührte Quinn vorsichtig am Knie. Er folgte mir die Treppe hinunter, und als er in meinem Wohnzimmer/Schlafzimmer/Küchen-Kombinations-Raum stand, wirkten die fünfunddreißig Quadratmeter plötzlich so klein wie eine Streichholzschachtel. »Ich ziehe mir kurz was anderes an«, sagte ich, jetzt ernsthaft verlegen, und schlüpfte ins Bad. Zum Glück hingen ein paar frisch gewaschene Shorts auf der kleinen Leine über der Wanne, und ich schälte mich vorsichtig aus meiner ramponierten Jeans, ohne mir das Loch in der Hose oder mein Knie genauer anzusehen. Etwas steif humpelte ich zurück in den Wohnraum.

»Und, wie sieht es aus?«, fragte Quinn gegen meinen baufälligen Küchentresen gelehnt, der die kleine Küchenzeile vom Wohnraum trennte.

»Das weiß ich doch nicht«, sagte ich und deutete mit beiden Zeigefingern auf mein Knie. »Du wolltest dich der Sache annehmen.«

»Du hast nicht geguckt?«, fragte Quinn ungläubig. Ich schüttelte energisch den Kopf und ließ mich in den roten Sitzsack plumpsen, das Bein weit von mir gestreckt. Er schnappte sich Marias Erste-Hilfe-Kasten, kam zu mir und kniete sich auf die alten Holzdielen, die ihre besten Tage seit ungefähr hundert Jahren hinter sich hatten.

»Du bist offenbar direkt auf einem Stein gelandet«, sagte Quinn, nachdem er die Wunde genauer betrachtet hatte.

»Mhm.« Ich starrte an die Decke.

»Ist nicht so schlimm. Hast du einen sauberen Waschlappen oder ein Handtuch? Und abgekochtes Wasser?«

»In der Küche steht ein Wasserkocher, und in der Schublade darunter sind saubere Geschirrhandtücher«, sagte ich. Quinn stand für seine Größe ziemlich geschmeidig auf und sammelte sich alles Benötigte zusammen. Und dann machte er sich ans Werk. Er war sanft und geschickt, und es schien, als würde er den ganzen Tag nichts anderes machen, als aufgeschlagene Knie zu versorgen.

»Hast du einen Zweitjob als Krankenpfleger?«, fragte ich schließlich. Er blickte auf. Für einen klitzekleinen Moment lag ein neuer Ausdruck in seinen blauen Augen.

»Ich habe kleine Geschwister. Da gehörte das irgendwie dazu«, erwiderte er und lächelte, wobei sich nur seine Mundwinkel hoben. Seine Augen erreichte dieses Lächeln irgendwie nicht, und eine sonderbare Traurigkeit lag in seinem Blick.

»Wie viele kleine Geschwister hast du denn?«, fragte ich. Quinn schwieg für einen Moment, als müsste er überlegen, ob er mir diese offenbar höchst geheime Information anvertrauen konnte.

»Drei«, sagte er schließlich.

»Ach?«

»Ja.« Mittlerweile hatte er die Wunde gesäubert und nahm ein Pumpspray aus dem Kasten.

»Achtung, das tut jetzt vielleicht ein bisschen weh.« Er sprühte. Ich biss die Zähne zusammen.

»Wohnen die alle in Deutschland?«, fragte ich weiter.

»Ja.«

Stille. Er hielt prüfend ein Pflaster über die Wunde, entschied dann wohl, dass es zu klein war, und legte es wieder weg. Dabei bemerkte er meinen fragenden Blick, denn er sagte: »Moritz macht eine Ausbildung, Marie und Constanze studieren.«

»Habt ihr ein gutes Verhältnis?«

»Ja.« Er zögerte. Blinzelte. »Ja, ich würde sagen, ein sehr gutes Verhältnis.«

Er zog die Folie von einem Pflaster. »Ich habe mich, als sie kleiner waren, viel um sie gekümmert.«

»Ach ja?«

»Ja …«, setzte er an, verstummte dann aber abrupt. In seinem Blick lag plötzlich ein alarmierter Ausdruck, als hätte er mir beinahe ein Geheimnis verraten. »Sagen wir mal, wir waren nicht gerade eine Vorzeigefamilie«, murmelte er schließlich und drückte dann das Pflaster so fest auf die Wunde, dass ich aufschrie.

»Aua!«

»Tschuldigung. So, fertig.« Er sah zu mir hoch. »Du solltest das Pflaster bis morgen drauf lassen.« Seine Worte waren plötzlich kühl. Für einen Moment schwiegen wir beide, und bevor die Stille unangenehm werden konnte, rettete uns sein klingelndes Handy.

Er stand auf, zog es aus seiner Hosentasche und nahm das Gespräch entgegen. Ein paar Sekunden hörte er nur zu.

»Richte ihm aus, dass ich die Sache an meine Anwälte übergebe, wenn das Problem nicht heute Abend gelöst ist. Und hör auf, mit mir zu diskutieren. Mich interessieren deine persönlichen Befindlichkeiten nicht. Es geht hier ums Geschäft. Um nichts anderes.« Er hatte sich während seines Monologs ein wenig von mir weggedreht. »Ich fahre jetzt zur Baustelle«, unterbrach er seinen Gesprächspartner, dessen aufgeregtes Gemurmel ich bis zu mir hören konnte. Und mit diesen Worten legte er einfach auf.

»Sorry. Der Job.« Er warf mir einen kurzen Blick zu.

»Also kein Bier für dich«, stellte ich fest.

»Nein«, sagte er zögernd, drehte sich um und ging zur Tür. Vor meinem selbstgeschriebenen Voltaire-Zitat hielt er inne.

Da es förderlich für die Gesundheit ist,
habe ich beschlossen, glücklich zu sein.
Voltaire

»Und? Bist du glücklich? Glaubst du, dass so was wirklich eine bewusste Entscheidung ist?«, fragte er, ohne sich umzudrehen. Ich glaubte, so etwas wie Spott in seiner Stimme zu hören.

»Bist du glücklich?«, fragte ich ihn, statt auf seine Frage zu antworten.

»Was ist denn Glück?«, fragte er zurück und lehnte sich jetzt an den Türrahmen.

Ich öffnete den Mund und klappte ihn gleich darauf wieder zu. »Na«, setzte ich an, doch mir fiel nichts ein.

»Aha«, sagte er knapp und verschränkte die Arme. »Sag ich doch.«

Er nickte mir zu, und dann ging er.

Ich blieb sitzen, atmete tief durch und starrte an die Decke. Mein Glück war ein scheues, flüchtiges Wesen. Ich wusste nicht viel darüber. Nur, dass ich Zeit brauchte, um es hin und wieder zu Gesicht zu bekommen. In Großraumbüros, U-Bahnen und Einkaufszentren ließ es sich nicht blicken. Es steckte erst vorsichtig den Kopf aus der Deckung, wenn ich lange genug stillhielt. Wenn ich lange genug ich war. Unbeeinflusst von der Tatsache, wie die Umwelt mich gerne hätte, wie ich besser in die Gesellschaft und zu meinem Arbeitgeber passte. Ich glaubte tatsächlich, dass Glücklichsein eine Entscheidung war.

Es war Malte gewesen, der mich eines verregneten Abends in Hamburg zur Seite genommen hatte, um mich zu fragen, ob ich glücklich sei. Ich würde »so dumpfe Vibrations« abstrahlen. Ganz genau so hatte er sich ausgedrückt. Und ich hatte ihn genau verstanden. Vielleicht war das einer der Gründe, warum seine Segelschule so exzellent lief. Er sah die tieferliegenden Bedürfnisse seiner Kunden, und die lagen manchmal gar nicht so sehr in dem Wunsch, segeln zu lernen. Er hörte oft einfach nur zu, brachte Kaffee oder ein Taschentuch. Das allein tat den Menschen gut. Und gleichzeitig buchten sie noch einen Segelkurs.

Quinn hatte die Tür nicht ganz geschlossen, weil sie ja so furchtbar klemmte. Man brachte sie nur mit vollem Körpereinsatz dazu, sich vollständig zu schließen. Durch diesen Spalt streckte jetzt Calida ihren zweifarbigen Kopf und schniefte.

»Hola, guapa«, sagte ich leise. Sie freute sich wie verrückt und stieß die Tür mit der Schulter so weit auf, dass sie problemlos durchschlüpfen konnte. Mit drei Sätzen war sie bei mir und schmiss die Vorderpfoten auf den Sitzsack. Ihre Nase hob sich, und sie schnüffelte mir quer durch das Gesicht. Vielleicht erfuhr sie so, wie ich den Tag verbracht hatte. Und vor allem mit wem.

Vorsichtig strich ich ihr über das Kinn und die Brust. Sie

war einfach kein Flipp, den man mit vollem Körpereinsatz durchkraulen konnte. Calida war zart und sanft. Und wenn man sie zu fest anfasste, ging sie entweder auf Abstand oder zeigte die Zähne. Sie war kein Kuschelhund, man musste sie erst langsam verstehen lernen. Vielleicht hatte sie mit Menschen auch schlechte Erfahrungen gemacht. Pedro hatte sie auf dem Festland aus einer Mülltonne geklaubt. Bei dem Gedanken daran drehte sich mir heute noch der Magen um.

»Ist Pedro im Hof? Vielleicht werde ich mein Bier ja doch noch los«, murmelte ich und erhob mich vorsichtig. Das Knie tat nicht mehr weh. »Ein Wunder«, brummte ich und sammelte die beiden kaltgestellten Bierflaschen ein.

Pedro saß tatsächlich im Hof und verspeiste ein paar Tomaten. Der Saft rann ihm am Kinn hinunter.

»Oh. Ein Unfall?«, rief er mir entgegen und deutete auf mein Knie.

»Nicht der Rede wert.« Ich winkte ab und setzte mich neben ihn auf die Mauer.

»Du hattest Männerbesuch«, stellte er fest, zwinkerte mir zu und hielt mir eine Tomate hin. »Maria hat es mir berichtet. Der Makler aus Porto Bello. Sie war sehr besorgt.«

»Warum?«, fragte ich und nahm ihm die Tomate aus der Hand. Noch warm von der Sonne, in der sie gereift war. Vorsichtig knabberte ich sie an, und schon lief auch mir der Saft über das Kinn und kleckerte auf mein Shirt. Die aromatische Süße füllte mich aus, und ich seufzte tief. »Einfach nur köstlich«, sagte ich leise zu Pedro, der wohl immer noch darüber nachdachte, warum Maria jetzt besorgt war.

»Sie sagt, er sieht gut aus. Aber du hast ihn weggeschickt.« Sorgenvoll betrachtete er mich.

»Äh …«, war meine Antwort. »Er musste gehen, ich habe ihn nicht weggeschickt. Und ich dachte, Maria mag das nicht. Also, wenn ihre Mieterin Männerbesuch empfängt«, erklärte ich leise. »Und das Aussehen spielt keine Rolle.«

»Ist immer hilfreich. Also ein schöner, reicher Mann. Besser als arm und hässlich«, stellte er fest und brachte mich damit zum Lachen. »Warum sollte Maria etwas dagegen haben? Wir sind hier alle aufge… « Er legte die Stirn in Falten und schien das verlorene Wort zu suchen. »Aufgeklärt?«, half ich ihm auf die Sprünge. »Ja, genau«, bestätigte er. »Maria mag Männer. Nur nicht bei ihr zu Hause. Die bringen alles durcheinander, sagt sie. Nicht gut.«

»Ah.« Offenbar hatte ich meine Vermieterin in diesem Punkt falsch eingeschätzt. »Ich sehe ihn bestimmt wieder«, sagte ich und hoffte im selben Moment, dass das stimmte. Quinn hatte mein Interesse geweckt. Auch wenn es mir nicht in den Plan passte.

»Die Insel ist klein wie ein Sandkorn. Man trifft hier jeden wieder«, erwiderte Pedro mit Nachdruck und kraulte Calida, die sich zwischen uns gesetzt hatte, am Kinn.

Kapitel 6

Pedro hatte recht. Zwei Tage später traf ich Quinn wieder. Oder er mich. Wie man es nahm. Er stand nämlich plötzlich vor dem Foodtruck. Jeder Kunde ist für mich eine Überraschung, weil ich es nie schaffte, die Schlange im Blick zu haben. Ich war immer viel zu sehr mit dem Menschen beschäftigt, der gerade vor mir stand. Und plötzlich war es Quinn.

»Hola, Juli.«

»Quinn! Was möchtest du haben?«, überbrückte ich meine Verwirrung mit Professionalität.

»Ich weiß es nicht.« Er hob den Blick und betrachtete das Anzeigenschild über seinem Kopf. »Ich bin mit der Auswahl überfordert. Aber ich habe Hunger.«

»Hm«, murmelte ich und betrachtete ihn genauer. Wieder trug er einen dunklen Anzug, diesmal trotz brütender Hitze sogar mit einer Weste unter dem Jackett, was mich an meine Kolleginnen in der Versicherung erinnerte, die der wirklich dummen Regel gefolgt waren, selbst bei dreißig Grad eine Strumpfhose zu tragen. Seine Sommersprossen gingen in seinem dunklen Teint fast unter, und seine blauen Augen hoben sich strahlend dagegen ab.

»Du magst es gerne klassisch, machst also keine Experimente. Wenn du etwas isst, muss dir das schmecken. Und gut zubereitet sein, besonders, wenn du Geld dafür ausgibst. Du kannst genießen, aber hast oft viel zu wenig Zeit, eine Mahlzeit richtig auszukosten. Ich empfehle dir ein ganz klassisches Sandwich mit Jamón und Queso, aber mit der besten hausgemachten Mayo, die du je gegessen hast. Dazu ein paar Scheiben frische, sonnengereifte Inseltomaten, und als Krönung ein Topping aus aromatischen Kräutern. Aber nichts Exotisches. Ich würde mich auf Schnittlauch und Petersilie beschränken. Was sagst du?« Er sah mich entgeistert an. Dann öffnete er den Mund, schloss ihn aber sofort wieder. Ich lächelte.

Ich konnte jedem Kunden das richtige Sandwich andichten. Das war wie Wahrsagen. Achtzig Prozent dessen, was ich sagte, passte auf jeden, und die Menschen merkten sich nur das, worin sie sich wiederfanden. Am Ende glaubten sie, diese mysteriöse Sandwichverkäuferin würde in ihrem Wohnzimmer hinter dem Vorhang hocken und Buch über sie führen. Dabei war das wirklich ganz leicht.

»Ich vertraue dir«, sagte Quinn endlich, und ich machte mich ans Werk. Zuerst wurden die Sandwichscheiben beidseitig mit Mareilles Spezial-Mayonnaise bestrichen, die unter allen Umständen durchgehend gekühlt werden musste. Wir durften sie nur für den Bruchteil einer Sekunde aus der Kühlung nehmen. Dann belegte ich das schon jetzt köstlich aussehende Sandwich mit vier Scheiben fein geschnittenem Schinken, darüber kam eine Schicht würziger, strahlend gelber Käse, und dann garnierte ich das Ganze mit einer Handvoll Kräutern. Mit besonderer Sorgfalt wickelte ich das Sandwich in Mareilles hellblaues, sanft knisterndes Papier mit dem Aufdruck der weißen Blüte, ihr Markenzeichen und auf der Insel wohlbekannt, und reichte es Quinn, der es wie eine Kostbarkeit entgegennahm.

»Vier Euro, bitte.« Ich lächelte Quinn an, und er reichte mir einen Fünf-Euro-Schein. »Stimmt so«, sagte er schnell, als ich nach dem Wechselgeld greifen wollte. »Oder ist das komisch?«, fragte er. »Kann ich dir Trinkgeld geben?«

»Nein, das ist nicht komisch«, mischte sich Jana von nebenan ein. »Wir lieben Trinkgeld!«

Ich deutete auf Jana und nickte nachdrücklich. »Wir lieben Trinkgeld.«

Quinn machte allerdings nach abgeschlossener Transaktion von Sandwich, Geld und Trinkgeld keine Anstalten, seinen Platz in der Schlange zu räumen.

»Ich bin sehr beglückt über deine Anwesenheit, aber hinter dir stehen noch ungefähr 700 hungrige Leute. Erfahrungsgemäß macht Hunger Menschen schnell zu Bestien«, sagte ich freundlich.

Doch er blieb stehen. »Ich lebe gerne gefährlich«, sagte er und grinste breit. Dann sagte er: »Wenn du eine weise Antwort verlangst, musst du vernünftig fragen.«

»Ah«, erwiderte ich, obwohl sich mir die Sinnhaftigkeit dieses Goethezitats nicht erschloss.

»Deswegen folgt jetzt eine vernünftige Frage: Kann ich dich heute Abend einladen? Auf einen Wein? Ein Bier? Einen Tee?« Er wirkte so lässig, als würde er ständig Frauen auf Wein, Bier oder Tee einladen. Was ja auch nicht auszuschließen war, wenn man aussah wie er.

»Ein Date?«, fragte ich zurück und merkte, wie Jana beim Sandwicheinwickeln innehielt, um zu lauschen.

»Nein, kein Date«, erwiderte Quinn langsam. »Mehr der Ausdruck meines Wunsches, Zeit mit dir zu verbringen und dich besser kennenzulernen.«

Puh. Zum Glück kein Date. Ein Date hätte mich ernsthaft nervös gemacht. »Okay. Acht Uhr, du holst mich ab.«

»Acht Uhr, ich hole dich ab«, antwortete er ernst, biss in sein Sandwich und ging.

»Na, Gott sei Dank, ich dachte schon, du sagst Nein. Der Kerl ist heiß«, rief Jana, und die nächste Kundin in der Schlange nickte zustimmend.

Um kurz vor sieben bog ich mit meinem Rad und der klobigen Kühlbox auf dem Gepäckträger in Bajo ein, scheuchte ein paar Hühner auf, die hier überall lagerten, und steuerte direkt Pedros karges Heim an. Er lebte alleine mit Calida in einem etwas heruntergekommenen Flachdachbungalow, einige Straßen entfernt vom Marktplatz. Seine Frau war vor vielen Jahren gestorben, und das Alleinsein behagte ihm gar nicht. Deswegen teilte er sein Leben mit der kleinen Hündin, zwei Katzen, drei Vögeln, die bei jedem meiner Besuche gelber aussahen – vielleicht färbte er sie heimlich –, und einem grauen Esel, der seine Farbe allerdings nie änderte. Der Esel lebte zwar eigentlich bei seinem Nachbarn Domingo, stand aber, weil seine Wiese direkt an Pedros Terrasse grenzte, mit beständiger Beharrlichkeit, den Hals lässig über den kleinen Zaun der Veranda gehängt, fast direkt neben Pedros kleinem Plastiktisch mit der abwaschbaren Tischdecke.

Der Esel hieß Señor Burro, also Herr Esel, was schon irgendwie einfallslos war. Aber die beiden waren dicke Freunde. Man wusste auch immer, wann Pedro nach Hause kam, weil der Esel sich dann lautstark freute, und Esel hatten naturgegeben ein Organ, das die Welt erschüttern konnte.

Calida begrüßte mich schon aus der Ferne. Hunde hatten einen erstaunlichen siebten Sinn. Sie hatte sich auf der obersten Stufe der Terrasse in Position gesetzt und wedelte aufgeregt mit der Rute, da war ich noch mindestens fünf Minuten entfernt. Aber kaum hatte ich das Ende der holperigen Straße erreicht, die zu Pedros Haus führte, stand auch schon ein eisgekühlter Eistee für mich bereit.

Calida lief wedelnd und japsend um mich und mein Fahrrad herum. »*¡Hola, Pedro!*«, rief ich. Er saß da, die Hände vor seinem dicken Bauch verschränkt, und sah aus, als hätte er den ganzen Tag nichts anderes gemacht, als auf mich zu warten. Das hatte er nicht. Er hatte schließlich den ganzen Tag mehrere hundert Briefe ausgetragen, aber so fühlte es sich nun mal an, und es war schön, dass es jemanden gab, der sich freute, mich zu sehen.

»Ich habe dir ein Putensandwich mit Salat mitgebracht!«, rief ich und wühlte in der Kühlbox. Mareille gestattete uns, die angebrochenen Lebensmittel aufzubrauchen. Besonders das Brot war am nächsten Tag nicht mehr frisch, und so war es eine tolle Lösung, für uns und für sie. Ich versorgte Pedro, der sich mit seinem kargen Gehalt viel zu selten gutes Essen gönnte, und hatte für mich selber auch noch ein Abendessen.

»Sehr fein«, freute er sich und nahm das in blaues Knisterpapier eingewickelte Päckchen entgegen. Er liebte fette Mayonnaise, Schinken und Käse, aber ich brachte ihm beharrlich eine der fettärmeren Köstlichkeiten aus Mareilles Angebot mit. Worüber er sich nie beschwerte.

Pedro war etwas beleibt, und das, obwohl er tagtäglich

mehrere Kilometer mit seinem Rad abfuhr. Er hätte schlank sein müssen wie eine junge Birke. Calida, die ihn auf seinen Runden begleitete, war es zumindest.

»Muy bien«, lobte er meine Eigenkreation mit vollem Mund. Ich hatte einen homöopathischen Hauch von Mayonnaise auf die leichte Butter geschmiert. Für den Geschmack.

Ich nippte an meinem eiskalten Eistee. So ließ ich mir das Leben gefallen. Mit einem leisen Seufzer schlüpfte ich aus meinen Sneakers und legte die Füße auf den kleinen Fußschemel, den Pedro mir immer schon bereitstellte. Er war ein Kümmerer. Jemand, der sich um andere sorgte und auch schon mal die ganze Strecke nach Porto Bello zurückradelte, wenn er unten in seiner Posttasche einen verlorenen Brief entdeckte. Niemand sollte auf seine Post warten. Jeder sollte sich wohlfühlen.

»Hattest du einen schönen Tag?«, fragte ich ihn und verschränkte genau, wie er es so oft tat, die Hände vor dem Bauch.

»Wunderbar«, murmelte er zwischen zwei Bissen. »Wetter gut, Leute nett, schöner Feierabend.«

»Das Wetter hier ist immer gut. In Hamburg hat es ständig geregnet. Oder es war neblig. Oder beides.«

Pedro nickte ungläubig. Er liebte das Leben auf dieser Insel. Sein Leben in Deutschland war lange her, kaum mehr als eine entfernte Erinnerung. Er war zufrieden hier. Vielleicht sogar glücklich.

»Pedro, bist du glücklich?«, fragte ich ihn.

»*Sí*«, antwortete er fest und nahm einen Schluck von seinem Bier. »Ich lebe ein gutes Leben.«

»Alle Menschen sind auf der Suche nach einem guten Leben. Aber nur die wenigsten wissen offenbar, was das ist«, sagte ich und blinzelte in die grelle Abendsonne.

»Das ist nicht schwer. Nicht mehr wollen, als man hat. Nichts vermissen. Das haben, was man braucht. Und das Meer. Das ist wichtig.« Er grinste mich an. »Hier sagt man: Wen Gott liebt, dem schenkt er Wasser und ein Leben auf La Palma.«

»Du solltest Vorträge in Hamburg halten«, sagte ich. »Die Menschen dort sehnen sich nach dem einfachen Leben und finden es nirgends.«

»Man kann es nicht kaufen«, sagte er leise. »Man muss es selber machen.«

»Vermisst du deine Frau?«, fragte ich.

»Nein«, sagte er fest. »Wir sehen uns wieder. Sie ist schon dort, ich werde irgendwann folgen.«

»Ist es so einfach?«, fragte ich, lehnte den Kopf gegen das weiche Polster des gestreiften Campingstuhls und sah Pedro von der Seite an.

»Ganz einfach«, erklärte er und klang wirklich, als hätte er keinerlei Zweifel daran. Ich glaubte ihm.

»Danke, Pedro«, sagte ich.

»Warum?«, fragte er mich mit vollem Mund.

»Weil du so nett zu mir warst, als ich hier angekommen bin. Weil du mein Freund bist.«

Er grinste. So breit, dass seine Ohren Besuch von seinen Mundwinkeln bekamen. »Chica. Du kamst ohne Farbe.« Er deutete auf sein Gesicht und meinte wohl meine blasse Hautfarbe bei meiner Ankunft. »Du warst alleine. Keine Familie. Keine Freunde. Es ist so wichtig, einen Freund zu haben.«

»Ja«, seufzte ich. »Das ist ein großes Glück. Einen Freund zu haben.«

Um Punkt acht stand ich geschniegelt und geduscht vor Marias Haus. Maria stand neben mir. Und wollte wissen, wann Quinn gedachte, mich nach Hause zu bringen.

Gerne hätte ich Maria gesagt, dass ich alt genug sei, um mich herauszuputzen und frei zu entscheiden, wann es Zeit war heimzukommen. Schließlich war ich knapp über dreißig. Aber sie zuppelte so mütterlich an meiner Frisur und an meiner Bluse herum, dass ich es nicht übers Herz brachte. Ein wenig mütterliche Fürsorge kam mir ganz gelegen. Meine eigene Mutter war in Bezug auf mütterliche Zuwendung nie besonders in Erscheinung getreten.

Außerdem war ich aufgeregt. Okay, zugegeben, mir klopfte das Herz knapp unterhalb der Schädelplatte.

»Maria!«, Maria 3, Marias Mutter, war aufgetaucht und gestikulierte mit den Händen. Offenbar versuchte sie ihre Tochter zurück auf den Hof zu scheuchen, damit ich in Ruhe auf mein Date warten konnte. Denn nun konnte ich mir nichts mehr vormachen, es handelte sich um ein Date. Nur widerstrebend riss Maria sich von mir los und verschwand dann im Hof. Vermutlich um Gemüsekisten von A nach B zu tragen.

»¡Diviértete!«, viel Spaß, raunte Maria 3 mir zu und wackelte mit ihren buschigen Augenbrauen, bevor sie ihrer Tochter folgte. Oma Maria fand Menschen, die nicht wussten, wie man eine formvollendete Tortilla zubereitete, seltsam. Also mich. Weswegen sie mir zwar immer freundlich zulächelte, mich aber ansonsten ignorierte. Vielleicht war ihr aber auch klar, dass ich nur jedes dritte Wort verstand.

»Gracias«, antwortete ich, bevor sie hinter der Hofmauer verschwand. Gerade als ich das siebte Mal auf die Uhr gucken wollte, bog Quinn um die Ecke. Er hielt in einer Staubwolke direkt vor mir und sprang aus dem Auto.

»Sorry. Zu spät«, sagte er, blieb vor mir stehen und küsste mich auf beide Wangen. Er roch schon wieder frisch geduscht. »Wollen wir?«

»Quinn, darf ich dich was fragen?« Ich fand, ich sollte gleich aufs Ganze gehen. Die Feuerprobe vorziehen. Die Antwort auf meine Frage würde viele Dinge im Vorfeld klären. Aber es war ein wagemutiges Unterfangen. Geradezu verwegen. Und es konnte umgehend zu schlechter Stimmung führen.

»Klar.« Er hatte mir die Beifahrertür geöffnet, hielt jetzt aber inne.

Ich räusperte mich. »Würdest du mich fahren lassen?«

»Äh.« Er hatte mit allem gerechnet. Nur nicht damit. »Traust du mir nicht? Wegen der Ziege?«

»Nein«, sagte ich schnell. »Das hast du großartig gemacht. Aber ich liebe Autofahren. Und ich habe kein Auto. Ich würde einfach nur gerne mal wieder fahren. Ich kann sehr gut fahren.« Das stimmte. Als ich meinen Mini in Hamburg verkauft hatte, hatte ich einen Tag lang geweint. Für mich war ein Auto immer auch mit dem Gefühl von Freiheit verbunden. Und sei es auch nur, weil ich damit meiner Familie hatte entkommen können.

Er legte den Kopf schräg und betrachtete mich kritisch. Dann sagte er knapp: »Schlüssel steckt.« Er deutete auf die Fahrerseite und hatte sich auf dem Beifahrersitz schon angeschnallt, als ich die Tür hinter mir schloss und die Hände auf das Lederlenkrad legte.

Ich ließ den Wagen anrollen. Automatik. Wunderbar. Dann bog ich auf die holperige Hauptstraße ab.

»Ich dachte an einen Strandbesuch?«, sagte Quinn und deutete auf die Rückbank. Im Rückspiegel sah ich eine rote Decke.

»Strand. Sehr gut«, murmelte ich und bog nach links ab. Die Sonne hatte am frühen Abend ein wenig von ihrer brütenden Kraft verloren, und die Brise unten am Meer war genau das, was man nach einem Tag im Backofen gebrauchen konnte. Außerdem war es romantisch. Ich mochte Romantik.

Die felsige Küste zog an uns vorbei, und ich beschleunigte den Wagen. Der leistungsstarke Motor kam meinem Antippen des Gaspedals umgehend mit einem dumpfen Schnurren nach. Hinter uns reckten sich die steilen Vulkanberge in die Höhe, über ihre Spitze zogen dicke Wattewolken. Die Landschaft war karg, und doch blühte überall rosafarbener Oleander, der wie fallengelassen wirkte.

»Wie war dein Tag?«, fragte Quinn. Ich spürte seinen Blick auf mir.

»Ich habe ungefähr achthundertsechsundsiebzig Sandwiches verkauft, war mit drei störrischen Hunden spazieren und habe mit Pedro über das Glück philosophiert«, erwiderte ich.

»Wer ist Pedro?«

»Ein guter Freund aus Bajo.«

»Und was sagt Pedro über das Glück?«, fragte Quinn.

Ich warf ihm einen Seitenblick zu. Eine ernst gemeinte Frage, keine rhetorische, nur um das Gespräch am Laufen zu halten. Ich überlegte.

»Ein gutes Leben zu führen«, erwiderte ich schließlich. »Nicht zu viel zu wollen und nicht der Vergangenheit hinterherzutrauern. Und das Meer scheint auch wichtig zu sein.«

Ich vernahm ein abschätziges Schnauben. »Wenn man nur für sich alleine verantwortlich ist, mag das so sein.«

Mir kam ein schrecklicher Gedanke. »Hast du Kinder? Eine Frau?«, fragte ich eilig und bog gleichzeitig schwungvoll auf den fast leeren Parkplatz am Strand ein. Dort stellte ich den Motor aus und drehte mich zu ihm.

»Nein«, antwortete er und hob fast entschuldigend die Hände. »Keine Kinder, keine Frau.«

»Das klang jetzt nämlich so.« Ich schnallte mich ab. Quinn schnappte sich eine Decke und einen Rucksack von der Rückbank, und gemeinsam schlenderten wir zu einer kleinen Bucht.

Ich war immer wieder erstaunt, dass um diese Uhrzeit der Strand von Bajo mehr oder weniger menschenleer war. Auf der anderen Seite der Insel, dort wo mehr Touristen waren, war jetzt noch einiges los. Der Atlantik war heute gutmütig. Wenige Meter vor den sanft an Land rollenden Wellen breitete Quinn die Decke aus. Ich schlüpfte aus meinen Schuhen und ließ mich nieder.

»Herrlich«, murmelte ich.

»Juli.« Quinn setzte sich ebenfalls auf die Decke, schien aber noch weit von jeglicher Form der Entspannung entfernt zu sein. »Ich hätte gerne ein opulentes Picknick mitgebracht. Aber ich habe bis zur letzten Sekunde gearbeitet. Deshalb habe ich das!« Mit einer ausladenden Bewegung griff er in den Rucksack und förderte vier Tafeln Schokolade zutage. Dazu noch zwei Flaschen Orangenlimonade und eine Flasche Bier. Zuletzt folgte eine Tüte Gummibärchen.

»Wow«, sagte ich. »Was verstehst du dann bitte unter einem opulenten Picknick? Das ist doch großartig.«

»Ich habe die Tankstelle ausgeraubt«, erklärte er entschuldigend.

»Ich hätte ja auch was mitbringen können. Also mea culpa und lass uns alles aufessen.«

Wir teilten uns in stiller Eintracht die Flasche Bier, dann machte ich mich über die Schokolade her. Quinn blickte erst aufs Meer, dann blinzelte er, dann sah er wieder mich an. Ich kaute auf der Vollmilch-Nuss herum und erwiderte seinen Blick. Für einen Moment fühlte sich seine Gesellschaft sonderbar vertraut an.

»Wie alt bist du eigentlich?«, fragte ich ihn, bevor ich mir genüsslich drei gelbe Gummibärchen zu einem weiteren Stück Schokolade in den Mund schob. Ich liebte es, wenn sich das viele Süße miteinander verband und zu einer ganz neuen Geschmacksrichtung wurde.

Er schob ein wenig das Kinn vor, was ihm einen leicht arroganten Ausdruck verlieh. »Eine neue Runde ›Julis Fragestunde‹?«

»Genau. Ich weiß gerne, mit wem ich es zu tun habe«, erwiderte ich. »Bis jetzt weiß ich von dir, dass du drei jüngere Geschwister hast, die du gerne magst, selbstständig bist und ein sehr schönes, aber auch ein klein wenig angeberisches Auto fährst. Was okay ist, weil du dein Auto nicht fanatisch liebst, sonst hättest du mich nicht fahren lassen. Männer, die ihre Autos fanatisch lieben, sind mir suspekt.« Ich wusste, wovon ich sprach. In Hamburg hatte ich mal ein Date mit Thore, der einen alten Porsche fuhr und das Auto mehr liebte als sein Leben. Er sprach ausschließlich über diesen Wagen und führte wohl in irgendeiner Art und Weise auch eine Beziehung mit dem Oldtimer, da wollte ich mich ganz bestimmt nicht dazwischendrängen.

»Du hast Sommersprossen«, fuhr ich fort, »und einen

leicht lädierten Schneidezahn und trägst Westen zum Anzug auch bei fünfunddreißig Grad im Schatten, was für ein hohes Pflichtbewusstsein spricht, dich ordnungsgemäß und nach dem Ehrenkodex der Immobilienmakler zu kleiden. Oder die Unfähigkeit, Regeln zu hinterfragen.«

Quinn brach in schallendes Gelächter aus. »Wir haben keinen Ehrenkodex«, prustete er. »Ich mag einfach Anzüge mit Weste.« Er lachte immer noch, und ich konnte nicht anders, als mit einzustimmen. Sein Lachen war fürchterlich ansteckend und hatte etwas Befreiendes. Als wir beide endlich wieder Luft bekamen, streckte ich die Füße in den dunklen Sand, legte mich mit ausgebreiteten Armen rücklings auf die Decke und guckte in den schummrigen Abendhimmel. Das Leben konnte wirklich schön sein.

Kapitel 7

Quinn legte sich neben mich und schwieg. Lange. So lange, dass ich mich irgendwann zu ihm umdrehte. Und feststellte, dass er eingeschlafen war. Er lag auf der Seite und hatte das Gesicht auf den Unterarm gebettet, die Augen fest geschlossen. Die Wimpern warfen zarte Schatten auf seine Wangenknochen. Auf einmal sah er sehr jung aus.

Dann bekam ich einen Mordsschreck. Er schlief doch wirklich nur? Er war nicht plötzlich gestorben? Meine Seele zupfte einmal kurz hysterisch an meinen Synapsen. Fast wäre ich aufgesprungen und hätte seinen Puls kontrolliert.

»Er schläft nur«, sagte ich leise, um mir Mut zuzusprechen. Ein paar Atemzüge später zog sich die Panik zurück. Ich legte mich wieder auf die Decke, jetzt mit dem Gesicht zu Quinn. Ich musste mich dringend mal wieder mit Malte auf einen Kaffee treffen, um mit ihm über mein Leben zu reden. Zum einen, weil ich dachte, schlafende Menschen seien womöglich tot. Dabei hatte ich mir die Statistiken angesehen. Es war äußerst selten, dass ein Mensch einfach so starb. Sehr selten, aber sehr eindrucksvoll. Zumindest für die Umstehenden, während es für den Betroffenen vermutlich gar nicht so schlecht war.

Zum anderen, weil der Mann, der mich zu einem Picknick

am Strand eingeladen hatte, einfach so eingeschlafen war. Ungefähr nach vierzig Minuten. Das sprach für sich.

Ich betrachtete Quinn genauer. Er hatte dunkles, glänzendes Haar, mit dem er getrost als Haarmodel hätte arbeiten können. An der Schläfe entdeckte ich einige graue Strähnchen. Nur ganz leicht, aber das milde Abendlicht versah sie mit hübschen Reflexen. Ich schätzte ihn auf Mitte dreißig. Verraten hatte er mir sein Alter nämlich immer noch nicht. Sein herrlicher Lachanfall war dazwischengekommen.

Jetzt, als der Schlaf sein Gesicht entspannte, sah man ihm deutlich die Erschöpfung an. Malte hatte mir erzählt, dass Quinn vor einigen Jahren das kleine Maklerbüro eines Freundes übernommen hatte, um es nach und nach zu erweitern und auszubauen. Mittlerweile makelte er nicht nur, er leitete auch große Bauvorhaben. Wie hieß es so schön? Er hatte es »geschafft«.

Mir hatte man auch mal gesagt, ich hätte es geschafft. Als ich als Teamleiterin bei der großen Versicherung angefangen hatte. Mir eine tolle Wohnung leisten konnte, den Mini gekauft hatte. Finanziell ging es mir wirklich gut. Nur meine Seele hatte irgendwann zwischendurch schlappgemacht.

Endlich regte Quinn sich leicht und atmete tief durch. Ich spielte mit dem Gedanken, ihn zu berühren. Nur ganz vorsichtig mit der Fingerspitze.

Seine Hand lag direkt vor mir auf der Decke. Hin und wieder zuckte sie leicht, als würde er träumen. Sacht legte ich einen Finger auf seinen Handrücken.

Woraufhin er schlagartig die Augen öffnete und in die Höhe fuhr. Wow. Der Mann wachte auf wie eine Neonröhre. Zack, wach.

»Ich bin eingeschlafen«, murmelte er mit rauer Stimme. Ich nickte zustimmend.

»Das ist mir noch nie passiert. Dass ich einfach so einschlafe. Ich schlafe nie.« Noch einmal rieb er sich das Gesicht, dann sah er mich an. »Du hast offenbar eine hypnotische Wirkung auf mich.«

»Ich schlafe auch schlecht«, erwiderte ich und überlegte, ob man die hypnotische Wirkung irgendwie positiv auslegen konnte. Klang zumindest besser als »einschläfernd«.

»Und woran liegt das?«, fragte er.

»Ich muss nachts immer viel nachdenken«, sagte ich ausweichend und schob gleich eine Frage hinterher. »Magst du deine Arbeit?«

»Oh, Juli. Du stellst immer so komplizierte Fragen.« Er atmete tief durch.

»Wie alt bist du? Hast du Geschwister? Magst du deinen Job? Das ist kompliziert? Dir hat offenbar noch niemand wirklich komplizierte Fragen gestellt.«

»Ja, ich mag meinen Job. Aber zurzeit nerven mich alle. Die Bauleute bauen nicht richtig, die Käufer sind mäkelig und haben an jedem Stein etwas auszusetzen, zwei meiner Mitarbeiter sind krank, und die Menschen, die ihre Häuser hier auf der Insel verkaufen wollen, haben unglaublich hohe Preisvorstellungen. Im Moment bin ich ein wenig …« Er hielt inne und sah mir in die Augen. »Erschöpft.« Dann, nach kurzem Schweigen, fragte er leise: »Warum erzähle ich dir das?«

»Na, weil ich gefragt habe«, antwortete ich. »Wenn man fragt, bekommt man Antworten, oder nicht?« Dieses Prinzip schien Quinn unbekannt zu sein, denn er sah mich ein wenig verwirrt an.

»Wie schaut es mit Urlaub aus?«, fragte ich. Quinn kreuzte die Beine, legte die Arme auf die Knie und bettete das Kinn auf den Handrücken. Für seine Größe war er erstaunlich gelenkig. »Weißt du, ich habe acht Mitarbeiter. Der Laden muss laufen. Ich muss sie ja schließlich bezahlen. Wenn man selbstständig ist, arbeitet man selbst und ständig. Das ist kein blödes Sprichwort. Und … na ja, ich muss meine Familie unterstützen.«

»Ah«, sagte ich nur und nickte, denn er kniff so plötzlich die Lippen zusammen, als hätte er mir jetzt doch ein streng gehütetes Geheimnis verraten. Es klang ein wenig wie das Pendant zu meinem Tag X, der mit einem Schlag alles verändert hatte. Nichts, worüber man sprach.

»Tut mir leid, dass ich eingeschlafen bin. Das ist mir ausgesprochen peinlich«, sagte er.

»Du warst müde. Ist nicht schlimm.«

»Doch«, widersprach er. »Ist es. Sehr schlimm sogar.«

»Hm«, machte ich, weil ich nicht wusste, was ich darauf erwidern sollte.

Auf einmal lehnte er sich vor und legte ganz sacht die Hand auf meine. »Ich mach's wieder gut. Versprochen.«

»Okay.« Ich steckte mir die restlichen Gummibärchen in den Mund und nickte kauend.

So kam es, dass er mich schon gegen halb zehn nach Hause fuhr. Also ich fuhr ihn. Unsere Verabschiedung war höchst züchtig, es gab ein Küsschen links und rechts, wobei ich immerhin feststellte, dass er auch nach Frische und Meer duftete, wenn ich sicher wusste, dass er nicht zehn Minuten vorher geduscht hatte.

Einen Tag später saß ich in einem kleinen Straßencafé von Porto Bello und nippte an meinem Espresso, während ich mit Malte telefonierte. Für ein Treffen hatte er keine Zeit, weswegen wir kurzerhand fernmündlich die Sache abhandelten. So nannte Malte das gerne. Fernmündlich. Ein phänomenales Wort.

»Quinn arbeitet eigentlich immer. Seit ich ihn kenne. Mindestens fünfzehn Stunden am Tag. Kein Wunder, dass der spontan in Tiefschlaf fällt, wenn er mal den Kopf ablegt«, erklärte Malte mir gerade.

»Das spricht nicht für mich. Ich habe offenbar eine einschläfernde Wirkung auf ihn«, erwiderte ich empört und nippte erneut an meinem Espresso, der irgendwie bitter schmeckte.

»Weißt du, was ich in ihm gesehen habe? Ganz am Anfang? Ich war mir sicher: Dem Mann könntest du dein Leben anvertrauen.« Malte wechselte in seinen schwulen Dramaqueen-Tonfall. Das konnte er gut, nur um sich hinterher schnell wieder in den seriösen Segelschulbesitzer zu verwandeln. »Und abgesehen davon: Der Kerl ist Sex on Legs. Machen wir uns nichts vor!« Ich konnte hören, wie er bei diesen Worten grinste. »Ganz ehrlich? Juli, ich finde, so einen Mann könntest du gut gebrauchen.« Dann atmete er tief durch: »Du bist eine wunderbare Frau. Hör auf, Quinns Nickerchen mit dir in Verbindung zu bringen!«

»Ich lebe in einem Kellerloch, verkaufe Sandwiches und erziehe Hunde. Und ich brauche keinen Mann. Abgesehen davon sehe ich aus wie Pipi Langstrumpf.«

»Mit Brüsten.«

»Was?«

»Wenn schon, Pipi Langstrumpf mit Brüsten. Und das Leben ist nichts als Veränderung. Als ich hier ankam, habe ich in einem Baucontainer von Quinn gehaust. Vergiss das nicht. Juli, ich liebe dich. Aber jetzt muss ich auflegen und die Welt retten.«

Ich kam gerade noch dazu, ihm viel Erfolg bei seiner Mission zu wünschen, da hatte er schon aufgelegt. Und kaum nahm ich einen weiteren Schluck von dem bitteren Gebräu, da klingelte es erneut. Meine Mutter. Ich stellte das Telefon auf leise und beobachtete das stetige Blinken. Ich sollte den Anruf annehmen. Wobei die Richtung des potentiell folgenden Gesprächs vordefiniert war, und dazu fühlte ich mich irgendwie nicht in der Lage.

Während mein Handy stumm vor sich hin leuchtete, blickte ich zum Hafen, in dem sanft die Wellen gegen die Kaimauer plätscherten. Menschen flanierten vorbei, hauptsächlich Urlauber. Es war Hauptsaison auf der Insel, und das schon seit einiger Zeit. Auch wenn die Insel immer noch von den massenhaft anrückenden Touristen verschont blieb, war Porto Bello so beliebt, dass es zwei recht große Hotelanlagen gab.

Man spürte allmählich, wie allen auf der Insel die Puste ausging. Die Kellner wurden langsam unfreundlicher, die Marktstandverkäufer ungeduldiger mit der unschlüssigen Kundschaft, die oft nur eine einzige Tomate kaufte.

Direkt vor mir flanierte ein Mann mit offenen Sandalen, weißen Socken und Shorts vorbei, gefolgt von gleich drei kleinen Mädchen, alle mit blonden Zöpfen und pinkfarbener, der Altersgruppe angemessener Einheitskleidung. »Es gibt jetzt kein Eis«, sagte der Mann gebieterisch und drehte sich zu seinen Töchtern um, die zwar lamentierten und nölten, sich der väterlichen Ansage aber ohne Weiteres fügten.

Sie erinnerten mich an uns. An meine Schwestern und mich. Nur dass ich schon vor zehn Minuten den Anschluss verloren hätte. Weil ich eine Unterhaltung mit einem Vogel führen musste oder ein Gänseblümchen genauer betrachtete. Meine Schwestern waren nie irgendwo verloren gegangen, und manchmal hatte mich der Gedanke beschlichen, dass ich vielleicht gar nicht in die Familie Berger gehörte. Irgendwie war ich vielleicht ins falsche Universum geraten. Eine Parallelwelt. Denn während meine jüngere Schwester offenbar mit dem Wunsch, Tierärztin zu werden, auf die Welt gekommen war, und meine große Schwester immer Astronautin oder Profi-Dressurreiterin werden wollte, hatte ich die tiefe Sehnsucht verspürt, mit einem Esel und einer Ziege auf einem Berg zu leben. Bestenfalls alleine. Von Versicherungen habe ich damals ja noch nicht mal geahnt, dass es sie gab.

»¡La cuenta, por favor!«, rief ich dem eiligen Kellner hinterher, der auf dem Absatz kehrtmachte, einen kleinen silbernen Teller von der Theke riss und mir vorsetzte. Ich zählte ihm einen Euro darauf, wohlwissend, dass die zehn Cent Trinkgeld ihn nicht glücklich machen würden. Aber mehr ging nicht. Dann machte ich mich auf zu meinen drei störrischen Hunden, die auf ihren Spaziergang warteten.

Als ich am Abend nach Hause kam, wurde ich von lautem Gelächter auf dem Hof empfangen. Maria, Maria und Maria hatten Besuch. Von Pedro, Calida und ein paar Damen. Sie saßen allesamt an dem großen, uralten Holztisch in der Mitte des Hofes, wo die Marias auch immer ihr Gemüse sortierten, verspeisten Wassermelone und Käse und tranken Wein. Inselwein aus einem alten Plastikkanister. Man war hier herrlich pragmatisch.

»*Cariño*«, begrüßte mich Pedro, der sah, wie ich ein wenig unschlüssig am Tor herumstand. Er gab mir immer nette Kosenamen. *Cariño* bedeutete so viel wie Liebling oder Schatz, und es wärmte mir augenblicklich mein etwas unterkühltes Herz, denn auf der Rückfahrt hatte mich ein frischer Wind vom Meer begleitet. Hier im Hof jedoch war davon nichts zu spüren.

»*¡Sientate!*«, setz dich, riefen alle drei Marias gleichzeitig und wedelten mit ihren Weingläsern in meine Richtung. Jede Form von Gegenwehr wäre sinnlos gewesen. Auf dieser Insel setzte man sich dazu. Basta. Und so schlüpfte ich zwischen Lucía, die Inhaberin der Tankstelle in Porto Bello, und Magdalena, der man mit ihrer knallroten Bluse und den frisch lackierten Nägeln nicht ansah, dass sie sich den ganzen Tag um ihre Ziegen gekümmert hatte.

Bajo war das Dorf der Frauen. Die Männer waren in der Unterzahl und bei Weitem nicht so feierfreudig wie die Frauen. Pedro bildete eine Ausnahme, ihn nahmen die Frauen einfach mit. Vielleicht als ihr Maskottchen, vielleicht hatten sie Mitleid mit ihm, weil er ohne seine Frau leben musste. Vielleicht lag es aber auch einfach an seiner grundsätzlichen Freundlichkeit.

»Hattest du einen schönen Tag?«, fragte Pedro mich jetzt und goss mir Wein in ein schlichtes kleines Wasserglas. Der Wein funkelte im Licht der untergehenden Sonne in einem sanften Rot, und ich nahm einen Schluck.

»Sehr angenehm. Ich habe sogar einen Espresso auf der Promenade getrunken.«

Pedro schüttelte erbost den Kopf. »Du kannst bei mir Espresso trinken. Oder bei Miguel in der Bar hier in Bajo. Viel zu teuer auf der Promenade!«, empörte er sich.

»Ja, aber da kann ich Leute gucken. Die vielen Urlauber. Das ist spannend«, beharrte ich.

Er winkte ab und rümpfte die Nase. »Spannend«, schnaubte er. »Die müssen wegfahren und hierherkommen. Hä?«

»Das liegt an der Sonne und dem Meer. Das fehlt halt den Menschen anderswo.«

»Ich habe es ja versucht. Aber ich konnte nicht lange in Deutschland leben. Ein schönes Land und nette Menschen, aber kein Atlantik! Und keine schwarze Erde! Ich kann nur auf La Isla Bonita leben«, stellte Pedro fest und prostete mir zu.

Jemand schob den Teller mit den Melonenstücken vor mich, und ich griff zu. Melone half ja gegen Durst und Hunger gleichermaßen, und während ich die samtig roten Fruchtstücke aß, sagte ich mit vollem Mund zu Pedro: »Weißt du was über Quinn? Den Makler aus Porto Bello?«

Er grinste verschwörerisch. »Dein Date.« Er wackelte vielsagend mit den buschigen Augenbrauen.

»Mein Date ist eingeschlafen. Am Strand«, flüsterte ich. Und obwohl ich deutsch gesprochen hatte, lauschten auf einmal alle anwesenden Frauen aufmerksam. »Sprechen plötzlich alle deutsch?«, flüsterte ich Pedro zu, und er spitzte die Lippen.

»Du hast gesagt Quinn. Das verstehen sie alle. Er ist angesehen. Spricht Spanisch wie wir. Benimmt sich wie wir. Spricht mit den Behörden wie wir. Alle vergessen ständig, dass er aus Deutschland kommt. Und bei dir sind alle immer besorgt. Dass es dir auch gut geht. Dass du genug isst und schläfst, so weit weg von zu Hause. Maria wollte sogar schon die Nummer deiner Mutter suchen, um mich mit ihr telefonieren zu lassen. Aber ich habe gesagt, du bist erwachsen. Und wir passen schon auf dich auf. *¿Vale?*«

Ich sah ihn an. In seinen braunen Augen lagen Wärme und sehr viel Zuneigung.

»Maria wollte bei meiner Mutter anrufen? Himmel!« Na, das hätte ja für Erheiterung gesorgt. Zumindest bei meiner Mutter. Maria dagegen wäre garantiert ziemlich entsetzt gewesen und hätte mich danach umgehend adoptiert und in Maria umbenannt. Ich lachte auf. Pedros irritierter Blick entging mir nicht. Als ich mich in Hamburg mal schlimm erkältet hatte, wurde ich von einer lieben Nachbarin mit Hühnersuppe umsorgt, während meine eigene Mutter mir telefonisch mitteilte, ich solle eine Aspirin nehmen und bloß nicht zu Hause bleiben. Das könnte mein Chef als mangelndes Engagement auslegen. Danke auch, Mama.

»Gut, dass ihr das nicht gemacht habt«, sagte ich leise und schnitt mir ein Stück Käse ab. »Meine Mutter ist nicht so fürsorglich, verstehst du?« Pedro legte sein nettes Gesicht in Falten, was wohl bedeutete, dass er es nicht verstand. »Ich hatte einen wirklich guten Job, aber der hat mich fürchterlich unglücklich gemacht. Und meine Mutter versteht das nicht. In ihrer Welt muss man einen wichtigen Job haben, und niemand fragt, ob der glücklich macht.«

»Ich verstehe«, murmelte Pedro leise, und dann tätschelte er ein wenig unbeholfen meine Hand, in der ich den Käse hielt. »Ich verstehe.«

»Danke«, sagte ich und musste mich räuspern. Dieses Gefühl der Nestwärme, das ich plötzlich empfand, die Behaglichkeit, hier zwischen diesen Menschen zu sitzen, dazuzugehören, obwohl ich doch so anders war, machte mich ganz rührselig.

Es wurde ein schöner Abend. Wie immer verstand ich nur ein Drittel dessen, was geredet wurde, aber man konnte gar nicht glauben, wie lustig so ein Abend trotzdem sein konnte. Alle Damen am Tisch hielten Quinn offenbar für einen griechischen Gott. Mindestens. Und ich glaube, irgendwann fingen sie an zu philosophieren, wie unglaublich schön unsere Kinder werden würden, und das war der Zeitpunkt, sich zu verabschieden. Zumindest für mich.

Kapitel 8

Der nächste Tag begann wie alle anderen auch. Ich trank Kaffee aus der blauen, angeschlagenen Blümchentasse und holte den Topf mit dem Marmeladenbrot herein. Während ich frühstückte, las ich weiter in meinem aktuellen Roman von Liane Moriarty. Er hatte mich zuverlässig durch die Nacht gebracht, und ich war so unfassbar müde, dass ich im Bad mehrere Sekunden brauchte, um das mir fremde Spiegelbild als mein eigenes zu identifizieren. Gleichzeitig schickte Mareille eine Nachricht, ob ich heute ein paar Minuten früher kommen könne, sie würde es nicht rechtzeitig zum Foodtruck schaffen. Der musste aber um Punkt acht öffnen. Das frühmorgendliche Kaffee- und Gebäckgeschäft war wichtig, weil auf dieser Insel kaum jemand zu Hause frühstückte und so spätestens ab kurz nach acht einen Bärenhunger entwickelte. Zumindest auf dem Markt.

Ich stopfte mir das Marmeladenbrot nahezu quer in den Mund, band mir die Haare hoch, sah aus wie ein Weihnachtsbaum, unternahm einen neuen Versuch und sah dann aus, als würde ich ein Vogelnest auf dem Kopf beherbergen. Das ließ sich aber nun nicht mehr ändern, denn es war schon zwanzig vor acht. Ich beließ das Vogelnest, wie es war, schlüpfte in

Jeans und ein altes Karohemd mit kurzen Ärmeln und stürmte aus der Tür.

Früher dachte ich immer, das Leben in Spanien beginne frühestens um zehn. Was für ein Trugschluss. In meinem kleinen Ort waren um Punkt acht alle unterwegs, einschließlich Maria, die schon wieder Gemüsekisten über den Hof und zu ihrem alten Transporter schleppte.

»*Hola, guapa*«, brummte sie, und ich schenkte ihr ein schräges Lächeln. Mich an diesem Morgen als hübsch zu bezeichnen, war gewagt.

Vor dem Hof schwang ich mich auf mein Rad und trampelte los. Dabei wurde mir schwummrig. Mein Geist und mein Körper waren gemeinschaftlich noch nicht wach. Außerdem war von der gestrigen abendlichen Kühle nicht viel übriggeblieben. Es war schon jetzt bullenheiß, und ich verfluchte das Karohemd, das mich heute in den Wahnsinn treiben würde.

Ich bog auf die Hauptstraße ein, wich einem rumpelnden Trecker aus und trat dann derartig kräftig in die Pedale, dass ich vermutlich eine Staubwolke aufwirbelte. Pedro stand auf dem Marktplatz und sortierte die Post in seine Satteltaschen, während Calida ihn dabei beobachtete und offensichtlich ungeduldig auf die Abfahrt wartete. Er warf mir eine Kusshand zu. Aber ich lächelte nur, weil ich das Tempo nur mit beiden Händen am Lenker aufrechterhalten konnte. Manchmal wissen wir es nicht besser.

Um exakt fünf Minuten vor acht bog ich in den Markt von Porto Bello ein, lehnte mein Rad an die Rückseite von Mareilles Trailer und schloss hektisch die Tür auf. Während ich gerade noch die Jalousien über der Verkaufstheke hochzog, warf mir schon ein gutgelaunter Bäckerjunge einen großen Plastikkorb mit frischen Croissants und Schokoladenbrötchen entgegen.

»¡Gracias!«, rief ich gehetzt und füllte keine sieben Sekunden später Wasser in die Kaffeemaschine. Die Menschen auf dem Markt waren wie ein gut geöltes Uhrwerk, denn kaum lief der Kaffee würzig duftend in die Kanne, tigerten schon zwei Gemüsefachleute heran und orderten fünf Croissants und vier *café con leche*.

In fliegender Hast schäumte ich die Milch auf, denn es näherten sich auch schon die ersten sehr frühen Touristen, die die bunte, duftende Fülle der Marktstände bestaunten und die schmalen Gänge auf den staubigen Wegen verstopften. Es wurde allgemein gegrüßt. Spanische Wortfetzen flogen durch die Luft. Geschäftig wurden Dinge durch die Gegend getragen.

Ich untermalte die ganze Szene mit dem Duft von heißem Kaffee und Schokoladenbrötchen. Hier und jetzt war ich wichtig, zwar nur ein kleines Rädchen im großen Getriebe, und doch nicht einfach nur eine Mitarbeiterin unter Tausenden, deren Abwesenheit man erst bemerken würde, wenn Akten nach Wochen unauffindbar waren. Wenn ich hier nicht stand, hatte niemand Kaffee und Frühstück.

Irgendwie löste diese Erkenntnis ein Gefühl von tiefer Zufriedenheit aus. Ein bärtiger Mann tauchte auf und sang mir mit rauer Stimme seine Bestellung entgegen. Die alteingesessenen Palmeros hatten zuweilen einen Slang drauf, den ich auch mit besten Spanischkenntnissen nicht verstehen würde. Ich verstand allerdings das Wort *café*, und der Mann deutete dabei hilfreich auf den Berg an Croissants, die ich feinsäuberlich in einem mit einem weißen Tuch ausgeschlagenen Korb drapiert hatte.

Ich erledigte seine Bestellung, sang in meinem eigenen Slang den Preis, kassierte und wünschte ihm einen schönen Tag. Danach hielt ich unauffällig meine Handgelenke in das mit kaltem Wasser gefüllte Becken neben der Arbeitsplatte. Wie konnte es zu so früher Stunde schon so heiß sein? Das musste der berühmte *calima* sein. Ein heißer Wind aus der Sahara, der Sand und Staub über die Insel fegte und manchmal sogar den Flugverkehr zum Erliegen brachte.

Ich wedelte mit den Händen in der heißen Luft herum, was wenigstens für ein bisschen Kühlung sorgte, und beobachtete das stetige Treiben um den Foodtruck herum. Jeder auf diesem Markt hatte seine Aufgabe, sein Tagwerk, Dinge zu verrichten, die wichtig zu sein schienen.

Versicherungen waren auch wichtig. Sie lösten manchmal die kleinen oder großen Maleschen der Menschen, verhinderten, dass jemand nach einem Unfall in die Armut stürzte, und ersetzten nach einem Wohnungsbrand das Mobiliar. Aber das alles war bei meinem Job in den Hintergrund geraten, weil es irgendwie nur noch um Zahlen gegangen war. Ich war eine Sachbearbeiterin, und so bearbeitete ich Sachen. Mit echten Menschen hatte ich dabei nicht zu tun, außer in dem kleinen Team, das ich leitete. Das aus überschaubaren drei Leuten bestand. Ich hatte von unseren Kunden wohl gehört, von ihnen gelesen, aber ich hatte nie mit ihnen zu tun gehabt.

Jetzt war ich jeden Tag von vielen Menschen umgeben. Und das war schön. Wo ich Menschen doch so gerne hatte.

Dieser Tag war wie einer der vielen anderen, die ich schon auf der Insel erlebt hatte. Nichts deutete darauf hin, welche

Wendung er noch nehmen sollte. Als ich meine Frühschicht beendet hatte, blieben mir noch zwei Stunden Zeit, bevor ich mit meinen Hunden die alltägliche Revierabschreitung vornehmen würde. Ich übergab den Foodtruck direkt an Mareille, schnappte mir mein Fahrrad und schob es über den Markt Richtung Ausgang. Immer noch eine Stunde und fünfundfünfzig Minuten.

Zeit! Nur für mich! Noch vor einer Stunde hätte ich mich sofort zurück ins Bett gelegt, den Ventilator auf höchste Stufe gestellt und mindestens eine Stunde dem Tiefschlaf gefrönt. Tagsüber konnte ich nämlich hervorragend schlafen. Aber kaum verließ ich die Marktfläche, wurde ich von einem ungeahnten Energieschub erfasst. Vielleicht waren es die Nachwirkungen von Mareilles Hardcore-Kaffee, den ich mir kurz vor Schichtende noch gegönnt hatte. Sie schien das schwarze Gebräu immer noch mit Magie oder anderen undefinierbaren Zusätzen zu versehen. Zumindest war meine Müdigkeit verflogen.

Ich schwang mich auf mein Fahrrad und radelte drauflos, mitten durch die brütende Mittagshitze. Vorbei am Hafen, quer durch die Einkaufsmeile, wobei ich lustige Schlenker machen musste, um keinen Touristen niederzustrecken, und dann ein paar Berge hoch und vorbei an vielen kleinen Fincas, ein- und zweigeschossigen Wohnhäusern. Der Fahrtwind kühlte mir das erhitzte Gesicht.

Nach einer Weile kam ich durch eine ruhige Seitenstraße. Ich kannte die Gegend gut, hier war ich oft mit den Hunden unterwegs, und irgendwie kam mir auch der Straßenname bekannt vor. Hatte ich ihn nicht erst kürzlich irgendwo gelesen?

Neben mir zog ein Schild vorbei mit der großen Aufschrift

Nido Real Estate. Ich bremste so abrupt ab, dass mein Rad ins Schlingern geriet und ich mit einem Bein auf dem Bordstein bremsen musste. Das war vermutlich äußerst unelegant, verhinderte aber, dass ich quer auf der Straße aufschlug.

Ich drehte mich um und betrachtete das Schild erneut. Das war Quinns Büro! Jetzt entdeckte ich auch seine Nobelkarosse vor dem Laden mit den großen Fensterfronten, die von einer rot-weiß gestreiften Markise überdacht waren. Mein Unterbewusstsein hatte mir vorgegaukelt, eine kleine Spritztour durch Porto Bello zu machen, doch offenbar hatte es mich auf direktem Wege zu Quinn geleitet. Das war doch ganz glasklar ein Zeichen.

Schicke Buchsbäume in grauen Töpfen säumten die gläserne Eingangstür. Das hier wäre sicherlich der letzte Laden, in dem ich auf Wohnungssuche gehen würde. Als ich nach La Palma gekommen war, hatte man mich mehr oder weniger unter der Hand hin und her gereicht, bis ich endlich bei Maria im Souterrain meine Bleibe gefunden hatte. Ich war mir ziemlich sicher, dass es bei *Nido* keine verrümpelten Kellerzimmer zu mieten gab.

Nun stand ich hier also. Etwas unschlüssig lehnte ich mein Fahrrad erst gegen die Mauer neben Quinns Auto, stellte es dann aber doch gegen einen Laternenpfahl. Ich hatte nämlich das Gefühl, dass mich jemand aus der großen Fensterscheibe heraus beobachtete. Zwischen den ordentlich aufgereihten Immobilienangeboten hindurch. Aber da ich jetzt hier schon recht lange damit beschäftigt war, mein Fahrrad an den perfekten Abstellplatz zu bugsieren, sollte ich schließlich auch reingehen.

Ich schlenderte betont gleichgültig auf die Eingangstür zu, scheiterte grandios an der Tatsache, dass die Tür nicht nach innen, sondern nach außen aufging, und betrat deshalb das klimaanlagengekühlte Innere des Maklerbüros mit einem Stolperer.

»Puh«, war das Einzige, das mir dazu einfiel. Aber was für eine unglaubliche Erfrischung, mein Körper kühlte schlagartig um zehn Grad ab. Hier drin bekam man nicht viel davon mit, was draußen für ein Wetter herrschte. Feinsäuberlich abgeriegelt von der Umwelt. Wie in Hamburg.

Ich atmete tief durch und blickte mich um. Drei Schreibtische standen im Raum, nur einer davon war besetzt. Eine Frau sah mich über ihren Monitor hinweg an.

»Hola.« Ich schenkte ihr ein strahlendes Lächeln, was sich seltsam anfühlte, weil der Schweiß in meinem Gesicht langsam zu frieren schien. Überhaupt war die ersehnte Abkühlung einem Frösteln gewichen.

»Wie kann ich Ihnen helfen?« Sie hatte mich offenbar schon an meinem *Hola* als Deutsche identifiziert, sprach selbst aber mit einem leichten spanischen Akzent. Und sie machte ein Gesicht, als hätte ich sie aus einer enorm wichtigen Tätigkeit gerissen.

»Ich suche Quinn«, antwortete ich, und dabei fiel mir ein, dass ich Quinns Nachnamen nicht kannte.

»Herr von Anstetten ist leider nicht zu sprechen«, antwortete die Dame wie aus der Pistole geschossen, womit sich diese Frage geklärt hatte. Ich überlegte kurz. Vielleicht war Herr von Anstetten grundsätzlich nicht zu sprechen. Unter Einbeziehung der Tatsache, dass er sich in meiner Gegenwart aber schon im Land der süßen Träume herumgetrieben hatte, fand ich, ein wenig Penetranz konnte nicht schaden. »Sein Auto steht aber draußen.«

Jetzt lächelte die Dame. Es erreichte nicht ganz ihre Augen und verlor sich irgendwo zwischen Mundwinkel und Wangenknochen. »Er ist auf dem Sprung. Aber ich kann Ihnen sicherlich auch weiterhelfen.« Um dieser Aussage Nachdruck zu verleihen, sprang sie von ihrem Bürostuhl auf und eilte um ihren Schreibtisch herum auf mich zu. Sie ging mir gerade mal bis zum Schlüsselbein, dabei war auch ich nicht sonderlich groß.

»Mein Besuch ist eher privater Natur«, erwiderte ich zögerlich und musste mich beherrschen, um nicht einen Schritt nach hinten zu machen. Obwohl sie so klein war, hatte sie nämlich etwas Bedrohliches. Selbst wenn ich Geld wie Heu hätte, hätte ich mir spätestens jetzt überlegt, ob ich von ihr ein Haus kaufen mochte. Weitere Überlegungen diesbezüglich musste ich allerdings nicht anstellen, denn im hinteren Bereich des Geschäfts schlug eine Tür mit einem lauten Rums ins Schloss. Quinn kam mit Akten und Autoschlüssel beladen um die Ecke geschossen und redete dabei auf Spanisch in sein Handy, das er sich zwischen Schulter und Ohr geklemmt hatte. Als er mich sah, blieb er wie angewurzelt stehen.

Wieder trug er einen dunklen Anzug, wieder mit Weste, diesmal sogar mit Einstecktuch. Er wirkte durch und durch kühl und distanziert. Das klitzekleine Lächeln, das sich bei meinem Anblick in seinen linken Mundwinkel geschlichen hatte, änderte daran rein gar nichts.

Er würgte seinen Gesprächspartner auf Spanisch ab, ließ das Handy in seine Jackentasche gleiten und sagte: »Hallo, Juli.« Ich fühlte mich erstaunlich deplatziert. Zumal die Empfangsdame jetzt auch noch eine Augenbraue gehoben hatte und ich mich schon immer vor Menschen gefürchtet hatte, die zu so einer Mimik in der Lage waren.

»Ich war in der Gegend, da wollte ich mal vorbeischauen.« Dass ich entschuldigend mit den Schultern zuckte, konnte ich gerade noch verhindern.

Hierherzukommen war eine ziemliche Schnapsidee gewesen. Den Laden überhaupt zu betreten, gleich doppelt dämlich. »Ich muss wieder los«, sagte ich. Es klang ein bisschen hastig. Und das nicht im Sinne von »Mir ist gerade ein ganz dringender Termin wieder eingefallen«, sondern mehr in der Art von »Ich fühle mich in dieser sonderbaren Situation gerade mehr als unwohl«.

»Ich begleite dich raus«, erwiderte Quinn und schien endlich aus seiner Schockstarre zu erwachen. Er und die Frau mit der Augenbraue, die immer noch gehoben war, was ein klein wenig gruselig wirkte, wechselten ein paar Worte auf Spanisch, dann trat ich mit Quinn im Schlepptau hinaus auf den Vorplatz vor dem Maklergeschäft. Brütende Hitze empfing mich, und alles, was vorher im kalten Hauch der Klimaanlage festgefroren war, taute wieder auf.

Quinn öffnete die Beifahrertür seines Wagens, warf seine Unterlagen auf den Sitz und drehte sich zu mir um. Er wirkte angespannt. »Juli, lass uns einen Termin machen«, sagte er knapp, wobei er offenbar nicht wusste, was er mit seinen Händen anstellen sollte, denn er steckte sie kurzerhand in die Hosentaschen.

»Machen wir«, erwiderte ich knapp und schnappte mir mein Rad. Quinn war neben mich getreten und hielt mir etwas entgegen. Eine Visitenkarte. Ich nahm sie, steckte sie in meine Hosentasche und sagte: »Ich werde meine Assistentin bitten, dir einen Terminvorschlag zu schicken.« Dann schwang ich mich in den Sattel und strampelte los. Jetzt war es Wut, die mich durch Porto Bello trieb. Wut auf mich selbst. Was hatte ich mir nur dabei gedacht? Ich brauchte wirklich viel, nur ganz sicher kein Techtelmechtel mit irgendeinem arroganten Schnösel. Meine Aufgabe war es, herauszufinden, wer Juli wirklich war.

Im Moment war Juli aber erstmal die Atemlose. »Blöd, blöd, blöd«, keuchte ich, während ich einen Berg hinaufstrampelte. Quinn war blöd, weil er sich dermaßen unterkühlt gezeigt hatte, ich war blöd, weil ich mich doch tatsächlich dieser klitzekleinen Sehnsucht nach ihm hingegeben hatte, und das Wetter war auch blöd, weil es einfach viel zu heiß war für ein Hamburger Mädchen.

Eine ganze Stunde zu früh hielt ich vor Flipps Haus an, da war sein Frauchen gerade dabei, sich für die Arbeit fertig zu machen. Ein Auge geschminkt, ein Auge ungeschminkt, die Mascara noch in der Hand, öffnete sie mir die Tür. »Schockschwerenot. Frau Berger. Sind Sie zu früh oder ich zu spät?«

»Ich bin zu früh. Ich dachte, ich könnte mit Flipp noch ein bisschen apportieren üben. Für einen Gassigang ist es eh zu heiß.«

»Ja, der heiße Wind hat die Insel fest im Griff. Kommen Sie rein.« Sie drehte sich um und verschwand in der Wohnung. Ich folgte ihr. Flipp freute sich überschwänglich und am ganzen Körper, wie es nur Golden Retriever konnten.

Flipps Frauchen tauchte mit zwei geschminkten Augen wieder auf. »Sie sehen ein wenig derangiert aus«, stellte sie trocken fest, griff in den Kühlschrank nach einer Limonade, öffnete sie, goss mir ein Glas ein und reichte es mir. Dankbar nahm ich das Getränk entgegen und leerte es quasi auf Ex.

»Ich habe einen neuen Kunden für Sie«, sagte sie, während

sie diverse Utensilien vom Küchentisch in eine riesige Handtasche fegte. »Allerdings möchte besagter neuer Kunde wissen, ob Sie beabsichtigen, längerfristig Ihre Dienste anzubieten. Er möchte einen Wechsel des Dogsitters vermeiden. Er hat eine Bulldogge, die sehr empfindlich auf wechselnde Bezugspersonen reagiert.«

Ich kraulte Flipp weiter betont nonchalant den Kopf. Die richtige Antwort wäre nämlich gewesen: Ich hatte keine Ahnung.

Ich hatte keine Ahnung, wie lange ich hierbleiben würde, wohin ich stattdessen gehen könnte, warum ich das tun sollte, warum mein Leben eigentlich so verworren war. Stattdessen brummte ich etwas von »voraussichtlich längerfristig«, »Aufbau von Kundenstamm« und »mein Leben ist kompliziert«. Die letzten Worte passten natürlich überhaupt gar nicht zu meiner beabsichtigten Aussage, was Frau Dormann auch nicht entging.

Sie grinste mich an, wirklich sehr freundlich, und sagte: »Das Leben wird im Alter nicht weniger kompliziert.« Dann schulterte sie ihre riesige Handtasche und schnappte sich die Schlüssel. »Flipp hat sein großes Geschäft noch nicht erledigt. Viel Spaß!« Damit war sie verschwunden.

Auch der Hund zeigte sich unbeeindruckt von meinem komplizierten Leben, als ich mich leise stöhnend auf das Sofa fallen ließ. Erfreut sprang er neben mich, lächelte mir glücklich ins Gesicht und lehnte sich dann mit seinem gesamten Körpergewicht tief seufzend gegen meine Schulter.

»Ich möchte gerne hierbleiben. Aber irgendwann muss ich doch wieder zurück nach Deutschland, oder? Für die Rente vorsorgen. Etwas aus meinem Leben machen.« Ich blickte ihm in die hingebungsvollen braunen Augen. »Ich mag Quinn«, stellte ich dann fest. »Nur deswegen bin ich einfach so spontan bei ihm vorbeigefahren. Weißt du was? Er war richtig doof.« Ich seufzte bleischwer, was der Hund als Aufforderung empfand, mir das Kinn zu lecken. Ich drehte den Kopf ein wenig weg, um seinem Hundeatem zu entkommen, und legte die Stirn auf die seidenweichen Haare seines Kopfes. Er hielt ganz still.

Ein ungewöhnlicher Zustand für diesen Golden Retriever. Vielleicht spürte er, dass ich ein klein wenig Trost gebrauchen konnte. »Das ist sehr freundlich von dir«, murmelte ich leise. »Ich habe Isabella versprochen, herauszufinden, was mich glücklich macht. Aber mir war nicht klar, wie schwierig das eigentlich ist.«

Wir übten dann tatsächlich noch das Apportieren. Denn obwohl er rassebedingt darin ein Ass sein sollte, waren seine Bemühungen beklagenswert ungelenk. Eli und der Lord bekamen zur Feier des Tages jeweils eine eigene Hunderunde, in der ich mich ganz auf sie konzentrieren konnte, und schlussendlich hielt ich meinen glühenden Schädel kurz unter den Springbrunnen, der auf dem Marktplatz fröhlich vor sich hin plätscherte.

Mittlerweile hatte ich gefühlte 5 000 km hinter mich gebracht, mir taten die Füße und der Hintern vom Fahrradfahren weh, ich schwitzte aus allen Poren, und die Haare klebten mir am Kopf. Ich hatte noch exakt zwei Ziele an diesem Tag. Das erste war eine eiskalte Dusche, das zweite mein Bett.

Zügig radelte ich zurück. Doch schon wenige Meter vor dem Ortsschild von Bajo überkam mich ein sonderbares Gefühl. Es gab nichts, womit sich dieses Gefühl erklären ließ. Zumindest nicht auf den ersten Blick.

Als ich von der Dorfstraße nach links einbog, fiel mir auf, wie still es plötzlich war. In Bajo war es nie still. Irgendwo knatterte immer ein Traktor oder ein Zweitakter durch die Gegend. Irgendjemand sprach in lautem und aufgeregt klingendem Spanisch oder saß doch wenigstens vor seinem Haus, vertieft in den Anblick des Abendhimmels. Heute aber war alles ganz still. Niemand war zu sehen.

Dann kam mir ein Rettungswagen entgegen und fuhr ganz langsam über die Dorfstraße. Ihm folgten zwei Autos. Der Rettungswagen blinkte und bog so unfassbar langsam auf die große Straße Richtung Porto Bello ab, als hätte er eine besonders fragile Fracht. Die Autos folgten ihm. Verwundert sah ich ihnen hinterher.

Und dann hörte ich den Esel schreien.

Kapitel 9

Der kleine Dorfplatz von Bajo war voller Menschen. Ich hielt am Straßenrand an und lehnte mein Rad gegen eine Hauswand. Der Platz war umringt von kleinen, geduckten bunten Häuschen, die ein bisschen wirkten, als hätten sie sich zufällig an diesem Ort getroffen und einfach niedergelassen, weil es so schön war. Es gab eine kleine Bar und einen Lebensmittelladen, und für die Größe des Ortes war das schon eine beeindruckend gute Infrastruktur. Hier war immer etwas los, aber heute beschlich mich das Gefühl, etwas Wichtiges nicht mitbekommen zu haben.

Es schien, als läge auf den Menschen, die hier in kleinen Grüppchen zusammenstanden, eine bleierne Schwere, als ob etwas passiert wäre. Unschlüssig drückte ich mich an der Straßenecke herum, bis ich endlich Maria entdeckte, die in der Mitte des Platzes stand und sich mit der Guardia Civil unterhielt, deren Polizeifahrzeug ich jetzt am anderen Ende des Platzes, kurz vor der Ausfahrt, entdeckte.

An einem Stuhl neben der Bar lehnte ganz schief Pedros Postfahrrad. Ein paar Briefe waren aus der Satteltasche gefallen und lagen auf dem staubigen Pflaster. Das würde Pedro überhaupt nicht gefallen. Suchend ließ ich den Blick über den

Marktplatz schweifen, konnte ihn oder Calida aber nirgends entdecken, und pirschte mich dann langsam an Maria heran.

Sie stand leicht gebeugt, als hätte ihr jemand ein Stück Blei auf die Schultern gelegt. Dabei war sie die Frau, die jeden Tag mindestens tausend Kisten Gemüse durch die Gegend schleppte. Sie stand immer gerade, aufrecht und stark. Ihre Mutter saß auf einem Hocker neben ihr. Als ich sah, dass Marias Mutter weinte, wurde mir ganz flau im Magen. Mein erster Gedanke war, dass mit ihrer Tochter, der kleinen Maria, etwas passiert sein könnte. Ich legte einen Zahn zu, umrundete zwei leise miteinander sprechende Landarbeiter und stand schließlich vor meiner Vermieterin, die langsam den Blick von dem Polizisten hob. Sie sagte etwas, doch ich verstand es nicht.

Fragend hob ich die Schultern. Maria deutete auf Pedros Fahrrad und wiederholte ihre Worte. Sofort wusste ich, dass es wichtig war, sie jetzt zu verstehen. Und zwar jedes einzelne, verdammte Wort. Maria deutete wohl die Ratlosigkeit in meinem Gesicht richtig, denn sie drehte sich ganz zu mir, legte beide Hände auf meine Schultern und sagte langsam: »Pedro ha muerto.«

Ich musste einen erstickten Laut von mir gegeben haben, denn sie streichelte unbeholfen meine Wangen. »Su corazón«, sagte sie schließlich ebenfalls mit erstickter Stimme und klopfte sich selbst auf das Herz.

»¿Muerto?«, fragte ich keuchend. *Tot?* »Aber ich hab ihn heute Morgen noch gesehen. Da ging es ihm gut! Er hat mir eine Kusshand zugeworfen, und ich bin einfach an ihm vorbeigefahren, weil ich es so eilig hatte.« Das alles hatte ich auf Deutsch gesagt. Maria nickte und streichelte einfach weiter mein Gesicht.

»¿Dónde está Calida?«, fragte ich, und Maria gab ein Stöhnen von sich. Sie ließ mich los und deutete auf einen weißen Lieferwagen, der am Rand des Platzes geparkt stand. Ich löste mich von ihr, lief hinüber und kniete mich auf das alte rissige Pflaster, um unter das Auto zu spähen.

Der Lieferwagen war dicht an der Hauswand geparkt, und aus der schützenden Dunkelheit, direkt neben dem rechten Hinterrad, blickten mich zwei panische braune Augen an. Ich wollte der kleinen Hündin sagen, dass alles gut werden würde, dass sie wieder herauskommen sollte, aber ich konnte nicht. Ich brachte keinen Ton heraus.

Pedro war tot. Mein Freund Pedro. Deswegen schrie der Esel also. Er rief quer durch das ganze Dorf, und es brach mir schier das Herz.

Der Polizist war neben mir aufgetaucht. Ebenfalls auf den Knien, blickte er unter das Auto. Und dann erklärte er mir wortreich auf Englisch, offenbar wohl wissend, dass mein Spanisch gerade abwesend war, dass Pedros Hündin ihn gebissen habe. Anklagend hob er dabei die linke Hand, die zwar, vermutlich von Maria, schon fachkundig versorgt worden war, aber trotzdem mehrere kleine Löcher auf dem Handrücken aufwies.

»Sie ist nicht böse. Sie hat einfach nur Angst«, sagte ich auf Deutsch, was nicht hilfreich war, aber ich fand kein einziges spanisches oder englisches Wort mehr in meinem Kopf. Alle Worte waren weg, und der Einzige, der mich verstanden hatte, war tot. Ich richtete mich ein wenig auf und blickte zu Pedros Fahrrad hinüber, das irgendwer aufgerichtet und auf seinen Ständer gestellt hatte. Jemand hatte die Briefe eingesammelt und offenbar zurück in die Satteltasche gesteckt. Das war gut.

Pedro hätte sich die Haare gerauft, wenn einer der ihm anvertrauten Briefe auf der dreckigen Erde gelegen hätte. Das wussten die Menschen in Bajo genauso gut wie ich.

Hilflos duckte ich mich, um wieder nach Calida zu sehen. Sie hatte sich wie ein Fuchs zusammengerollt und fest in die Ecke zwischen Hinterrad und Hauswand gezwängt. Ich konnte sehen, dass sie zitterte.

Maria gesellte sich zu dem Polizisten und mir auf den Boden. Sie blickte kurz unter den Lieferwagen, dann entspann sich eine intensive Diskussion mit dem Polizisten. Ich verstand kein Wort, aber ich hörte den aufgeregten Unterton in Marias Stimme. Der Polizist zumindest verzog mehrmals das Gesicht, deutete anklagend auf Calida und fing dann an, in rasendem Spanisch zu schimpfen. Das verstand ich nun ganz eindeutig.

Das war nicht gut. Mit zitternden Fingern zog ich mein Handy aus der Hosentasche, suchte Maltes Telefonnummer heraus, wählte und wartete. Es klingelte unendlich lange. Malte ging immer an sein Telefon. Es lag nachts sogar eingeschaltet neben seinem Bett. Trotzdem nahm er jetzt nicht ab.

Ich legte auf und brauchte ein paar Minuten, bis ich endlich Patricks Nummer gefunden hatte. Dann ließ ich es auch bei Maltes Mann klingeln. Ebenso erfolglos. Maria stritt sich jetzt offenbar mit dem Polizisten, und es ging zweifelsfrei um Pedros Hündin. Sie gestikulierte ausladend, und ich musste mich einmal sogar wegducken, sonst hätte sie mir aus Versehen einen Kinnhaken verpasst. Irgendwie ging es in dieser Diskussion auch um mich, denn sie fing an, immer wieder energisch auf mich zu deuten. Ich verstand »Hunde«, »Profi«, »Angst« und »niemals«.

»¡Nunca!«, sagte sie gerade wieder und wedelte verneinend mit dem Zeigefinger vor dem Gesicht des Polizisten herum. Ich bastelte mir irgendwie einen Sinn aus dem, was ich verstanden hatte, und kam schließlich zu dem Schluss, dass der Polizist beschlossen hatte, den gefährlichen kleinen Hund irgendwo anders hinzubringen. In Spanien war »irgendwo anders« kein guter Ort für einen Hund. Ich war mir noch nicht mal sicher, ob La Palma ein öffentliches Tierheim hatte. Panik krampfte mein Herz zusammen.

Ich hatte Pedro heute Morgen noch gesehen. Alles hatte vollkommen normal gewirkt. Aber so war es wohl immer. Das Schicksal schlug zu, ohne dass man die Gelegenheit hatte, sich darauf vorzubereiten.

Pedro war tot, und die Welt war immer noch die gleiche. Der Marktplatz sah immer noch so aus wie heute Morgen, und doch war alles anders. Ich stützte mich, immer noch kniend, mit einer Hand am Lieferwagen ab und setzte mich dann kurzerhand auf den Hintern.

Der Polizist verstummte und starrte stattdessen jetzt mich an. Er sagte etwas auf Englisch, was mich dank der schockbedingten Wortvernichtung in meinem Hirn auch nicht weiterbrachte. In meinem Kopf schien sich gar nichts mehr zu befinden, bis auf ein bisschen warme Watte. Als ich nicht reagierte, beugte der Polizist sich erneut unter den Lieferwagen. Die kleine Hündin gab ein deutliches Knurren von sich, eine klare Warnung, dass sie dem Polizisten noch ein paar Löcher in jedes Körperteil hacken würde, dessen sie habhaft werden konnte. Trotzdem streckte der Kerl jetzt eine Hand nach ihr aus. Maria stöhnte und verdrehte die Augen, und ich erwachte aus meiner Starre.

»¡No!«, schimpfte ich und konnte mich nur im letzten Moment zügeln, um den Polizisten nicht unsanft am Ärmel zu ziehen. Das wäre nicht zielführend gewesen, da war ich mir sicher. Maria fing wieder an zu schimpfen und das in rasender Geschwindigkeit und mit steigender Lautstärke. Das war alles überhaupt gar nicht gut. Ich konnte immer noch keinen klaren Gedanken fassen, in meinem Kopf kreiselte alles durcheinander, ich musste immer wieder an Pedro denken. Sein freundliches Gesicht, seinen charmanten Handkuss von heute Morgen, den ich in meiner Eile überhaupt nicht richtig gewürdigt hatte. Und dann wieder Calida. Die zu Tode verängstigt unter diesem Lkw hockte. Sollte sie noch einmal zubeißen, und das würde sie zweifelsohne tun, konnte das für sie das Todesurteil bedeuten. Die meisten Menschen glaubten nämlich, dass Hunde niemals beißen durften, und wenn sie es doch taten, waren sie zu gefährlich, für immer. Aber das stimmte nicht. Ein Hund biss in einer Notsituation zu, und es lag an uns Menschen, diese auch zu erkennen und uns darum zu kümmern, damit der Hund erst gar nicht in die Lage kam, sich verteidigen zu müssen. Calida hatte nun mal nur ihre Zähne. Sie konnte nicht sprechen, sich nicht erklären.

Ich wühlte abermals mein Handy hervor, und diesmal auch die Visitenkarte von Quinn, die ich vorhin eingesteckt hatte. Er war der Einzige, der mir noch einfiel. Außerdem sprach er fließend Spanisch und genoss hier einiges Ansehen. In fliegender Hast wählte ich seine Nummer und presste das Handy ans Ohr, während der Polizist und Maria immer noch diskutierten.

»Anstetten«, meldete sich Quinn nach dem zweiten Klingeln.

»Hier ist Juli …«, sagte ich und versuchte Maria zu übertönen, deren Lamento man aber wahrscheinlich auch ohne Handy bis nach Porto Bello hören konnte. Ich suchte verzweifelt nach den richtigen Worten.

»Juli? Alles okay?«, fragte er.

»Pedro ist gestorben«, sagte ich schließlich. »Und Calida sitzt unter dem Transporter und kommt nicht raus, und ich brauche jemanden, der für mich übersetzt. Damit der Polizist nicht noch mal gebissen wird. Also nein, es ist nicht alles okay, und es tut mir leid, dass ich jetzt keinen Termin bei dir habe, aber ich bräuchte tatsächlich Hilfe.« Das klang vermutlich ziemlich wirr, aber es zeigte Wirkung.

»Wo bist du?«, fragte Quinn knapp.

»Bajo. Marktplatz. Da wo der Tumult ist«, antwortete ich ebenso knapp und hinderte jetzt doch den Polizisten durch ein beherztes Am-Ärmel-Ziehen daran, komplett unter den Transporter zu klettern. »Lass sie doch in Ruhe!«, sagte ich laut und auf Deutsch. Es spielte jetzt auch keine Rolle mehr. »Sie geht dich doch gar nichts an. Sie gehörte Pedro. Wir werden uns um sie kümmern. Du kannst jetzt wieder fahren!«, sagte ich, und meine Stimme bekam einen schneidenden Unterton. »Sie!«, fügte ich noch hinzu, weil es der Anstand wohl gebot, dass ich diesen fremden Polizisten, auch wenn ich ihn ziemlich anstrengend fand, nicht einfach duzte.

Besagter Polizist beschwerte sich nun in energischem Ton, woraufhin Maria sich quasi zwischen uns schmiss und in rasender Geschwindigkeit auf ihn einredete. Es klang, als würde sie ein verbales Maschinengewehr abfeuern.

Ich duckte mich und blickte unter den Transporter. Calida sah mich an. Regungslos. Todesangst im Blick. »Ich kläre hier alles, Schätzchen. Alles wird gut. Ich habe fast alles im Griff«, flüsterte ich ihr zu.

Als ich mich wieder aufrichtete, stellte ich fest, dass sich halb Bajo um uns versammelt hatte. Offenbar hatten alle beschlossen, die Situation ausführlich mit dem Polizisten zu diskutieren. Ganz grob konnte ich mir übersetzen, dass der Polizist persönlich angefressen war, im wahrsten Sinne des Wortes, weil der kleine Hund ihn gebissen hatte. In Ausübung seiner Amtstätigkeit. Vielleicht war das in Spanien eine Straftat, zumindest beabsichtigte er, Calida mitzunehmen. Und niemand hier fand das akzeptabel. Denn Calida war Pedros Augenstern. Sein Ein und Alles.

Gewesen.

Ich musste kurz tief durchatmen und mich wieder haltsuchend mit einer Hand an dem Transporter abstützen. Vielleicht hatte ich es ja nur falsch verstanden. Vielleicht hatte Pedro einen Herzinfarkt und war nun zur Behandlung im Krankenhaus. Aber dann blickte ich zu Marias Mutter hinüber, die immer noch auf ihrem kleinen Hocker mitten auf dem Marktplatz saß. Sie weinte, still und leise, und das war der Moment, in dem mir klar wurde, dass Pedro wirklich nicht mehr zurückkommen würde.

Die Stimmen schwirrten um mich herum. Ich ging wieder in die Knie, um Calida zu zeigen, dass ich da war. Dass die Welt nicht plötzlich nur aus aufgeregten Menschenstimmen und herumstampfenden Füßen bestand.

Ich konnte nicht sagen, wie lange ich so auf dem Boden gehockt und mit verrenktem Rücken unter den Wagen gestarrt hatte, aber irgendwann tauchte Quinn neben mir auf. Er sah mich an. Dann richtete er sich auf, und ich hörte ihn leise mit

Maria sprechen, während die restliche aufgebrachte Diskussion um sie herum ungerührt fortgeführt wurde.

Und dann war er wieder bei mir. Kniete sich in seinem schicken Anzug auf das dreckige Pflaster. Er musste sich bei dem Gespräch mit Maria mehrmals die Haare gerauft haben, denn die standen ihm mittlerweile wirr vom Kopf ab.

»Pedro hat sein Fahrrad mitten auf dem Platz abgestellt, sich hingekniet, seine Hündin gestreichelt, und ist dann einfach umgefallen. Maria sagt, er war sofort tot«, erklärte er mir leise, und ich musste mir eine Hand vor den Mund pressen, um nicht laut aufzuschluchzen. »Calida hat erst versucht, ihn zu verteidigen, gegen die Nachbarn, die versucht haben, ihm zu Hilfe zu kommen, und dann ist sie irgendwann unter den Transporter geflüchtet. Der Rettungswagen kam und hat Pedro mitgenommen. Da ist sie wohl noch einmal rausgekommen, und als der Polizist versucht hat, sie festzuhalten, hat sie ihn gebissen. Er will sie mitnehmen. Offenbar hat er es ein wenig persönlich genommen.« Er schwieg und sah mich an. »Juli?«

Ich konnte nicht reagieren, weil ich so furchtbar weinen musste. Ein wenig unbeholfen legte Quinn mir für einen kurzen Moment die Hand auf die Schulter, ließ mich aber sofort wieder los. »Du hast erzählt, dass er dein Freund war. Es tut mir leid.«

Ich griff in meine Hosentasche, um ein Taschentuch zu suchen, fand aber keins, und so zog ich kurzerhand die Nase hoch. Quinn zupfte das Einstecktuch, ein feinsäuberlich gebügeltes Leinentuch, aus seinem Jackett und reichte es mir.

»Da kann ich doch nicht reinrotzen«, stieß ich hervor.

Er betrachtete mich einen kleinen Moment. »Könntest du

durchaus«, sagte er leise, doch dann nickte er und steckte es zurück in seine Jackentasche.

»Kannst du bitte mit dem Polizisten sprechen? Er darf Calida auf keinen Fall mitnehmen! Wenn sie in so ein Tierheim kommt, stirbt sie augenblicklich vor Angst.« Er nickte wieder und erhob sich. Ich sprang ebenfalls auf und hielt ihn am Jackenärmel fest. »Es war eine ganz natürliche Reaktion von Calida. Sie ist nicht böse. Wenn ein Hund droht, fasst man ihn nicht an. Selbst wenn man ein dämlicher Polizist ist, wird man nämlich trotzdem gebissen.«

Quinn legte die Stirn in Falten. »Ich würde das jetzt eventuell ein wenig anders formulieren«, sagte er nachdenklich, dann wandte er sich an Maria, die sich aus dem allgemeinen Gewusel zurückgezogen hatte und neben uns stand. Beide steckten die Köpfe zusammen und flüsterten leise, und gerade als Quinn sich an den Polizisten wenden wollte, sprang ich nach vorne und packte ihn erneut am Ärmel.

»Das müssen wir anders machen«, sagte ich leise. »Wenn wir dem jetzt noch so kommen, wird das nichts. Als Allererstes musst du ihn loben und dich für seinen tollen Einsatz bedanken. Dann musst du sagen, wie leid es dir tut, dass die Hündin ihn gebissen hat. Und dann«, ich rüttelte an Quinns Arm, »sagst du ihm, dass ich persönlich dafür bürgen werde, dass sie niemandem etwas tut. Dass sie nur sehr verstört ist, was er ja sicherlich versteht. Sie ist nur ein kleiner Hund, der sehr viel Angst hat.«

Quinn sah mich groß an. Dann blinzelte er einmal wie eine kurzsichtige Eule und raunte: »Was ist das? Kommunikationstraining für den kritischen Umgang mit den Behörden in Spanien?«

»Nein«, sagte ich. »Das ist nur logisch. Der Polizist hat die Macht. Er entscheidet. Er hat recht. Da kann man jetzt keine Überzeugungsarbeit leisten, sondern nur an seine Menschlichkeit appellieren. Und das tut man, nachdem man ihm entgegengekommen ist. Vermutlich hat er schon seit mehreren Stunden Feierabend und möchte nach Hause zu seiner Frau und seinem neugeborenen Baby. Stattdessen hängt er hier fest und wird von ganz Bajo beschimpft. Er wird momentan nichts anderes wollen, als sich durchzusetzen. Das ist doch total logisch, oder?«

»Hast du Psychologie studiert?«, fragte er und wirkte gleichzeitig verdutzt und beeindruckt.

»Nein«, erwiderte ich. »Da lernt man so was eher nicht.« Das wusste ich, weil meine Freundin Clara Psychologie studiert und sich über Jahre nur mit Statistiken befasst hatte. Gesprächsführung war eigentlich nie ein Thema gewesen. Quinn gab ein knurrendes Geräusch von sich. Er betrachtete mich mit hochgezogenen Augenbrauen und drehte sich schließlich zu Maria, die aussah, als hätte sie schon die Messer gewetzt. Mit einer Handbewegung gab er ihr ein Zeichen, Ruhe zu bewahren.

Dann sprach er den Polizisten direkt an. Er sprach so schnell, dass ich kein Wort verstand. Das war aber auch nicht notwendig, denn nach dem dritten Satz vollzog sich im Gesicht des Polizisten eine bemerkenswerte Veränderung. Er taute förmlich auf. Ein paar Mal nickte er sogar. Dann sah er mich direkt an, und ich flüsterte Quinn zu: »Sag ihm, dass ich Hundeerfahrung habe.«

»Hundeerfahrung gehört nicht in meinen aktiven spanischen Wortschatz«, seufzte er, und dann sagte er trotzdem irgendetwas, in dem das Wort *perro* vorkam. Hund. Die Einwohner von Bajo verfolgten das Schauspiel, wobei ihnen das Entsetzen über Pedros plötzlichen Tod deutlich ins Gesicht geschrieben stand.

Maria mischte sich ins Gespräch ein. Auch sie hatte offenbar erkannt, was jetzt zu tun war, denn sie klopfte dem Polizisten freundschaftlich auf die Schulter und gab ein paar wohlwollend klingende Worte von sich. Dann nahm sie seine Hand, schüttelte sie und deutete auf den Streifenwagen, der immer noch mit blinkendem Blaulicht mitten auf dem Marktplatz stand.

Allgemeines Gemurmel erhob sich. Der Polizist sagte noch etwas zu mir, nickte allen Beteiligten zu, setzte seine Mütze auf und ging. Quinn drehte sich zu mir um. »Du bist jetzt für sie verantwortlich.«

»Klar«, erwiderte ich, und einen Atemzug später wurde mir die Wucht dieser Worte nur allzu deutlich bewusst.

Kapitel 10

Der Polizist fuhr tatsächlich davon – nicht ohne mir noch einen gewichtigen Blick zugeworfen zu haben –, und ich hockte mich neben dem Transporter auf den Boden. Wenn es sein musste, würde ich die ganze Nacht hierbleiben. Calida saß immer noch regungslos, aber hellwach, dicht an den Hinterreifen des Fahrzeugs gepresst. Die Einwohner von Bajo zerstreuten sich leise murmelnd. Es lag eine seltsame Stimmung in der Luft.

Ich dachte an Pedro, meinen Freund, und fühlte mich wie aus dem Leben gerissen, freischwebend irgendwo in den Sphären, ohne Halt. Dabei hockte ich direkt auf dem Asphalt und atmete die staubige Luft ein. Ich hatte das alles schon einmal erlebt. Dieses Gefühl, es nicht fassen zu können, den Halt zu verlieren.

Quinn kniete sich neben mich und reichte mir eine kleine Tasse. »Cortado mit Zucker. Von Miguel aus der Bar«, sagte er.

Dankbar nahm ich ihm das heiße Getränk ab und trank es in einem Zug aus. »Danke, Quinn, dass du gleich gekommen bist. Ich wusste mir einfach nicht zu helfen. Du kannst jetzt wieder fahren und Feierabend machen«, sagte ich und zog die Beine an.

»Ich bleibe noch«, erwiderte Quinn und ließ sich in identischer Pose vor mir nieder, was in seinem feinen Zwirn ein wenig sonderbar aussah. Vorsichtig spähte er unter den Wagen. »Meinst du, sie kommt da heute noch raus?«

»Spätestens, wenn der Hunger zu groß wird«, sagte ich leise. Ich rutschte ein wenig hin und her, um in meinen Hosentaschen nach einem Hundeleckerli zu fahnden. Normalerweise hatte ich immer irgendwas in der Tasche, aber heute nicht. Ich hatte offenbar alles verfüttert.

»Soll ich auf Futtersuche gehen?«, fragte Quinn, als hätte er meine Gedanken gelesen.

»Geh zu Maria. Die hat diese kleinen Schälchen mit Katzenfutter drin. Damit knackt man fast jeden Hund. Und wir brauchen eine Hundeleine. Pedro«, ich musste kurz schlucken, »hatte immer eine orangefarbene Leine in seiner Posttasche. Kannst du danach auch gucken?« Quinn nickte nur und war schon unterwegs.

»Bestimmt hat Pedros Frau schon auf ihn gewartet«, flüsterte ich in die anbrechende Dunkelheit. »Oder? Was denkst du?« Ich beugte mich hinunter und lugte zu Calida hinüber, die mich kurz ansah und sich beschwichtigend das Maul leckte.

Mein Herz zog sich schmerzhaft zusammen. So wie sie Pedros Augenstern gewesen war, so war auch er für sie ihr Ein und Alles gewesen, ihr zuverlässiger Begleiter, der ihr die Welt gezeigt und erklärt hatte, wie man sich in ihr bewegte, nachdem sie vermutlich in ihren ersten Lebensmonaten keine allzu erfreulichen Begegnungen mit Menschen gehabt hatte.

»Es tut mir so leid«, murmelte ich und lehnte mich mit der Schulter gegen den Transporter. Eine unerklärliche Kälte kroch mir die Beine hoch, dabei war es immer noch brütend heiß auf der Insel. Vielleicht lag es daran, dass ich heute mehrmals komplett durchgeschwitzt gewesen war, vielleicht griff aber auch nur die Erschöpfung nach mir.

Ich musste kurz eingenickt sein, denn als ich die Augen wieder öffnete, hockte Quinn neben mir und betrachtete mich mit schiefgelegtem Kopf. »Leine, Katzenfutter, Jacke.« Er hielt alle Gegenstände in die Höhe und reichte mir schließlich eine leichte Strickjacke, die vermutlich in Marias Kleiderschrank gehörte. Sie duftete nach Erde, und kleine rosafarbene Kletten hatten sich an den Ärmelaufschlägen festgeheftet. Dankbar schlüpfte ich hinein und schloss den obersten Knopf.

»Danke«, sagte ich. »Du kannst jetzt wirklich fahren. Ich bleibe hier sitzen, bis sie rauskommt.«

»Ist es okay, wenn ich noch bleibe?«, fragte er, zog sein Jackett aus und reichte es mir auch noch. »Du siehst tatsächlich aus, als ob dir immer noch kalt wäre.«

Tatsächlich bibberte ich immer noch. Die Kälte schien förmlich in mich hineinzukriechen und jegliche gespeicherte Wärme zu vertreiben. »Man kann doch nicht einfach so sterben«, brach es schließlich aus mir heraus. »Das geht doch nicht!« Ich schnappte nach Luft. »Ich bin heute Morgen einfach an ihm vorbeigefahren, weil ich es eilig hatte. Ich hätte mich noch einmal mit ihm unterhalten müssen. Vielleicht hätte ich dann gesehen, dass es ihm nicht gut ging. Vielleicht hätte ich etwas tun können!«

Quinn unterbrach mich, indem er vorsichtig eine Hand auf meinen Arm legte. »Das hätte nichts geändert. Menschen sterben. Einfach so. Du stehst fassungslos da und versuchst, irgendeine Erklärung zu finden. Dieses ›hätte ich nur‹ treibt dich nur ins Unglück. Pedro ist tot, und kein einziger Gedanke macht ihn wieder lebendig.« Er hatte mein Handgelenk fest mit seinen warmen Fingern umschlossen, als versuchte er mich festzuhalten. Oder mir Halt zu geben. »Du musst dich immer fragen, wem dieser Gedanke jetzt hilft.«

»Niemandem«, murmelte ich. Natürlich hatte er recht. Ich wusste, wohin diese Gedanken führten. Mitten hinein in eine Welt voll Grübelei, schlafloser Nächte und Weinkrämpfe. Ich hatte es erlebt. Und war genau davor geflohen.

Quinn ließ mich los, dabei wäre es mir viel lieber gewesen, er hätte seine Hand an Ort und Stelle gelassen. Seine Berührung hatte mir gutgetan. Stattdessen griff er in seine Hosentasche und zog eine Packung Taschentücher heraus. »Von Maria. Falls du noch mal weinen musst.«

Miguel von der Bar kam mit weit ausholenden Schritten und einem voll beladenen Tablett vor sich über den Marktplatz. Bei uns angekommen, zauberte er einen Klapphocker unter dem Arm hervor, stellte ihn auf und platzierte ihn samt Tablett direkt vor unsere Nasen. Ich blickte auf. Tortilla, eingelegtes Gemüse, frisches Weißbrot.

Miguel war immer ein wenig mürrisch und wirkte, als hätte er grundsätzlich nicht allzu viel Lust zu dem, was er so tat. Das konnte allerdings auch an seinem weißen Rauschebart liegen, der einen Großteil seines Gesichtes verbarg. Aber heute waren seine dunklen Augen gerötet. Vielleicht hatte auch er um Pedro geweint. Wortlos drehte er sich um und ging zurück in seine Bar, die mittlerweile hell erleuchtet am Rande des Marktplatzes erstrahlte. Der Gastraum war gut gefüllt. Niemand schien jetzt alleine sein zu wollen.

Quinn griff nach einem Stück Weißbrot, brach etwas ab und reichte es mir. Stumm schüttelte ich den Kopf. Ich hatte das Gefühl, nie wieder etwas essen zu können.

»Ein kleines Stück?«, fragte er, und weil seine Worte unerwartet liebevoll klangen, versuchte ich mich an einem Lächeln. Und schüttelte noch einmal den Kopf.

Drei Frauen erschienen auf dem Marktplatz und marschierten mit Taschenlampen in der Hand auf Pedros Postfahrrad zu, das immer noch unberührt an dem Stuhl lehnte. Als sie näher kamen, erkannte ich, dass es sich um Maria, Lucía und Magdalena handelte. Wir hockten hier schon so lange, dass es mittlerweile dunkel geworden war.

Sie klappten die ledernen Verschlussklappen der Tasche auf dem Gepäckträger nach oben, zogen Brief um Brief hervor und fingen an, sie zu sortieren. Ich hatte einen Kloß im Hals. Die drei Frauen hatten wohl beschlossen, Pedro einen letzten Dienst zu erweisen. Er war immer so genau mit der Post gewesen, hatte seinen Job geliebt und mit großer Ernsthaftigkeit ausgeübt. Wenn jemand einen wichtigen Brief erwartete, brachte Pedro ihn dorthin, wo derjenige sich gerade aufhielt, und steckte ihn nicht schnöde in den Briefkasten. Genau so war Pedro gewesen. Gewissenhaft und zuverlässig, weswegen er für Calida so ein guter Begleiter gewesen war, die genau das brauchte. Und jetzt war ich für sie verantwortlich, ich, die noch nicht einmal den Hauch eines Lebensplans hatte, die einfach nicht wusste, wer sie war.

Maria hob das Fahrrad vom Ständer, und gemeinsam machten die drei Frauen sich auf, Pedros Tagewerk zu vollenden. Sie bogen nach links in die kleine Straße ein, die zur Anhöhe führte, und waren kurze Zeit später aus meinem Blickfeld verschwunden. Die Zikaden begannen ihr nächtliches Lied, und von dort, wo die Frauen verschwunden waren, ertönte Hufgetrappel.

Der Esel bog gemächlichen Schrittes um die Ecke. Er hatte endlich aufgehört zu schreien. Neben ihm ging Domingo, der ihn, von der vielen harten Arbeit auf dem Feld leicht gebeugt, am langen Strick führte. Die beiden schienen in stiller Eintracht nebeneinander herzuwandern. Die beiden kamen auf uns zu, und Domingo sagte etwas auf Spanisch. Zu schnell für mein angeschlagenes Hirn. Zum Glück übersetzte Quinn. »Er sagt, er wird sich um Pedros Katzen und die Vögel kümmern, und fragt, ob er den Hund auch mitnehmen soll?«

Ich schüttelte entsetzt den Kopf. »Will er sie etwa an den Ohren herausziehen?«, sagte ich scharf.

»Ich übersetze das jetzt mal nicht, aber sage ihm, dass wir hierbleiben. Es ist nicht auszuschließen, dass er sie tatsächlich unter dem Auto hervorziehen würde. Die Leute sind hier nicht zimperlich.«

Er antwortete ein paar Sätze auf Spanisch, und Domingo rieb sich die Augen. Dann tätschelte er seinem Esel den Hals, nickte knapp, sagte noch ein paar Worte und verschwand in die Dunkelheit.

»Sie machen einen Spaziergang. Damit der Esel aufhört, nach Pedro zu rufen. Das ist irgendwie ein netter Ort«, erklärte mir Quinn, der den beiden hinterherblickte. »Die habe ich vorhin ganz vergessen«, fügte er noch hinzu, dann zog er eine Decke aus dem Stapel der Dinge, die er von Maria mitgebracht hatte, breitete sie aus und deutete mir an, mich darauf zu setzen.

Und so kam es, dass Quinn und ich die Nacht zusammen verbrachten. Auf einer nach überreifen Tomaten duftenden Decke im Siebzigerjahre-Muster, während die Zikaden zirpten, die Nachbarn immer mal wieder nach dem Rechten sahen,

Calida zitternd zwischen Bordstein, Hauswand und Reifen lag und ich mich bemühte, nicht direkt an Pedro zu denken, weil ich sonst angefangen hätte, sintflutartig zu weinen. Ich versuchte, nur im Hier und Jetzt zu verweilen und darauf zu warten, dass Calida endlich bereit war, ihr Versteck zu verlassen.

Darüber musste ich schließlich eingeschlafen sein. Denn als ich das nächste Mal die Augen öffnete, brauchte ich einen Moment, bis ich begriff, wo ich überhaupt war.

Auf dem Marktplatz von Bajo.

Immer noch.

Mein Kopf ruhte auf Quinns Bein, der immer noch neben mir saß. Ruckartig richtete ich mich auf.

»Langsam bewegen«, murmelte Quinn.

»Was?«, fragte ich verwirrt und rieb mir den Schlaf aus den Augen.

»Juli«, raunte Quinn völlig regungslos. »Ich sitze hier seit zwei Stunden fast ohne zu atmen und halte eine Aluschale mit Katzenfutter hoch. Und Calida pirscht sich seit ungefähr sechzig Minuten an mich heran. Und jetzt ist sie wieder zurückgehüpft und hockt hinter dem Autoreifen. Hättest du nicht ein paar Minuten später aufwachen können?«

»Tschuldigung«, murmelte ich immer noch ein wenig verschlafen. Jemand hatte ein paar Kerzen gebracht, die die Situation aber nur unzureichend beleuchteten. Unter dem Auto sah ich Calidas Augen im sanften Schein der Flammen aufblitzen. Aber sie saß tatsächlich wieder zwischen Hauswand und Autoreifen gepresst. »Verdammt«, war das Einzige, das mir dazu einfiel.

»Jepp«, antwortete Quinn und ließ das Katzenfutter sinken, um seinen Arm auszuschütteln.

»Du hast echt die ganze Zeit so gesessen?«, fragte ich ungläubig.

Er seufzte. »Du bist eingeschlafen. Was blieb mir anderes übrig?« Er lächelte, und ein feines Netz von zarten Falten zeigte sich um seine Augen. Vielleicht war es das erste echte Lächeln, das ich von ihm zu sehen bekam. Das erste Lächeln, das auch seine Augen erreichte. Die Dunkelheit um uns herum wirkte wie ein Kokon. Wir und Calida, allein mit den Geräuschen der Nacht unter einem unendlichen Sternenhimmel.

»Danke, dass du nicht gegangen bist«, sagte ich leise. Einen Moment sah Quinn mir direkt in die Augen, dann senkte er den Blick. »Ich gehe nicht, wenn es schwierig wird.« Seine Worte waren kaum zu verstehen. Ich legte meine Hand auf seinen Arm, und zwei Herzschläge lang saßen wir einfach so da.

Ein leichtes Kratzen riss mich aus meiner Lethargie. Calida hatte sich wieder ein kleines Stück nach vorn gerobbt. Der Hunger schien sie voranzutreiben. »Katzenfutter«, murmelte ich, und Quinn reichte mir die kleine Aluschale. Mit langem Arm hielt ich sie unter das Auto. Für die kleine ausgehungerte Hündin musste das Gourmet-Katzenfutter, das Maria immer für Escoba kaufte, einfach köstlich duften. Und Trauma hin oder her: Jeder Hund musste irgendwann fressen.

»Komm schon«, murmelte ich sanft, ohne Calida direkt anzusehen. Und tatsächlich, es funktionierte. Ganz langsam, tief geduckt kroch die Hündin über das Pflaster. Sie machte einen derartig langen Hals, dass sie entfernt an eine Miniatur-Giraffe erinnerte, aber es gelang ihr, die Schnauze einmal tief in das Katzenfutter zu tauchen, bevor ich es ein kleines Stück zu mir zog. Calida folgte mir. »Du darfst dich jetzt nicht bewegen«, brummte ich leise in Quinns Richtung.

»Ich erstarre zur Salzsäule«, ließ der vernehmen und tat genau das.

Mit der freien Hand suchte ich hinter meinem Rücken nach der Leine, und während Calida jetzt hastig die Fleischbrocken in Gelee hinunterschlang, ließ ich vorsichtig den Haken in der Öse ihres Halsbands einhaken.

»Hey, meine Hübsche«, säuselte ich und hielt die Schale so, dass sie auch an die letzten Reste des Futters kam. Enthusiastisch leckte sie alles bis auf den letzten Krümel auf, und der gefüllte Magen schien ihr ein wenig Mut zu geben, denn sie drückte sich leicht mit der Rute wedelnd an mein Knie. Ich berührte sie ganz sanft am Kopf, kraulte das seidenweiche Fell mit den Fingerspitzen und beobachtete sie dabei genau. Sie wirkte fast erleichtert, suchte meine Nähe und zeigte keine Anzeichen, nach mir zu schnappen. Weder drohte sie, noch versteifte sie sich. Sie schien einfach nur froh zu sein, sich endlich in meine Nähe getraut zu haben.

»Sie wirkt jetzt nicht wirklich gefährlich«, sagte Quinn leise.

»Ist sie auch nicht. Sie hatte einen Schock und panische Angst. Da beißt auch der freundlichste Hund schon mal zu. Wahrscheinlich hat der Polizist sie einfach gepackt. Da hat sie sich gewehrt.«

»Was jetzt?«

»Ich denke, ich gehe mit ihr nach Hause.«

»Und dann?«

Eine ganz und gar logische Frage. Was dann? Was sollte ich mit ihr bloß anstellen? Konnte sie alleine bei mir zu Hause bleiben, wenn ich arbeitete? Bei Pedro hatte sie das nie tun müssen, er hatte sie immer mitgenommen. Und was war mit

Lord Byron und Eli? Die würden Calida den Schreck ihres Lebens einjagen. Und was war, wenn ich tatsächlich irgendwann nach Deutschland zurückkehrte? Konnte ich sie einfach so mitnehmen? Und was würde ich dort mit ihr machen?

»Weiß ich nicht«, murmelte ich und holte schnaufend Luft, woraufhin Calida und Quinn mich irritiert ansahen.

»Es ist halb drei Uhr nachts. Ich bringe dich nach Hause«, murmelte Quinn und erhob sich umständlich. Er musste tatsächlich mehrere Stunden regungslos auf dem Boden gesessen haben, so steif wie er war. Calida beobachtete ihn zwar argwöhnisch, machte aber keine Anstalten, wieder verschwinden zu wollen. Vielleicht gab die Leine ihr Sicherheit. Vorsichtig stand ich ebenfalls auf und klopfte mir an den Oberschenkel, als Zeichen, dass sie mir folgen sollte. Zögerlich und leicht geduckt tat sie das tatsächlich, während Quinn unsere Sachen zusammenpackte und die Kerzen löschte.

Langsam machten wir uns auf den Weg zu meiner Wohnung, was nicht so leicht war, denn Calida wollte nach Hause. Sie wollte zu Pedros Haus. Immer wieder blieb sie stehen und blickte die Straße hinauf. »Komm, Kleine«, sagte ich und zog ganz vorsichtig an der Leine. »Du hast jetzt ein neues Zuhause.« Sie sah mich an und setzte sich hin. Passiver Widerstand. Ihre braunen Augen waren so seelenvoll und so verwirrt, dass es mich bis tief ins Herz schmerzte. Ich spürte, wie meine eigenen Augen sich mit Tränen füllten, blinzelte sie aber kurzerhand weg. Weinen konnte ich später.

Quinn war dicht neben mich getreten. So dicht, dass seine Schulter meine berührte. »Ich kann sie tragen.«

Ich schnaubte. »Klar. Das lässt sie sich sicherlich gefallen.«

»Warte mal ab«, murmelte Quinn, und ich hatte keine

Energie mehr übrig, um Widerstand zu leisten, als er mir sanft die Leine aus der Hand nahm und mir stattdessen die Decke und das restliche Geraffel in den Arm drückte.

Er ging vor ihr in die Hocke, sah sie dabei aber nicht direkt an. Und dann murmelte er leise ein paar Worte auf Spanisch. Er schien ihr etwas zu erzählen. Und Calida hörte ihm aufmerksam zu. Sie spitzte ihre Fledermausohren und neigte den gefleckten Kopf. In Zeitlupe streckte er eine Hand aus und berührte sie sanft an der Brust, kraulte nur mit den Fingerspitzen ihr seidiges Fell, und Calida ließ es geschehen. Vielleicht war auch sie einfach zu erschöpft, vielleicht hatte sie aber auch beschlossen, Quinn zu vertrauen. Er hatte bewiesen, dass er seine Versprechen hielt und nicht einfach ging, wenn es schwierig wurde. Hunde verstanden so etwas sehr viel früher als Menschen.

Quinn sprach weiter und rückte dabei noch ein wenig dichter an die kleine Hündin heran, bis er ihr schließlich sanft die Hand unter den Bauch schob, die andere an ihre Flanke legte und sie liebevoll erst in seine Arme zog und dann mit ihr aufstand. Sprachlos beobachtete ich die Szene und folgte den beiden dann einfach.

»Wir hatten früher einen Jagdhund. Einen Weimaraner. Ein prachtvoller Hund, aus allerbester Zucht«, erzählte er mir leise, während wir langsam durch die dunklen Gassen gingen. »Arko hieß er. Mein Vater hat ihn als Welpen geholt, um ihn auszubilden und mit zur Jagd zu nehmen. Aber Arko war nicht schussfest. Er hatte Angst. Er war sensibel und völlig aus der Art der stolzen Jagdhundezucht geschlagen.« Wir liefen den unbefestigten Berg zu Marias Hof hinauf. Weit am Horizont glitzerte das Meer im Mondlicht. Calidas Kopf nickte bei jedem Schritt, als hätte sie keine Kraft mehr, ihn aufrecht zu halten. »Ich habe viel Zeit mit Arko verbracht, bin mit ihm durch den Wald gestreift, und manchmal hat er auch in meinem Bett geschlafen, was natürlich absolut verboten war. Arko hatte bei mir nie Angst. Er ist mir überallhin gefolgt, hat sich alles getraut. Weil er mir vertraut hat. Irgendwann fingen die Jägerkollegen meines Vaters an, über das Weichei zu lästern. Und dann hat Arko meinen Vater gebissen. Er war mit ihm beim Tierarzt. Keine Praxis, wie man sie in Deutschland für kleine Tiere so hat, sondern beim Großviehtierarzt der Region. Ich kann mir vorstellen, wie grob man dort mit Arko umgegangen ist, und er hat sich aus Angst zur Wehr gesetzt. Ich bin mir sicher, dass er mich nicht gebissen hätte. Aber meinem Vater hat er nicht vertraut. Danach hat er ihn weggebracht.«

Er schwieg, und eine Weile gingen wir stumm nebeneinander her.

»Danke«, sagte ich schließlich leise.

»Wofür?« Er sah mich an, und jetzt glitzerte der Mond in seinen blauen Augen und verlieh ihnen eine sonderbare Tiefe.

»Dass du mir das erzählt hast.«

Kapitel 11

Maria hatte alle Lampen angelassen, und der Hof erstrahlte in einem warmen Licht. In meiner klitzekleinen Kellerwohnung angekommen setzte Quinn Calida behutsam auf den Boden. Ich stellte ihr eine Schale mit Wasser hin, und die kleine Hündin trank gierig. Quinn und ich beobachteten sie eine Weile, dann brachen wir gemeinschaftlich auf dem Bettrand, der einzigen in der Nähe befindlichen Sitzgelegenheit, zusammen. Es schien fast so, als hätte uns jemand den Stecker gezogen.

»Du kannst hierbleiben«, sagte ich matt und schlüpfte aus meinen Turnschuhen.

»Nächtlicher Herrenbesuch ziemt sich nicht«, erwiderte Quinn ebenso matt.

»Ist eine Ausnahmesituation. Und wir erzählen es keinem. Aber wenn du auch nur ansatzweise so müde bist wie ich, solltest du nicht mehr Auto fahren. Und ich habe noch geschlafen, während du eine Aluschale mit Katzenfutter hochgehalten hast.«

Quinn schnaufte nur kurz und lehnte sich zurück. Nachdenklich betrachtete er den Spruch von Voltaire über meiner Tür, den die Deckenleuchte gekonnt in Szene setzte.

»Alles okay?«, fragte ich und berührte ihn leicht an der Schulter.

»Immer. Bei mir ist immer alles okay«, erwiderte er rau, doch in seinen Augen stand etwas ganz anderes.

Calida erhob sich, kratzte sich mit dem Hinterbein am Kopf, umrundete Quinn und mich mit einigem Sicherheitsabstand und sprang dann hinter mir aufs Bett. Dort drehte sie sich mehrmals im Kreis und rollte sich dann ein wie ein kleiner Fuchs.

»Wir sollten jetzt schlafen«, sagte Quinn und klang plötzlich wieder wie er selbst. »Ja«, antwortete ich. »Du kannst … äh …« Suchend sah ich mich um.

»Ich würde tatsächlich bleiben. Und den Sessel nehmen.« Er stand auf und schob den Sitzsack an den alten Sessel heran. Dann ließ er sich rücklings darauf fallen und rollte sich nicht minder elegant als Calida zusammen.

Ich betrachtete ihn einen Moment lang. Dann zog ich langsam die Beine an, drehte mich zur Seite und legte mich neben die kleine Hündin, die mich zwar genau beobachtete, ihre Liegeposition aber nicht veränderte. Tief atmete ich einmal durch. Ich war jetzt seit fast vierundzwanzig Stunden auf den Beinen, meine Seele war einmal bis auf ihre Grundfesten erschüttert worden, meine Vergangenheit hatte ihren stählernen Anker nach mir geworfen, und nur zwei Meter neben mir lag ein fremder Mann. Ein Mann, den ich unbestreitbar interessant fand und der sich nach dieser außerordentlichen Nacht gar nicht mehr so fremd anfühlte. Außerdem besaß ich seit wenigen Stunden eine kleine, verängstigte Hündin, und mein Freund, mein lieber Freund und Verbündeter war tot.

Mein aufgewühltes Gehirn beschwor ein Bild von Pedros freundlich lächelndem Gesicht herauf, und ich schluckte den Kloß in meinem Hals hinunter. Eins nach dem anderen, beschwor ich mich selbst. Nur so hatte ich die Tage nach Isabellas Tod in Hamburg irgendwie überstanden. Und so würde ich sie hier auch überstehen. Ich atmete tief in den Bauch und wieder aus.

»Juli?« Quinn räusperte sich. Dabei hatte ich gedacht, er wäre schon längst eingeschlafen. »Ich wäre heute eh noch zu dir gekommen. Das wollte ich nach Feierabend sowieso machen. Als du heute bei mir im Büro aufgetaucht bist, war ich …« Er schwieg und schien nach den richtigen Worten zu suchen. »Überrascht«, sagte er schließlich. »Ich mag Überraschungen nicht so sehr. Und als du plötzlich vor mir standst, hat mich das aus voller Fahrt ausgebremst. Du bei mir im Büro, das war irgendwie der falsche Kontext.«

»Ah«, erwiderte ich nur, denn ich schien jetzt endgültig alle verfügbaren Worte des Tages aufgebraucht zu haben.

»Ich tue mich schwer mit neuen Situationen«, fuhr Quinn leise fort. »Und du bist eine neue Situation in meinem Leben.«

Trotz meiner Erschöpfung machte mein Herz einen Satz. Ich wollte etwas darauf erwidern, doch mir fiel nichts ein. Schließlich sagte ich nur: »Danke«, was zwar irgendwie unpassend war, aber zumindest stimmte.

Ich schlief tief, wenn auch nicht fest, denn ich träumte wirre Dinge. Ein feuerspeiender Drache, eine Tsunamiwelle, die alles zu verschlingen drohte, und Apfelpfannkuchen mit Zimt und Zucker waren die Hauptprotagonisten in diesen Träumen, und als ich aufwachte, war ich nicht in der Lage, diese

Dinge irgendwie sinnvoll aneinanderzureihen. Also ließ ich es und hob stattdessen vorsichtig den Kopf.

Es war schon hell draußen. Calida lag immer noch in gleicher Pose neben mir und schlief. Und Quinn stand in meiner Küche. Er hatte die Hände auf die Arbeitsfläche gelegt und starrte an die gegenüberliegende Wand. Das noch frühe und sanfte Licht legte einen Weichzeichner über seine Züge, und er wirkte sehr viel jünger, als er sein musste. Eine fremde Verlorenheit spiegelte sich in seinem Gesicht. Vielleicht klammerte er sich deswegen an meine Küchenarbeitsplatte.

Ich setzte mich vorsichtig auf. Calida schlug ein Auge auf, blinzelte mich an, verharrte aber regungslos.

»Guten Morgen«, brummte Quinn, als er bemerkte, dass ich wach war, und rang sich so etwas wie ein Lächeln ab. Es erreichte mit größter Mühe seine Mundwinkel, doch seine Augen blieben im Schatten. »Es ist kurz vor acht. Maria hat Hundefutter vor die Tür gestellt. Und einen roten Topf, in dem sich zwei Schokoladencroissants befinden. Und sie lässt fragen, ob du um neun fertig bist, um nach Porto Bello zu fahren.«

»Was ist da? Um neun?«, fragte ich und musste so herzhaft gähnen, dass mein Kiefer knackte.

Quinn rieb sich das Gesicht, bevor er antwortete. »Pedros *velatorio*, die Totenwache.«

»Jetzt schon? Er ist doch gestern erst gestorben«, hauchte ich und war schlagartig wach.

Jetzt grinste Quinn tatsächlich. »Das geht in Spanien zügig über die Bühne. Warst du schon mal auf einer spanischen Beerdigung?«

Erschüttert schüttelte ich den Kopf. Es gab wirklich sehr

wenige Dinge, die ich so sehr hasste und die meine Seele so sehr in Mitleidenschaft zogen wie die klassische deutsche Erdbestattung. Ich hatte eigentlich gehofft, so schnell nicht wieder weinend an einem Grab stehen zu müssen.

»Man trifft sich im *tanatorio*, dem Trauerhaus. Es ist anders als in Deutschland. Die Leute lassen nach einem Todesfall alles stehen und liegen und eilen dorthin, um den Hinterbliebenen beizustehen und ihre Verbundenheit mit dem Toten und der Familie zu zeigen.« Er wirkte angestrengt, als er mir das alles erzählte.

»Pedro hat aber doch keine Familie«, sagte ich leise.

»Er hat aber Bajo«, erwiderte Quinn trocken. »Erst trifft man sich im Trauerhaus, dann fährt man gleich oder am nächsten Tag weiter zum Friedhof. Dort kommt der Sarg in eines dieser Nischengräber. Kennst du die? Vorne ist dann ein Bild des Verstorbenen drauf.«

Ich nickte schwach, denn ich hatte Fotos davon in einer Zeitschrift gesehen. In dem Artikel war es um die Friedhofskultur auf den Kanarischen Inseln gegangen. Ich hatte ihn grob überflogen, aber auch nur, weil auf dem abgebildeten Friedhof so zauberhafte Drachenbäume standen.

»Pedro ist schon im *tanatorio*. Zwei seiner Nachbarn sind gestern Abend dem Krankenwagen hinterhergefahren. Er war also nicht alleine. Hier ist das anders als in Deutschland. Nicht nur schneller, auch sehr viel weniger getragen und traurig. Und es hat einen gewissen Unterhaltungswert, wenn man versucht, den Sarg über ein Baumarktgerüst in eins der oberen Fächergräber zu bugsieren.«

»Also bitte.« Empört starrte ich Quinn an.

»Ich gehe nicht auf Beerdigungen«, sagte er im nächsten Moment übergangslos, und sein Gesicht verschloss sich schlagartig wie eine Auster. »Aber du solltest zumindest zur Trauerfeier gehen.«

Ich warf Calida einen Blick zu, die sich jetzt streckte und ihre kleine schwarze Nase in die Matratze drückte.

»Ich nehme sie so lange«, sagte Quinn, der offenbar mal wieder meine Gedanken gelesen hatte, und fing an, mit meiner antiken Kaffeemaschine zu hantieren. »Ich arbeite von zu Hause aus. Du kannst sie später abholen.«

»Du hast jetzt wirklich viel Zeit damit verbracht, dich um meine Angelegenheiten zu kümmern. Das kann ich nicht verlangen«, sagte ich leise.

»Schon vergessen? Ich bin der, der da ist, wenn es schwierig wird«, sagte er leichthin und wirkte bei diesen Worten so erschöpft, dass ich langsam vom Bett rutschte und zur Küche humpelte. Mir tat alles weh. Ich tastete nach meinen Haaren. Sie standen wüst vom Kopf ab, und ich hatte immer noch nicht geduscht. Wahrscheinlich roch ich wie ein Puma. Doch es war erstaunlich, wie wenig all diese Erkenntnisse plötzlich eine Rolle spielten.

Ich schlurfte um die Küchenzeile herum, nahm ihm das alte Teil aus der Hand, steckte den Filter richtig auf, faltete den Kaffeefilter zwei Mal auf spezielle Art und Weise, damit er hineinpasste, und löffelte Kaffeepulver auf die ganze Konstruktion. Dann füllte ich Wasser ein und schlug der Maschine einmal kräftig auf den Kopf. Das war wichtig, sonst würde sie ihre Arbeit nicht aufnehmen. Zudem musste es stattfinden, *bevor* man den Stecker in die Steckdose steckte. Andersherum funktionierte es nicht.

»Mir war nicht klar, dass man für die Inbetriebnahme dieser Maschine einen abgeschlossenen Master in Maschinenbau braucht«, murmelte Quinn, während wir nebeneinander dastanden und zusahen, wie die Kaffeemaschine Kaffee machte.

»Warum gehst du nicht auf Beerdigungen?«, fragte ich. Für einen kleinen Moment spürte ich bei Quinn den Drang, sich von mir wegzubewegen. Vielleicht sogar das Haus zu verlassen. »Entschuldige«, sagte ich schnell und blickte zu ihm auf. Er war fast zwei Köpfe größer als ich, und er blickte zurück. Traurigkeit lag in seinen Augen. »Das war eine indiskrete Frage«, fügte ich noch hinzu.

Viele Menschen waren gut darin, Mauern zu bauen, um andere Menschen von sich, von ihrer Seele fernzuhalten. Als der Mensch, der hinter dieser Mauer den Hals reckte, um endlich mal einen Blick auf das Seelenleben seines Gegenübers zu werfen, konnte das sehr frustrierend sein. Mit der Zeit hatte ich gelernt, dass alles Recken nichts half. Man konnte nur warten, hinter diese Mauer eingeladen zu werden, wenn man Glück hatte.

Manchmal wurden die Mauern auch gesprengt. Unerwartete Ereignisse konnten sie zum Einsturz bringen, doch meistens wurden sie hinterher mit Stacheldraht und stahlbewehrt neu aufgebaut. So war es bei Quinn. Während meine Barriere seit geraumer Zeit nur noch aus einem dünnen, in der Luft tanzenden, rot-weiß gestreiften Absperrband bestand, war er hermetisch abgeriegelt.

Beinahe instinktiv rückte ich ein kleines Stück näher an ihn heran. Mein Oberarm berührte seinen. »Ich auch nicht«, sagte ich leise, und es schien, als würde die gesamte Traurigkeit der vergangenen Nacht, des vergangenen Jahres auf einmal versuchen, sich Bahn zu brechen.

»Was meinst du damit, du auch nicht?«, fragte er mit rauer Stimme zurück.

»Ich gehe auch nicht mehr auf Beerdigungen«, antwortete ich und spürte, dass meine Stimme leicht zitterte. »Zurzeit jedenfalls bin ich noch nicht wieder in der Lage dazu. Ich werde zu dieser Trauerfeier gehen, aber den amüsanten Teil, den mit dem Sarg auf dem Baumarktgerüst, spare ich mir.«

Wir schwiegen einen Moment. Mir kamen schon wieder die Tränen, und ich bemühte mich redlich, sie irgendwohin zu drücken, wo sie nicht so auffielen. Vorsichtig legte Quinn seine große Hand auf meine. Nur einen kleinen Moment, aber seine Wärme durchdrang meine Haut noch im selben Moment und löste ein Kribbeln in meinem Innersten aus.

Da klopfte es draußen. Wir zuckten nahezu synchron zurück, während Calida aufsprang und mit gesträubtem Nackenfell auf die Tür starrte.

»Juli?«, rief jemand. »Bist du da?«

Malte.

Ich löste mich von Quinn und lief zur Tür. Mit einem Ruck öffnete ich sie. Calida gab ein leises »Wuff« von sich.

»Ich habe deine Nachricht eben erst abgehört. Patrick und ich haben auf dem Schiff geschlafen und hatten keinen Empfang. Maria hat mir schon alles erzählt. Das ist ja furchtbar!« Malte streifte sich die Chucks von den Füßen und schlüpfte in meine kleine Wohnung. Seine Mutter hatte ihm beigebracht, bei anderen Leuten die Schuhe auszuziehen, und das tat er bis heute. »Es ist so toll, dass Calida bei dir bleiben kann. Ich würde sie auch nehmen, aber Eli fände das vermutlich nicht so prickelnd. Oh!« Malte hatte Quinn in meiner Küche entdeckt. Und dann siegte Maltes Neugierde mit eindeutigem Vorsprung über seine gute Erziehung. »Wow. Habt ihr die Nacht gemeinsam verbracht?«

»Es ist nicht das, wonach es aussieht«, sagte ich. Ups. Ich hätte nie gedacht, dass ich tatsächlich einmal diesen so klassischen Satz sagen würde.

»Ist es nie.« Malte winkte ab, während Calida vom Bett sprang und ein wenig steif auf ihn zulief. Er kniete sich hin und streckte ihr vorsichtig eine Hand entgegen. »Mein aufrichtiges Beileid, kleiner Hund. Aber bei Juli wird es dir gut gehen.«

Ich war mir da nicht ganz so sicher und vergrub die Hände in meinen Hosentaschen. Bei dieser Gelegenheit blickte ich an mir hinunter. Ich war staubig. Und hatte Schweißränder am T-Shirt. Und weiße Hundehaare am ganzen Körper. »Ich muss duschen«, entfuhr es mir.

Malte blickte auf und sagte: »Aber so was von dringend.«

»Danke«, erwiderte ich und wusste für einen Moment nicht, was ich zuerst tun sollte. Quinn trat zu uns, drückte mir eine Tasse Kaffee in die Hand und nahm mir die Entscheidung damit vorerst ab. Die beiden Männer begrüßten sich mit einem etwas distanziert wirkenden Handschlag, was ich von Malte, der eigentlich jeden sofort an seine gestählte und gewachste Brust drückte, so gar nicht kannte.

»Juli«, wandte Malte sich an mich. »Fährst du mit mir zur Totenwache?« Ich nahm noch einen Schluck Kaffee und hoffte, dass ich endlich richtig wach wurde.

»Und ihr seid sicher, dass das um neun ist? Was ist das für eine Uhrzeit für so eine Trauerfeier?« Pedro war doch gerade erst gestorben.

»Offiziell beginnt es erst heute Nachmittag, aber es war

ein Saal frei, deswegen geht es jetzt schon los. Die eigentliche Beisetzung ist dann morgen«, erklärte Malte, als wäre das alles vollkommen normal.

Ich drückte Quinn die Tasse in die Hand und hockte mich zu Calida auf den Boden. Die freute sich über meine Nähe und kam von sich aus zu mir gelaufen. Immer noch leicht geduckt und mit einer tiefen Verunsicherung in den Augen. Ihre Welt stand kopf. Und meine irgendwie auch.

»Quinn nimmt dich mit«, flüsterte ich ihr zu und fuhr sanft mit den Fingern durch ihr seidiges Fell. »Es wäre viel besser, wenn wir jetzt erstmal ein wenig Ruhe hätten, damit du dich einleben kannst, aber das geht nicht.« Und dann sah ich zu, dass ich mich irgendwie vorzeigbar restaurierte, was sich als ziemliche Herausforderung erwies.

Kapitel 12

Ich trug ein sonnengelbes T-Shirt und rote Chucks, weil sich die wenigen schwarzen Kleidungsstücke, die ich besaß, in der Wäsche befanden. Nachdem aber Malte in Jeans erschienen war, und auch die Marias kein bisschen in trauriges Schwarz gekleidet waren, entschied ich mich für das Shirt, das Pedro immer gemocht hatte. Er hatte gesagt, ich sähe darin aus wie eine rothaarige Sonne. Und da niemand auch nur mit der Wimper zuckte, als ich in Marias Auto stieg, schien meine Kleiderwahl angemessen. Oder doch zumindest nicht allzu ausgefallen für den Anlass.

Das *tanatorio* in Porto Bello erinnerte mich entfernt an eine Eventlocation: ein schmuckloser Industriebau ohne Dach mit den üblichen doppelflügeligen Glastüren und vielen Parkplätzen vor der Tür. Von dem langen Flur, der sich hinter der Eingangstür erstreckte, öffneten sich mehrere schwere Holztüren, neben denen jeweils elektronische Displays mit Namen hingen. Einer davon lautete »Pedro López García«. Malte und Maria hatten mich in die Mitte genommen, wohl wissend, dass ich sonst eventuell getürmt wäre.

»Patrick wäre auch gekommen, aber er ist schon auf dem Meer. Und so gut kannten wir Pedro ja auch nicht. Aber es gehört hier zum guten Ton, bei einem Todesfall alles stehen und liegen zu lassen und zur Totenwache zu fahren«, brummte mein Kumpel und legte mir den Arm um die Schulter.

Für die frühe Uhrzeit waren schon erstaunlich viele Menschen da, Einwohner von Bajo, aber auch Menschen, die ich noch nie gesehen hatte. Und keiner trug Schwarz. Alle sahen aus, als hätten sie einen ganz normalen Arbeitstag vor sich. Maria wurde sogleich von drei anderen Frauen umlagert, und sie begannen, laut aufeinander einzureden.

Malte schob mich durch die geöffnete Tür. »Du musst Pedro nicht ansehen, wenn du nicht möchtest.«

Ich blieb wie ein bockiger Esel stehen. »Was?«, zischte ich. »Pedro ansehen?«

Malte hob eine Augenbraue. »In Spanien werden die Toten aufgebahrt«, erwiderte er. »Wusstest du das nicht?« Ich schüttelte den Kopf, dass die Locken flogen. »Das ist hier völlig normal. Aber es gibt da drin zwei Räume. Man kann es sich aussuchen, ob man ihn sehen will.« Und dann erklärte er, als ob das die Situation irgendwie besser machen würde: »Er liegt hinter Glas.«

»Ach du heiliger Hollerbusch«, entfuhr es mir, doch da wurde ich plötzlich von einer Frau herzlich an ihren ausladenden Busen gedrückt. Nach ein paar Sekunden ließ sie mich wieder los und begann stattdessen, auf mich einzureden. Dabei verschluckte sie gekonnt sämtliche Konsonanten und vermied es, auch nur den Ansatz einer Pause zwischen einzelnen Wörtern zu machen, weswegen ich kein einziges davon verstand. Da sie aber lächelte, lächelte ich zurück. Um keinen Atemzug später von der nächsten Frau in die Arme genommen zu werden. Die ich diesmal allerdings kannte. Sie arbeitete hin und wieder in der Bar in Bajo.

Seit unserer Ankunft waren noch keine zehn Minuten vergangen, doch mittlerweile schien sich das ganze Dorf eingefunden zu haben. Und der Rest der Insel auch. Es war rappelvoll.

Um mich herum herrschte eine angenehme Betriebsamkeit. Menschen in jedem Zustand der menschlichen Regung schwiegen, sprachen miteinander, lachten, weinten. Grüppchen fanden und lösten sich wieder auf, nicht ohne sich vorher zu umarmen, zu berühren. Malte fügte sich nahtlos ein, schien für den Moment einer von ihnen, und auch ich, die die Sprache nur rudimentär beherrschte, fühlte mich erstaunlich zugehörig.

Ich tastete in der Hosentasche nach dem Zettel, den ich vorhin noch in fliegender Hast aus meinem Tagebuch gezogen hatte. Das Stück Papier war klitzeklein und so zerknittert, als hätte ich damit schon den Tisch abgewischt oder Fenster geputzt. Ich hatte ihn nach Isabellas Tod lange mit mir herumgetragen, immer mit dem Vorwurf, dass ich mich nicht getraut hatte, dass ich auf der tieftraurigen, energieraubenden, trostlosen norddeutschen Beerdigung nicht die Kraft gefunden hatte, das Gedicht von Annette von Droste-Hülshoff vorzutragen. Dabei wäre es so wichtig gewesen. Mit klammen Fingern strich ich die eng geschriebenen Zeilen glatt. Pedro hätte das Gedicht gefallen. Er hatte die Poesie geliebt, und direkt nach meiner Ankunft hatte er mir ein zerlesenes Büchlein mit Rilke-Gedichten geschenkt.

»Meinst du, ich kann etwas sagen?«, flüsterte ich Malte zu, was im allgemeinen Geräuschpegel des Raumes fast untergegangen wäre.

»Logisch«, erwiderte mein Kumpel, und bevor ich ihn daran hindern konnte, hatte er schon in die Hände geklatscht. Alle drehten sich zu uns um.

»Es ist aber auf Deutsch«, piepste ich nun fast panisch. Ich hätte genau in dieser Sekunde doch gerne noch einmal über mein Vorhaben nachgedacht. Vielleicht war ich ein wenig voreilig gewesen. Aber dann schoben und boxten sich die drei Marias nach vorne, blieben direkt vor mir stehen und hakten sich unter. Und aus irgendeinem Grund gab mir das die nötige Kraft, und so steckte ich den Zettel kurzerhand wieder weg. Ich konnte die Worte auswendig, hatte sie lange geübt, aber nie benutzt. Ich atmete tief durch und straffte die Schultern.

»Für Pedro«, begann ich, und mein Herz schlug mir bis zum Hals, als ich fortfuhr.

»*Tot ist überhaupt nichts.*
Ich glitt lediglich über in den nächsten Raum.
Ich bin ich, und ihr seid ihr.
Warum sollte ich aus dem Sinn sein, nur weil ich aus dem Blick bin?
Was auch immer wir füreinander waren, sind wir auch jetzt noch.
Spielt, lächelt, denkt an mich.
Leben bedeutet auch jetzt all das, was es auch sonst bedeutet hat. Es hat sich nichts verändert, ich warte auf euch, irgendwo, sehr nah bei euch.«

Ich machte eine kleine Pause und atmete tief durch.

»*Alles ist gut*«, beendete ich das Gedicht und fügte dann leise »Annette von Droste-Hülshoff« hinzu. Erst als ich die Augen öffnete, wurde mir klar, dass ich sie geschlossen hatte. Alle Anwesenden sahen mich an. Es war ganz still. Niemand außer Malte hatte die Worte verstanden, aber sie hatten die Menschen trotzdem berührt. Das konnte ich in ihren Gesichtern lesen.

Ein Moment verstrich, dann eilten die Marias zu mir, drückten mich eine nach der anderen an ihre Brust, und alles ging wieder seinen normalen Gang. Der Geräuschpegel hob sich wieder, und einige der Gäste klopften mir auf die Schulter, tätschelten mir den Kopf oder flüsterten mir ein paar freundliche Worte zu.

Malte legte einen Arm um mich. »Gut gemacht!«, flüsterte er mir ins Ohr. Er war damals dabei gewesen. Als ich am offenen Grab gestanden hatte, um Luft ringen musste und schließlich davongelaufen war.

Getröstet hatte mich danach nur der Gedanke, dass Isabella über mich gelacht hätte, und zwar so herzhaft, dass die Wände meiner Wohnung gebebt und die Menschen in den Straßen erstaunt innegehalten hätten. Das war genau ihr Humor gewesen.

»Ich gehe jetzt«, flüsterte ich zurück. »Pedro möchte ich nicht noch mal angucken. Ich möchte zu Quinn und Calida abholen.«

»Soll ich dich begleiten?«, fragte Malte, aber ich schüttelte den Kopf.

»Ein kleiner Spaziergang wird mir guttun. Und vielleicht kann Quinn mir ein Fahrrad leihen, um nach Bajo zurückzuradeln.« Malte verkniff sich ein Grinsen. »Eher nicht«, erwiderte er dann. »Ich glaube, Quinn kann gar nicht Fahrrad fahren.« Er küsste mich auf die Wange, und ich schlüpfte durch die vielen Menschen hindurch zum Ausgang. Vor der digitalen Anzeige an der Tür blieb ich noch einen Moment stehen.

Schließlich drehte ich mich um und verließ das Gebäude, nur um unmittelbar davor noch einmal innezuhalten. Direkt neben dem Eingang des schlichten, grauen Flachdachbaus wuchs eine Bougainvillea in einem satten Lila. Die Pflanze reckte sich voller Lebenskraft in die Höhe und schickte sich bereits an, den Dachüberstand zu erklimmen.

Ich sah mich um. Hier draußen standen zwar viele Autos, aber es war kein Mensch zu sehen. Also trat ich näher heran und brach ganz vorsichtig einen der übervoll mit Blüten bestücken Zweige ab. Dann lief ich zurück, steckte das wunderschöne Geschenk der Natur hinter die Digitalanzeige, drapierte die Blüten so, dass sie Pedros Namen ganz zauberhaft einrahmten, und ging.

Quinn wohnte etwas außerhalb von Porto Bello, in einer Seitenstraße weiter oben am Berg. Wenn man den Aufstieg bewältigt hatte, wurde man mit einem Blick über schroffe Felsen, einige alte Drachenbäume und dem Glitzern des Atlantiks bis zum Horizont belohnt. Einen kleinen Moment lang gönnte ich mir diesen wunderbaren Anblick, dann drückte ich das Stahltor von Quinns Grundstück auf, ging die zwei Stufen zur Eingangstür hoch, klingelte und trat wieder einen Schritt zurück, um das Haus anzuschauen. Hübsch. Es fügte sich gut in die restliche Bebauung ein und wirkte doch, als wäre es hier die Queen am Platz. Die stillschweigend akzeptierte Schönheit, die Diva. Üppig blühender Oleander füllte die Fläche zwischen der Gartenmauer und dem Haus, die Haustür war zwar aus Holz, wirkte aber nagelneu, und nirgends am Haus hing einer dieser windschiefen Stromkästen. Es gab auch keine offenen Leitungen, wie man sie sonst überall in Spanien fand.

Ich hörte Quinns Schritte auf der anderen Seite, dann öffnete sich die Tür. Er trug jetzt Jeans und ein einfaches Shirt. Calida erschien hinter ihm im Flur und betrachtete mich einen Moment lang, als suchte sie verzweifelt nach der Information, wer ich noch mal war. Dann aber fiel es ihr ein, und sie gab ein leises Juchzen von sich, schoss auf mich zu, und hätte ich mich nicht im selben Moment zu ihr hinuntergebeugt, wäre sie mir bestimmt direkt in die Arme gesprungen. Sie versuchte mir das Gesicht zu lecken und drehte sich wie ein Brummkreisel unter meinen Händen.

»Wow«, sagte Quinn, ehrlich beeindruckt. »Wer bist du? Die Hundeflüsterin?«

»Na ja«, antwortete ich, während Quinn die Haustür hinter mir schloss. »Ich bin hier die Einzige, die sie kennt. Vermutlich freut sie sich deshalb so sehr.«

»Wie war es? Möchtest du einen Kaffee? Oder ein Wasser?«

»Beides«, murmelte ich und erhob mich wieder, um Quinn über die hellen Fliesen in das Wohnzimmer zu folgen, Calida dicht bei meinen Füßen.

Der Raum war groß, strahlend hell und fast leer. Am hinteren Ende öffnete sich eine breite Fensterfront hinaus zum Garten und somit auch auf den Atlantik, der viele Meter unter uns verheißungsvoll in der Sonne glitzerte. Die Terrasse war mit Holzdielen ausgelegt, aber das war es auch schon. Der Raum selbst war relativ leer.

»Bist du gerade erst eingezogen?«, fragte ich. Quinn, der sich in der offenen, strahlend weißen Küche an dem großen Kaffeeautomaten zu schaffen machte, hob den Kopf. »Wie kommst du darauf?«

»Wo sind deine Möbel?«

Quinn entging die Ironie meiner Worte. Er deutete ein wenig irritiert auf die einzigen Möbelstücke im Raum: ein großes cremefarbenes Sofa und ein offenbar antiker, schwerer Holztisch mit sechs Stühlen. Ganz hinten, an der Stirnseite des Raums, stand eine schlichte flache Kommode. Auf dem Tisch lag ein Laptop. Es gab keine Bilder an den Wänden, keine Lampen, keine Beistelltische, nichts. Kein persönlicher Gegenstand deutete auf menschliches Leben in diesen vier Wänden hin.

»Ich mag es schlicht«, antwortete er ebenso schlicht und befahl der Maschine, mir Kaffee zu kochen, was sie auch umgehend tat. Hätte ich an ihrer Stelle auch gemacht, sonst hätte sie vermutlich ihre Aufenthaltsgenehmigung in diesem Haus verloren. Hier gab es nur nützliche Dinge.

Calida war es offenbar leid, nur neben meinen Füßen zu sitzen, und sprang stattdessen auf das Sofa. Jetzt entdeckte ich auch eine blau-weiß gestreifte Wolldecke, auf der die Hündin sich niedergelassen hatte, ein aufgeschlagenes blaues Buch ohne Umschlag hinter dem Sofa und weitere Bücher auf einem an den Tisch geschobenen Stuhl. Ein paar schwarze Kopfhörer lagen unter dem Sofa, und ein kleines Stück blankgewaschenes Treibholz dekorierte die ansonsten leere Arbeitsplatte der Küche.

Quinn reichte mir meinen Kaffee und deutete zum Tisch. »Ich besitze nur die Dinge, die ich wirklich brauche. Was nicht mehr funktioniert oder keinen Nutzen hat, kommt weg. Ein einfaches Prinzip.« Wohl wahr. Alles wirkte so klar, so aufgeräumt, leer und steril. Keins der Dinge hier ließ irgendwelche Rückschlüsse auf seine Persönlichkeit zu. Was musste er über meine vollgestellte Kellerwohnung gedacht haben, anhand deren Ausstattung jeder Besucher sofort wusste, mit wem er es zu tun hatte?

Hier wohnt Juli. Juli kann nichts wegwerfen, sie klammert sich an alte Dinge, die ihr Halt geben, sie ist unordentlich und chaotisch. Und sie liebt die Farbe Rosa.

Vorsichtig zog ich einen der Stühle unter dem Tisch hervor, und da war es: Ha! Chaos! Wenn auch nur in Miniatur. Aber ich hatte es gefunden. Auf der Sitzfläche lagen Akten, Kaugummipapier, Ladekabel, Sonnenmilch und Kugelschreiber. »Da bin ich jetzt aber froh«, murmelte ich und nahm den nächsten Stuhl, um das charmante Stillleben nicht wegräumen zu müssen.

Ich zog mein Handy und den Haustürschlüssel aus der Hosentasche und legte beides auf die blitzeblanke Tischplatte. Quinn ließ sich mir gegenüber nieder und betrachtete mich, während er an seinem Kaffee nippte. »Erzähl, wie es war«, sagte er schließlich und klappte gleichzeitig den Deckel des Laptops herunter.

»Anders als in Deutschland. Natürlich auch sehr traurig. Aber die Leute waren nett. Pedro hätte das gefallen. Wie eine große Party, nur für ihn. Ich bin aber nicht lange geblieben. Wie hat es mit Calida geklappt?«

»Calida fand die Autofahrt nicht so prickelnd. Sie hat mir erstmal in den Fußraum gekotzt«, sagte Quinn. Erschrocken blickte ich mich zu ihr um. »Als wir hier angekommen sind, war es dann aber okay. Sie hat mich bei jedem Schritt verfolgt und genauestens beobachtet, was ich mache. Man muss sie behandeln wie ein rohes Ei, dann wird sie aber irgendwann recht zutraulich.«

Ich trank einen Schluck Kaffee – der köstlich war. »Sie darf auf dein Sofa«, stellte ich fest. Wahre Hundeliebe ließ sich in meinen Augen ganz klar daran erkennen, ob man Sofa und Bett mit dem Hund teilte.

»Sie hat das selbst entschieden.« Er grinste. »Sie hat mir dann aber gestattet, dass ich ihr eine Decke drunter lege.« Er blickte in seine Tasse. »Was wirst du jetzt tun?«, fragte er mich dann unvermittelt, und ich zuckte ganz leicht zusammen.

»Weiß ich nicht«, erwiderte ich nach kurzem Schweigen. Ich hatte einen Knoten im Kopf und der ließ nicht zu, dass ich logisch und konsequent über meine Zukunft nachdachte. In die ich jetzt noch einen kleinen Hund integrieren musste. Quinn sah mich regungslos an. Es wirkte fast, als wäre er dabei, eine ihm völlig neue Spezies genauer unter die Lupe zu nehmen.

»Du weißt es nicht?«, sagte er. »Einfach machen, würde ich sagen.« Es klang, als wäre es ganz selbstverständlich.

»Das ist nicht so einfach«, erwiderte ich spitz. »Ich muss arbeiten und kann Calida nicht mitnehmen. Aber ich kann sie auch nicht einfach alleine lassen. So was muss ein Hund lernen, und sie kennt das nicht. Ich kann sie ja nicht den Marias aufs Auge drücken. Auf die Hunderunden kann sie ja vielleicht noch mitkommen, aber sicherlich nicht auf den Markt. Und irgendwann will ich schließlich wieder zurück nach Deutschland. Was mache ich dann mit ihr? Kann ich sie mitnehmen? Wer kümmert sich dann um sie, wenn ich den ganzen Tag in irgendeinem Büro sitze?« Mächtige Mächte mögen das verhindern, aber es war keinesfalls ausgeschlossen, dass es so weit kam. Was dann? Ich spürte Panik in mir aufkommen.

Quinn betrachtete mich weiterhin, ohne eine Miene zu verziehen. Er wirkte angespannt. Fast so, als würden ihn meine Antworten nerven.

»Aber Juli, mal ganz ehrlich«, sagte er dann plötzlich, und ich erkannte in diesen wenigen Worten den Tonfall, den ich jetzt schon zweimal bei ihm gehört hatte. Einmal am Telefon, einmal in seinem Büro. Kühl, distanziert und gewürzt mit einer Prise Herablassung. »Du bist erwachsen. Wenn man erwachsen ist, muss man Verantwortung übernehmen. So ist das nun mal im Leben.« Seine harten Worte trafen mich bis ins Mark.

»Sei doch verdammt noch mal froh, dass du diese Entscheidung überhaupt selbst treffen konntest und sie dir nicht aufgezwungen wurde.« Er war wütend. Auf wen auch immer. Was mich auch wütend machte. Denn in meinem Leben hatte es schon genug Menschen gegeben, die über mich geurteilt hatten, ohne mich wirklich zu kennen. Sogar meine Mutter tat das ständig, und die hatte mich zur Welt gebracht. Noch jemanden von dieser Sorte konnte ich absolut nicht gebrauchen. Ich hasste es, wenn Menschen mein Leben beurteilten. Es war schließlich nicht umsonst *mein* Leben.

»Das war keine Entscheidung, du Honk!«, fauchte ich wütend und knallte meine Tasse auf den Tisch, so dass der restliche Kaffee über die blankpolierte Tischplatte schwappte. »Mich um den Hund meines Freundes zu kümmern, ist eine reine Selbstverständlichkeit. Vielleicht hast du keine Freunde, die dir wirklich etwas bedeuten, weil du dich hinter deinem ganzen Minimalisums versteckst, und so niemand die Chance hat, mal hinter deine geleckte Fassade zu gucken. Vielleicht weißt du das nicht, aber auf mich kann man sich verlassen. Immer. Ob ich Angst davor habe, die Verantwortung zu tragen, steht noch mal auf einem ganz anderen Blatt.« Ich stand auf und schob den Stuhl neben mir so energisch unter den Tisch, dass das ganze Stillleben darauf mit einem Knall zu Boden fiel. Ich *wollte* Chaos hinterlassen in dieser sterilen Wohnlandschaft. Und es gelang mir. Chaos konnte ich.

Calida sprang bei dem Getöse auf und gab ein nervöses Wuff von sich. Ich drehte mich zu ihr und sagte leise: »Alles gut, Süße. Wir gehen jetzt nach Hause.« Dann wandte ich mich noch einmal an Quinn, der mich perplex musterte. »Danke für den Kaffee und die Hundebetreuung«, sagte ich leise. »Wir werden dich nicht weiter belästigen.« Und mit diesen Worten marschierte ich aus dem Haus, Calida dicht auf den Fersen.

Kapitel 13

Ich weinte nicht. Dafür war ich zu wütend. Normalerweise war ich für eine Vertreterin der Nordlichter, die selbst beim Weltuntergang noch die Fassung behielten, viel zu nah am Wasser gebaut, aber heute hielt die Wut meine Tränen zurück.

Und so stapfte ich mit weitausholenden Schritten durch die karge Landschaft und die brütende Hitze. Der glühend heiße Wind hatte die Insel immer noch fest im Griff. Er zog wie ein heißer Föhn über uns hinweg und hinterließ seine gelben Spuren vom Saharasand.

Calida schien mit der Hitze keinerlei Probleme zu haben. Sie schnüffelte und lief offenbar recht zufrieden immer wieder ein Stück vor und wartete dann auf mich. Ihre Leine hatte neben der Eingangstür gehangen, und während ich sie in Porto Bello noch angeleint hatte, ließ ich sie hier frei laufen. Pedro hatte Calidas Leine immer nur pro forma in seiner Posttasche gehabt, und ich war erstaunt, wie gut es auch bei mir ohne Leine funktionierte. Vielleicht stimmte es ja, dass Hunde Meister der Anpassung waren.

Der Gedanke an Pedro trieb mir jetzt doch die Tränen in die Augen. Er würde heute nicht auf seiner Terrasse auf mich warten. Ich marschierte weiter und beobachtete dabei einige Wolken am Horizont.

Ich würde Pedro nie wiedersehen. Nie wieder gemeinsam mit ihm den Feierabend bei Bier und Sandwiches verbringen. Und wie lange würde ich wohl den Esel nach ihm rufen hören und im ersten Moment voller Freude denken: Pedro ist zu Hause?

Calida war neben einem ausladenden Mandelbaum stehen geblieben und blickte mir entgegen. Ihr zartes, braun-weiß geflecktes Hundegesicht sah mich ernst an. »Es geht mir gut«, behauptete ich, aber weil sie ein Hund war, durchschaute sie mich sofort. Sie machte ein paar Schritte auf mich zu und schnüffelte an meinem Hosenbein. Hunden konnte man nichts vormachen. Sie rochen einfach, wie es einem ging, ohne sich mit dem aufzuhalten, was der Mensch gerade versuchte, ihnen und der Welt vorzuspielen. Dafür nahmen sie einen auch an, wie man gerade war.

Ich blieb stehen und beugte mich zu ihr hinunter. Sanft fuhr ihre feuchte Hundenase durch mein Gesicht, bevor sie ausgiebig an meinem linken Ohr schnüffelte. »Wir schaffen das schon«, erklärte ich mit fester Stimme. »Wir werden für alles eine Lösung finden.« Ich nickte nachdrücklich, und Calida beschäftigte sich jetzt mit meinem rechten Ohr. Dann schnaubte sie, und ich war mir sicher, dass sie für einen klitzekleinen Moment lächelte, während ihre Ohren aufmerksam gespitzt in meine Richtung deuteten.

»Ich mochte Quinn echt gern.« Ich schluckte ein paar Mal krampfhaft. »Und vielleicht war ich ein bisschen … hart zu ihm. Und Pedro hatte ich so lieb. Ich werde ihn fürchterlich vermissen.«

Calida setzte sich vor mir auf die Straße und betrachtete mich. »Na komm, gehen wir weiter«, sagte ich möglichst munter und erhob mich wieder.

Der Weg von Porto Bello zog sich jetzt durch die wunderschöne Küstenlandschaft der Insel. Auf schmalen Pfaden liefen wir über dunkle Erde, an Büschen und Drachenbäumen vorbei, im Hintergrund weit oben immer die Kiefernwälder.

Ich griff in meine Hosentasche, um mein Handy herauszuziehen. Die kleine Hündin sah so zauberhaft aus, wie sie die Nase am Boden vor sich hin trabte, das Licht war so wildromantisch, die Farben des Meeres so intensiv, die Berge im Hintergrund so beeindruckend, dass ich ein Foto von diesem Ort machen musste. Das erste Foto von Calida, meiner neuen Weggefährtin.

Meine Hosentasche war bis auf das Gedicht von Annette von Droste-Hülshoff leer. Erschrocken blieb ich stehen. Beide Hosentaschen waren leer, um genau zu sein. »Scheiße«, sagte ich voller Inbrunst, was Calida dazu veranlasste, ihren beschnüffelten Strauch am Wegesrand stehen zu lassen und zu mir zurückzueilen. »Ich habe mein Handy und meinen Schlüssel bei Quinn liegenlassen.«

Ich hätte schwören können, dass sich in Calidas braune Augen ein Hauch von Entsetzen mischte. »Wir müssen zu diesem arroganten Honk zurück. Und das bei der Hitze!« Ja, die Hündin war entsetzt. Genau wie ich. Nur war sie durch ihre Postrunden am Fahrrad im Training und generell einfach wesentlich besser an die Hitze auf La Palma angepasst als ich norddeutsche Stadtpflanze.

»Na gut, was muss, das muss.« Ich drehte auf dem Absatz um. Der fehlende Schlaf, die Trauer und der Streit mit

Quinn machten sich mittlerweile unangenehm bemerkbar, mir brannten die Augen, und meine Seele fühlte sich wund und angestrengt an. Aber ich brauchte mein Handy. Und meinen Schlüssel. Da führte kein Weg dran vorbei.

Calida sprang vor mich und trabte völlig entspannt über den Weg zurück. Sie war schließlich ein Hund. Der unermüdliche Dauerlauf lag ihr im Blut. Mir jetzt eher nicht so. Einmal von Porto Bello nach Bajo in der Mittagshitze war ja in Ordnung, aber das Ganze zurück und dann noch einmal von vorne?

Schnaufend erklomm ich zwanzig Minuten später den Berg, auf dem Quinn, der Honk, seine Residenz hatte. Nur wenige Meter unterhalb seines Hauses kam mir sein Luxusschlitten entgegengeschossen. Er fuhr mit heulendem Motor an mir und dem Hund vorbei, bremste so scharf, dass die Räder auf dem schlecht geteerten Asphalt rutschten, knallte den Rückwärtsgang rein und hielt direkt neben mir an. Das Seitenfenster fuhr nach unten. »Du hast dein Handy und deinen Schlüssel vergessen«, informierte er mich.

»Deswegen bin ich hier«, antwortete ich knapp. Und dann schwiegen wir. Es kam mir vor wie eine Ewigkeit. Jahreszeiten gingen ins Land, Dürren brachen herein, Eiszeiten zogen über den Kontinent. Schließlich fragte ich: »Hast du meine Sachen dabei? Oder ist beides noch im Haus?«

»Ich war auf dem Weg zu dir.« Zögernd hob er das Handy und den Schlüssel hoch. »Ich könnte euch nach Bajo fahren.«

»Oh, lieber nicht. Nachher muss Calida wieder kotzen«, antwortete ich fest, dabei ließ mir allein der Gedanke, den ganzen Weg noch einmal laufen zu müssen, die Knie weich werden.

Quinn runzelte die Stirn und öffnete den Mund, schloss ihn aber gleich wieder. Statt etwas zu sagen, stellte er den schweren Diesel aus. Und wieder schwiegen wir.

»Vielleicht wollt ihr dann wenigstens noch schnell etwas trinken?«, fragte er schließlich und sah mich von der Seite an, als erwartete er, dass ich ihm die Leine um die Ohren hauen würde. Er schien alles in allem leicht zerknittert, innerlich wie äußerlich, und irgendwie besänftigte mich diese Tatsache ein wenig. Er wirkte nicht so kontrolliert wie sonst, eher so, als hätte ihn unser Streit genauso mitgenommen. Also sein Streit. Er hatte ja schließlich angefangen und mir mit erschreckender Präzision das vorgeworfen, was mir selbst sowieso schon auf der Seele lastete.

Quinn räusperte sich. Seine Hände umklammerten das Lenkrad so fest, dass seine Fingerknöchel weiß hervortraten.

»Tut mir leid.« Er hatte so leise gesprochen, dass ich die Worte mehr erahnte, als sie wirklich zu verstehen.

»Also, bevor ihr zurücklauft, braucht der Hund noch Wasser«, sagte er jetzt in normaler Lautstärke. Ein kluger Schachzug, weil der Hund Wasser tatsächlich ausgesprochen gut gebrauchen konnte. Und dann war da noch etwas anderes. Eine sonderbare, undefinierbare Sehnsucht in Quinns Augen. Die war es schließlich, die mich leise »okay« brummen ließ. Quinn nickte knapp, ließ den Motor wieder an und setzte den Wagen rückwärts zurück in seine Einfahrt.

Calida und ich folgten ihm. Im Haus drückte er mir etwas unbeholfen mein Handy und den Schlüssel in die Hand.

Quinn stellte Calida eine große Schüssel mit Wasser hin und begann dann, in den Tiefen seines Kühlschranks herumzukramen. Die kleine Hündin schlappte ein bisschen von dem

Wasser, dann drehte sie sich um, trabte zum Sofa und war mit einem Satz wieder auf der Decke.

Quinn hielt mir eine Dose Orangenlimonade hin. »Tut mir leid«, sagte er förmlich. Dann suchte er eine Weile nach Worten, und als er sie gefunden hatte, kamen sie tief vom Grund seiner Seele. »Ich habe das mit der Verantwortung auf die harte Tour gelernt. Und manchmal bin ich ein wenig ungeduldig, wenn ich sehe, wie andere Menschen zögern, die Verantwortung an sich zu reißen.«

Es kostete mich zwar einiges an Überwindung, aber ich sagte nichts, denn das hier war eine Offenbarung gewesen. Eine Brücke für uns, für mich, um ihm seine harten Worte zu verzeihen.

»Ich bin sehr gerne mit dir zusammen«, fügte er noch hinzu, und ich sah in seinem Gesicht, wie schwer es ihm fiel, einen solchen Satz auszusprechen.

Deswegen lächelte ich und sagte: »Danke. Ich mit dir auch. Und ich danke dir von Herzen, dass du heute Nacht bei uns geblieben bist. Mir tut es übrigens auch leid«, fügte ich noch hinzu, weil er den Streit zwar angefangen, ich aber wie eine wilde Furie reagiert hatte, einschließlich wüster Beschimpfungen, Chaosproduktion und Türknallen.

»Bei euch zu bleiben war selbstverständlich. Und ich habe übrigens sehr wohl Freunde. Nur für den Fall, dass du das tatsächlich in Zweifel ziehst«, erwiderte er fast huldvoll, und dann rieb er sich müde die Augen, wie kleine Kinder es taten, was zu diesem großen Mann überhaupt nicht passte.

»Wollen wir uns in den Garten setzen und aufs Meer gucken?«, fragte ich. Er nickte.

»Mit der Zeit gewöhnt man es sich hier irgendwie ab,

draußen zu sitzen.« Er ging voraus und schob die großen Schiebetüren zum Garten hin auf. »Wenn man aus dem Norden von Deutschland kommt, sitzt man ja schon bei elf Grad draußen, notfalls mit Decke und Heizstrahler. Hier sitzt außer den Touristen irgendwie niemand draußen.«

Ich folgte ihm. »Dabei hast du es hier wirklich schön.« Die große Terrasse war überdacht und vom Wohnzimmer aus gar nicht genau zu sehen. Man musste erst hinaustreten und ein paar Schritte nach links gehen. Ein breites Sofa schmiegte sich an die Hauswand, und es gab sogar einen Couchtisch, auf kanarische Art mit Mosaiksteinen in den schillerndsten Farben belegt. An der Brüstung hingen drei große Windlichter aus zartem blauem Glas.

»Geradezu überladen! So viele Accessoires!«, rief ich begeistert und fast ironiefrei. »Der Blick von hier ist der Wahnsinn.« Ich hatte mich auf das Sofa fallen lassen und sah direkt über die steile Küste hinaus aufs tiefe Blau. Quinn setzte sich neben mich. »Es ist hier oben auch meistens nicht so heiß wie weiter unten. Man kann es hier ganz gut aushalten. Willst du was essen?« Er hatte den Kopf gegen das ausladende Sitzpolster gelehnt und sah mich an.

Ich öffnete die Dose, die er mir gegeben hatte, und trank die eiskalte Limonade quasi in einem Zug aus. Dann legte ich die Beine auf das kleine Tischchen. Quinn tat es mir gleich, und so starrten wir hinaus auf das glitzernde Meer. »Essen wäre toll.«

Quinn stand auf und kehrte bald darauf mit einer bunten Mischung aus heimischem Ziegenkäse, frischem Brot, scharfer Wurst und eingelegtem Gemüse zurück.

Als wir fertig waren, ging Quinn noch einmal in die Küche

und kam mit zwei kleinen Wassergläsern zurück, die der Farbe allerdings nach nicht mit Wasser gefüllt waren.

»Es ist noch hell, wir können doch nicht jetzt schon Alkohol trinken«, protestierte ich.

»Das ist Weißwein. Lass uns auf Pedro trinken. Sind eh nur drei Schlucke.«

Wir saßen schweigend da und nippten an unserem Wein. La Palma hatte einen ganz besonderen Geruch. Er war wie die Farbe Grün, frisch, würzig, es duftete nach Kiefern und dem Salz des Atlantiks. Ich blickte zu Quinn, der gedankenverloren in die Ferne sah. Er schien über irgendetwas nachzudenken oder nach Worten zu suchen, und ich ließ ihn in Ruhe, damit er sie fand.

»Erzähl mir was von dir, Juli«, sagte er schließlich und fuhr sich mit der Hand durch das Haar, um es in Unordnung zu bringen.

»Was willst du wissen?«, fragte ich. Gemeinsames Essen und Trinken verband schon seit Jahrtausenden die Menschen miteinander, und dieses Wunder war gerade offenbar auch bei uns geschehen. Jedenfalls ein bisschen.

»Was hast du in Hamburg gemacht, und warum bist du nach La Palma gekommen?« Ich räusperte mich und dachte nach. So lange, bis Calida um die Ecke getrabt kam, uns einmal umrundete, Maß nahm und mit einem Satz zu uns auf das Sofa sprang. Ganz rechts, direkt neben der Lehne, drehte sie sich zwei Mal im Kreis und ließ sich mit einem Seufzer nieder.

»Sie wirkt sehr entspannt für das, was letzte Nacht passiert ist.« Quinn betrachtete die Hündin, die jetzt in ihrer Liegeposition wieder entfernt an einen eingerollten Fuchs erinnerte.

»Ganz sicher vermisst sie Pedro. Aber sie weiß ja nicht, was passiert ist. Und sie ist immerhin hier bei uns und spürt, dass wir es gut mit ihr meinen. Dass sie sich zu uns legt, ist ein gutes Zeichen.«

»Woher weißt du das alles? Hast du in Hamburg ein Tierheim geleitet?«

Ich schüttelte den Kopf. »Ich mag Hunde einfach und habe das mit dem Gassigehen auch in Deutschland schon gemacht. Dort habe ich Hunde aus dem Tierheim ausgeführt. Aber um auf deine Frage zu antworten: Eigentlich habe ich bei einer Versicherung gearbeitet. Ich bin gelernte Versicherungskauffrau.«

»Das ist von meiner Branche ja gar nicht so weit entfernt«, erwiderte Quinn und füllte mir aus der Karaffe Wasser in mein Glas. Der Wein war leider schon alle.

»Ich habe den Job gehasst«, sagte ich leise. Erstaunt hielt Quinn inne und blickte auf. »Ich wusste nach dem Abi einfach nicht, was ich mit mir anfangen sollte. Ich habe gerne gelesen, mochte Literatur, Hunde und Menschen, aber keine Zahlen. Ich hasse Zahlen. Mein Vater hat darauf bestanden, dass ich diese Ausbildung mache. Bei einem Freund von ihm im Büro. Das sei ›krisensicher‹«, fügte ich mit verschwörerischer Stimme hinzu. »Ist es auch. Nur ich habe eine Krise gekriegt.« Bis jetzt hatte ich das Meer beobachtet, aber nun blickte ich zu Quinn. »Knurrst du jetzt gleich wieder, dass ich erwachsen bin, Verantwortung hätte übernehmen müssen und den Bürostuhl in der 12. Etage der Versicherung erst zu meinem Tod hätte verlassen dürfen?«

»Juli«, antwortete Quinn leicht gequält. »Ich wollte eigentlich durch die Welt reisen, Literatur studieren, ein Buch schreiben, mich viel mehr gegen Braunkohle einsetzen und dann ganz viel Geld verdienen. Vermutlich nicht mit Literatur. Aber vielleicht mit Jura. Ich bin der Meister der schrägen Lebensläufe.«

»Warum?«, fragte ich zurück.

»Es kam was dazwischen. Aber wir waren bei dir.« Seine Miene hatte sich für einen Moment verdunkelt, und es schien mir nicht klug, das Thema weiterzuverfolgen. Zumindest nicht, wenn ich vorhatte, ihm irgendwann sein Geheimnis zu entlocken. Und das hatte ich.

»Mir ist auch was dazwischengekommen. Also habe ich meine Sachen gepackt und bin hierhergekommen. Malte war schon hier, und er meinte, es wäre was für mich. Wäre er in Afrika gewesen, wäre ich vermutlich dorthin gereist. Es ging nur um das ›Weg‹, nicht um das ›Wohin‹.«

»Und was kam dazwischen?«, fragte er leise. Ich zuckte die Schultern und schwieg. Vielleicht wäre es ein guter Moment gewesen, es ihm zu erzählen, doch Quinn deutete mein Schweigen richtig und fragte stattdessen: »Und deine Familie?«

Ich zögerte und nahm einen Schluck Wasser. »Zwei Schwestern, Vater, Mutter. Alle sehr zielstrebig und begabt.«

Quinn sah mich prüfend von der Seite an. »Du etwa nicht?«

»Na, offenbar eher verantwortungsscheu, wie du innerhalb kürzester Zeit festgestellt hast.«

»Sehr wortgewandt, das habe ich festgestellt. Und empathisch. Man möchte dir nach kürzester Zeit seine ganze Lebensgeschichte anvertrauen«, sagte er.

»Was du ja nun nicht gerade tust. ›Mir ist was dazwischengekommen‹«, zitierte ich ihn.

Quinn war auf dem Sofa etwas nach unten gerutscht und

hatte den Kopf jetzt an das Sitzpolster gelegt. Er schwieg, und so schwieg ich auch. Und dann passierte etwas Sonderbares. Wie von selbst, tastete meine Hand nach Quinns.

Ich berührte seinen Handrücken, und er drehte seine Hand so, dass seine Finger meine umfassten. Und während ich noch erstaunt unsere ineinander verschränkten Hände betrachtete, schloss er die Augen, als wollte er der sanften Bewegung unserer Hände nachspüren. Als er sie wieder öffnete, lächelte er. Fast vorsichtig, als sei er nicht sicher, was er hiervon halten sollte. Aber das wusste ich ja auch nicht, und so lächelte ich zurück.

Quinn wollte etwas sagen, doch es kam kein Ton aus seinem Mund. Er räusperte sich und murmelte: »Du machst mich sprachlos. Juli. Ich bin es nicht gewohnt, über mich selbst zu reden. Und du offenbar auch nicht.«

»Dann müssen wir unsere beiden ›Es kam was dazwischen‹ auf später vertagen«, antwortete ich.

»Einverstanden.« Quinn sah aus, als wollte er mich küssen, doch ich kam ihm zuvor. Ich lehnte mich nach vorn, und meine Lippen berührten sanft die Seinen. Für einen kurzen Moment schien er irritiert, fast überrumpelt. Regungslos lagen seine Lippen an meinen. Einen Moment lang bewegten wir uns beide nicht, und ich glaubte schon, mich geirrt zu haben. Was, wenn er nie vorgehabt hatte, mich zu küssen?

Langsam zog ich mich zurück, doch da erwachte Quinn aus seiner Erstarrung. Er wandte sich mir zu und erwiderte vorsichtig meinen Kuss. Seine Hand glitt meine Schulter hinunter, berührte sanft mein Gesicht, meine Wange, fuhr in meine roten Locken und verharrte dort.

Wie lange hatte ich nicht mehr geküsst? Es fühlte sich an,

als wäre es ein ganzes Leben her. Quinn küsste mich sanft, zaghaft, beinahe zärtlich, und ich schob alle anderen Gedanken beiseite und überließ mich ganz diesem Kuss.

Nach einer Weile löste Quinn seine Lippen von meinen und sah mir in die Augen. Ich sah seine Verwunderung, so als hätte er nicht damit gerechnet, dabei hatte er doch angefangen mit dem Küssen. Zumindest war es mir so vorgekommen.

»War das nicht in deinem Sinne?«, fragte ich unsicher.

Ganz sachte schüttelte er den Kopf. »Das war genau in meinem Sinne.« Seine Stimme klang plötzlich rau. »Ich würde das sogar gerne noch fortführen.« Er grinste. Das ließ ich mir natürlich nicht zweimal sagen. Ich legte eine Hand auf seine Brust, drehte leicht den Kopf und küsste ihn weiter, diesmal ohne Vorsicht, ohne Zurückhaltung. Er erwiderte auch diesen Kuss, und im Küssen war er verdammt gut.

Und trotzdem spürte ich noch immer eine leichte Anspannung in ihm. Er genoss die Nähe, aber er war mit angezogener Handbremse unterwegs. Langsam löste ich mich von ihm, ließ aber meine Hand auf seiner Brust liegen, dafür fühlte sie sich einfach zu gut an. Quinn sah verwirrt aus.

»Es war doch nur ein Kuss«, flüsterte ich, und wieder grinste er, diesmal wirkte er allerdings sonderbar erschöpft. So als würde er in seinem Innersten diverse Kämpfe ausfechten, von denen ich noch nicht einmal etwas ahnte.

»Es war ein großartiger Kuss«, flüsterte er zurück. Seine Hand fuhr ganz sanft durch mein Haar und blieb dann federleicht in meinem Nacken liegen.

Ich legte den Kopf in die Kuhle zwischen seinem Hals und seiner Schulter. »Wir können ja wann anders weitermachen«, sagte ich leise, und Quinn brummte: »Ja«. Er schien weitersprechen zu wollen, vielleicht um sich zu erklären, aber nachdem er kurz nachgedacht hatte, brummte er noch einmal einfach nur »Ja«.

Ich zog die Beine auf die Sitzfläche und lehnte mich gegen das Rückenpolster. So lag es sich ausgesprochen bequem. Quinn gab ein fantastisches Kissen ab. Sein Arm wanderte langsam hinunter auf meinen Bauch. Seine Handfläche lag auf meinem Bauchnabel, wo sie eine wunderbare Wärme abstrahlte. Quinn seufzte leise, und ein leichtes Zittern begleitete seinen Atem. Ganz vorsichtig lehnte er die Wange an mein Haar, als hätte er schon sehr lange keine wirkliche Nähe mehr gespürt. Vielleicht ging es ihm wie mir.

Calida beobachtete uns aus einem halb geöffneten Auge. Sie wartete ab, bis wir ganz still lagen, dann sprang sie auf, drehte sich erneut im Kreis und bettete ihren zarten Hundekopf auf meine Füße. Ich schloss probeweise die Augen. Mein Herz wummerte immer noch in einem zu schnellen Takt in meiner Brust. Quinns Nähe war so ungewohnt, so neu und so schön. Für diesen Augenblick war es egal, was bei ihm oder bei mir einmal »dazwischengekommen« war.

Kapitel 14

Ich wachte auf, weil Quinn zusammengezuckt war, als hätte ihn etwas gebissen. Er zog scharf die Luft ein und ließ mich abrupt los. Hätte er mich nicht im letzten Moment wieder an den Schultern gepackt, wäre ich vom Sofa gestürzt. Calida sprang ebenfalls wie von der Tarantel gestochen auf und kläffte schrill.

»Argh«, stöhnte ich, aus tiefstem Schlummer gerissen.

»Tut mir leid«, keuchte Quinn. Er hielt mich immer noch an den Schultern fest. Ich schüttelte benommen den Kopf. Dann drehte ich mich zu ihm um, so dass er mich zwangsläufig loslassen musste. Es war dunkel geworden, offenbar hatten wir den kompletten Tag verschlafen. Mein Kopf fühlte sich an, als wäre er mit Watte ausgestopft.

»Still, Calida«, murmelte ich und streckte eine Hand nach der Hündin aus. »Quinn hat schlecht geträumt«, mutmaßte ich.

Quinn blinzelte. »Vermutlich. Ich bin Schlafen echt nicht gewöhnt.«

»Na, dann muss ich ja eine sonderbare Wirkung auf dich haben«, stellte ich leicht indigniert fest und blinzelte zurück. Dabei hatte ich in seinen Armen selbst tief und fest geschlafen und es so sehr genossen, dass mir sein fester Halt jetzt fehlte.

»Du beruhigst mich bis in die letzte Faser, Juli«, sagte er

leise, als wäre es ein großes Kompliment. Dann beugte er sich nach vorne und küsste mich, unendlich sanft, während die Finger seiner Hand über meine Wange glitten. Der Kuss war kurz, und als seine Lippen sich von meinen lösten, blieben seine Finger fast schwerelos an meinem Kinn liegen. »Sehen wir uns morgen wieder?«

Ich nickte stumm. Nichts wollte ich lieber, als Quinn morgen wiederzusehen. Und übermorgen. Und nächste Woche.

»Ich fahre dich nach Hause, okay? Ich muss eh noch ins Büro, und es ist zu dunkel zum Laufen. Vermutlich suchen die Marias dich schon verzweifelt.«

»Himmel«, entfuhr es mir. Ich stand auf und lief ins Haus, um mein Handy vom Esstisch zu klauben. Maria 2 hatte mir schon zahlreiche Nachrichten geschickt, und ich schrieb sofort zurück, dass alles okay war.

»Und, haben die Marias sich schon Sorgen gemacht?« Quinn und Calida waren mir gefolgt.

Ich nickte. »Sie sind es nicht gewohnt, dass ich einfach abtauche. Eigentlich bin ich ja immer dort, wenn ich nicht arbeite. Konnte ja keiner ahnen, dass wir hier den ganzen Tag verpennen.«

»Hat uns aber allen gutgetan«, erwiderte Quinn und deutete auf Calida, die mit aufgerichteter Rute vor uns stand und uns beobachtete. »Sie sieht sehr unternehmungslustig aus. Vielleicht hilft ihr das, die Autofahrt ohne Kotzen zu überstehen.«

Calida hielt während der Fahrt an sich, wobei schnell klar war, dass Reisen wohl niemals zu ihrer Lieblingsbeschäftigung gehören würde. Die gesamte Fahrt über lag sie zitternd im Fußraum und presste sich an meine Beine, dabei fuhr Quinn so langsam, dass wir Gefahr liefen, von mindestens einem Trecker, zwei Mopeds und einem Schaf überholt zu werden.

Im Übrigen herrschte wieder völliges Chaos in seinem Auto. Und wieder entschuldigte er sich wortreich, aber mittlerweile glaubte ich nicht mehr an marodierende Mitarbeiter. Vielmehr glaubte ich, dass die Zustände in diesem Fahrzeug nur zeigten, wie es in Quinns Kopf aussah. Ein outgesourctes Tohuwabohu sozusagen.

Vor Marias Hof ließ Quinn den Wagen leise ausrollen und stellte den Motor ab. Für großartige Abschiedsszenen blieb uns allerdings keine Zeit, denn Calida versuchte, kaum war das Motorengeräusch verstummt, fluchtartig das Fahrzeug zu verlassen.

»Huch!«, rief ich erschrocken, als sie plötzlich auf meinem Schoß saß und anfing, wie verrückt an der Türverkleidung zu scharren. Ich riss die Tür auf, packte die Leine fester und fiel quasi hinter ihr aus dem Auto heraus. »Tschüss!«, rief ich noch rasch ins Fahrzeuginnere und warf Quinn eine Kusshand zu. »Wir telefonieren morgen!«

Er grinste mich schief an und antwortete: »Ja, bis morgen!«

Quinn hob eine Hand, wartete, bis es mir gelang, die Tür wieder zu schließen, und verschwand in der Dunkelheit. Calida sah mich empört an. Die Leine maximal auf Spannung, stand sie zwei Meter von mir entfernt wie ein bockiger Esel.

»Wir müssen eben manchmal Auto fahren«, erklärte ich ihr freundlich. »Aber das wirst du schon noch lernen.« Hoffte ich zumindest. Daran mussten wir arbeiten, denn Calida würde mich begleiten. Überallhin. So lange sie lebte. Mir wurde ein wenig flau im Magen.

Vom Ende des Dorfes erscholl ein Ruf. Señor Burro. Er rief nach seinem Freund Pedro. Und Calida antwortete ihm.

Sie fing an zu bellen und stemmte sich gegen die Leine. Offenbar hatte sie die Faxen dicke.

Ich kniete mich zu ihr auf den staubigen Boden und versuchte, sie mit einer Hand zu mir zu locken. »Schhhh«, murmelte ich. »Alles gut. Komm zu mir.« Aber Calida dachte nicht daran. Sie wollte jetzt nach Hause. Es war ja nett mit der Rothaarigen und dem großen Kerl, aber jeder Spaß hatte mal ein Ende. Der Esel rief, und Calida musste gehen. Zum Glück war sie im Umgang mit Halsband und Leine nicht so versiert wie die Ausbruchmeisterin Eli, weswegen sie einfach nur dastand, mit leicht gesenktem Kopf.

»Komm, Kleine«, lockte ich, aber ich hatte das Gefühl, sie würde mir liebend gerne einen Vogel zeigen. Ich ließ ein wenig vom Druck der Leine nach, und Calida legte sich hin, als hätte man ihr den Stöpsel gezogen, und sah mich an. So hockten wir beide wieder einmal regungslos voreinander und wünschten uns an einen anderen Ort.

Das Tor hinter mir quietschte in den Angeln, und jemand kam auf die Straße geeilt. Maria trug heute ausnahmsweise keinen Korb mit Gemüse, sondern eine kleine Tupperschüssel, die bis zum Rand gefüllt war mit … Hundefutter? Ein unverständlicher Wortschwall prasselte auf mich ein, und dann hockte sich Maria zu uns. Sie hielt der Hündin die Schüssel vor die Nase und bequatschte jetzt auch sie, was Calida nur mäßig beeindruckend fand. Da Maria aber Hundefutter dabeihatte, war sie offenbar gewillt, die Situation neu zu überdenken. Außerdem hatte sie Hunger. Sie hatte immer Hunger.

Maria stellte die Schüssel auf den Boden und drehte sich zu mir. Ernst sah sie mich an. »¿Dónde has estado?« Wo bist du gewesen?

»Yo estaba con Quinn«, antwortete ich, und Maria nickte ernst.

»Muy bien«, sagte sie dann. Ihre folgende Lobeshymne auf Quinn verstand ich nur zum Teil, trotzdem nickte ich. Denn auch wenn ich nicht alles an ihm durchschaute, war er einer der wenigen Menschen in meinem Leben, die wirklich da waren, wenn es drauf ankam. Er hatte mit mir gemeinsam die halbe Nacht auf dem Marktplatz ausgeharrt, und er hatte mich den ganzen Nachmittag fest im Arm gehalten. Ich hatte mich geborgen gefühlt, von der vorherigen unerfreulichen Arschloch-Anwandlung am Küchentisch mal abgesehen.

Während Maria noch sprach, hatte Calida sich langsam an das Futter herangerobbt. Jetzt war sie auf Nasenlänge an der Schüssel, und Maria zog mit einer lässigen Armbewegung das Gefäß ein paar Zentimeter in unsere Richtung. Ohne hinzusehen, wohlgemerkt. Calida schien einen Moment nachzudenken, dann stand sie auf und trottete dem Futter hinterher. Als sie ihre Nase tief in die Schüssel steckte, brummte Maria zufrieden.

»¿Tienes hambre?«, frage sie mich, und ich nickte. Ich hatte tatsächlich Hunger. Vorsichtig stand ich auf, während Maria sich kaltschnäuzig die Futterschüssel schnappte. Calida blickte verdutzt auf, sah das Futter entschwinden und beeilte sich, Maria zu folgen. Und da ich ja immer noch an der Leine hing, stolperte ich hinterher. Einem fremden Hund einfach so das Futter wegzunehmen, war ziemlich wagemutig, aber so war Maria nun mal. Zumal sie Erfolg damit hatte.

Auf dem Hof hatten sich wieder einmal die Frauen von Bajo versammelt. Sie saßen in trauriger Eintracht um den großen Tisch herum und verspeisten Melonen, Brot, Käse und

Trauben. Wie immer gab es Wein aus Plastikkanistern. Maria platzierte Calidas Futter auf dem Boden und mich zwischen Lucía und Magdalena, die mir sofort die Platten mit Essen reichten. Die Frauen sprachen über Pedro, über das Leben, die Insel, den Vulkan, die heißen Winde und Gott. Zumindest glaubte ich, dass das ihre Themen waren. Die Gespräche plätscherten um mich herum, und ich aß alles auf, was man mir gab. Als Calida wieder begann, Richtung Hoftor zu schielen, schnappte ich mir die Leine und verabschiedete mich von den Frauen. Ein Fluchtversuch reichte mir.

Am nächsten Morgen war ich mit Malte zu einer ersten gemeinsamen Hunderunde verabredet. Vier Hunde, vier Arme. Das erschien mir fürs erste Mal am sichersten. Vorher hatte ich noch mit Mareille telefoniert und sie gebeten, mich für zwei Tage aus dem Dienstplan zu streichen. So hatte ich noch ein wenig Zeit, mir zu überlegen, was ich während meiner Arbeitszeit mit Calida anstellen konnte. Das kam meiner Chefin natürlich ungelegen, aber sie war ein netter Mensch und erklärte, sie würde selbst meine Schichten übernehmen, woraufhin ich natürlich ein schlechtes Gewissen hatte.

Wir waren gemeinsam auf dem Weg zu Flipp. Ich hatte Calida an der Leine, Malte Eli. Eli hasste Calida. Sie hatte vor Wut schon beinahe Schaum vor dem Maul, doch Calida ignorierte sie einfach. Eine nahezu perfekte Deeskalationsstrategie. Zumindest bei normalen Hunden. Bei Eli bewirkte sie damit das Gegenteil. »Ich glaube, mein Hund hat ADHS«, brummte Malte und zog Eli zum wiederholten Mal an der Flexleine zu sich heran. »Sie ist doch jetzt so, weil Calida sie keines Blickes würdigt, oder?«

»Sie hat einfach eine Vollmeise«, erklärte ich seufzend. »Also, ich mag sie ja, aber so ganz rund läuft sie nicht.«

Malte seufzte bleischwer. »Glaubst du, das sind alles Erziehungsfehler?«

»Hm«, brummte ich. »Sie denkt schon, dass sie die alleinherrschende Göttin auf diesem Planeten ist. Ganz abwegig ist dieser Gedanke also nicht.«

Malte schnalzte mit der Zunge. »Wir sollten niemals Kinder bekommen. Zum Glück ist sie nur ein Dackel.«

»Ja, da haben wir alle großes Glück gehabt.« Ich kramte in meiner Tasche nach dem Schlüsselbund und drückte Malte Calidas Leine in die Hand, um Flipp aus der Wohnung zu holen. Da Calida aber, kaum dass ich einen Fuß auf die Treppe gesetzt hatte, in ein hysterisches Geheule ausbrach, nahm ich ihm die Leine wieder ab und Calida mit nach oben. Flipp war freundlich für fünf und würde mit einer fremden Hündin in seinem Revier umgehen können. Konnte er auch. Er liebte Calida auf den allerersten Blick, und sie fand ihn auch ganz prima, zumindest ließ sie ihn ganze drei Sekunden an ihrem Hintern schnüffeln, um ihn dann gekonnt zu ignorieren.

»Mach dir nichts draus«, brummte ich Flipp zu, während ich ihm das Halsband anlegte. »Sie hat auf ihren Postrunden so viele Hofhunde getroffen, dass sie diese Strategie gewählt hat, um von denen in Ruhe gelassen zu werden. Aber ihr werdet bestimmt trotzdem noch Freunde.« Gemeinsam verließen wir das Haus wieder, um auch noch den wilden Terrier abzuholen. Der wiederum fand Calida unfassbar sexy und konnte kaum an sich halten.

»Die sind verwandt. Die sehen sich total ähnlich«, keuchte Malte neben mir und deutete auf Calida und Lord Byron. Wir hatten das Tempo erhöht, um schnell aus der wuseligen Innenstadt zu kommen. Ich betrachtete den Terrier und Calida genauer und musste ihm recht geben. Sie hatten das gleiche spitze Gesicht, dieselben Fledermausohren und geflecktes Fell – Calida braun-weiß, er schwarz-weiß. Beide hatten lange Beine und einen schlanken Körperbau und erinnerten unter dem Bauch mehr an einen mexikanischen Nackthund. Calida war allerdings ein wenig kleiner als Lord Byron.

»Ist sie die gleiche Rasse wie er?«, fragte Malte, und ich zuckte die Schultern. »Er ist ein Ratonero. Es gibt verschiedene Arten von diesen Rattenjägern. Sie sind in Spanien sehr beliebt, und mittlerweile gibt es sie auch häufig in Deutschland, weil sie oft im Tierheim landen und so über die Tierschutzorganisationen weitervermittelt werden.« Jetzt war ich auch außer Atem. »Wenn man sie nicht einschläfert«, fügte ich düster hinzu. Eine Weile schwiegen wir.

»Du hast dein Shirt vergessen«, sagte Malte irgendwann. »Dein aus marketingtechnischen Gründen sehr wichtiges Shirt.« Abrupt blieb ich stehen, was Calida und Flipp dazu bewog, sich augenblicklich hinzusetzen. Das hatte ich ihnen beigebracht. Wenn ich stehen blieb, setzten sie sich hin. Malte blieb auch stehen, woraufhin Eli und Lord sich aber gegenseitig ins Ohr zwickten. »Bei dir funktionieren Hunde irgendwie besser. Und Menschen auch. Du bist da eben doch mit Zauberkräften ausgestattet«, sagte er und hielt die Leinen jetzt mit ausgestreckten Händen weit voneinander weg, um die Hunde von weiteren Knabbereien abzuhalten.

»Malte, ich weiß nicht, was ich machen soll.« Es klang verzweifelt, verzweifelter, als ich mich fühlte. Aber es entsprach der Wahrheit.

»Wegen Pedro?«, fragte er sofort und legte die Stirn in Sorgenfalten.

»Ja. Nein.« Hätte ich die Hände frei gehabt, hätte ich mir die Haare gerauft. »Ich muss doch irgendetwas tun. Ein Ziel verfolgen, die Dinge in die Hand nehmen.«

»Aber du tust doch ganz viel.« Malte betrachtete mich mit verständnislosem Blick.

»Das meine ich nicht. Ich meine langfristige Planungen. Andere Menschen in meinem Alter haben Kinder, bauen Häuser, fliegen einmal im Jahr in den Urlaub und wässern ansonsten ihren Rollrasen.«

»Juli, Rollrasen in allen Ehren, aber wovon sprichst du?«

»Ich spreche davon, dass ich endlich Verantwortung für mein Leben übernehmen muss!«, entfuhr es mir. Das schien ein spannendes Thema zu sein, denn sogar Eli und der Lord ließen sich jetzt auf ihrem Hinterteil nieder und betrachteten mich interessiert. Genau wie Malte, der sich offenbar keinen Reim auf meinen Ausbruch machen konnte.

»Du hast ein so großes Talent, und es liegt nicht darin, Akten zu sortieren. Ich glaube, dass wir unglücklich werden, wenn wir uns nur mit Dingen befassen, die unserem Leben keinen Sinn geben. Viele Menschen merken das anfangs gar nicht, und dann ist es manchmal schon zu spät. Weil sie den Rollrasen wässern müssen.« Er zuckte entschuldigend die Schultern. »Aber du hast dir die Zeit genommen. Du warst unglücklich in Hamburg und hast beschlossen, dir Zeit zu geben. Um dein Glück zu finden. Das geht doch alles nicht von heute auf morgen.«

»Aber alle anderen sind viel weiter und wissen genau, wo sie hinwollen. Ich bin nicht nur nicht weit, ich weiß noch nicht mal grob, in welche Richtung ich gehen sollte. Ich bin einfach nicht in der Lage, Verantwortung für mein Leben zu übernehmen …« Mir wurde die Kehle eng, und ich schnappte nach Luft.

»Ah!« Malte nickte, als hätte ihn die Erkenntnis getroffen. »Wir reden über Calida«, stellte er schließlich zufrieden fest.

»Ja, irgendwie auch.«

»Wollen wir uns auf die Felsen da setzen?« Malte deutete auf die großen schwarzen Brocken, die die kleine Bucht säumten, an deren Rand wir mittlerweile standen. »Und die Hunde laufen lassen?«

»Alle bis auf Eli«, erwiderte ich. Malte nickte, und wir hockten uns auf die von Wind und Wasser glattgeschliffenen Felsen. Flipp, der Lord und Calida stromerten sofort los Richtung Wasser, Eli blieb angeleint und beschloss, im schwarzen Sand ein Loch zu buddeln. Sie war ein Dackel. Sie konnte nicht anders.

»Ich bin jetzt für Pedros Hündin verantwortlich. Was, wenn ich das gar nicht sein kann?«

»Wie kommst du auf so einen Unfug?«, fragte Malte zurück, und ich schwieg.

»Na ja, wenn ich meinen Job in Hamburg so schrecklich fand, hätte ich ja auch einfach vorher kündigen können. Bevor diese schrecklichen Dinge passiert sind. Habe ich aber nicht. Ich saß dort und habe mich in meinem Leid gesuhlt. Habe es einfach ausgehalten.«

»Das Schmerzensgeld für den Job war nicht übel«, unterbrach Malte mich und grinste. »Ja«, stimmte ich zu. »Das war nicht schlecht.«

»Ich habe mich erst mit neunzehn geoutet. Dabei war mir schon lange klar, dass ich auf Männer stehe. Aber vorher ging es nicht, auch, weil ich erst die nötige Stärke entwickeln musste. Dann war es ganz einfach. Zweifel gehören zu jedem neuen Lebensabschnitt dazu. Als ich nach La Palma gekommen bin, habe ich nächtelang in diesem verdammten Baucontainer gesessen und geheult, weil ich dachte, ich hätte den Fehler meines Lebens gemacht. Weil es so verdammt schwierig war, diese Segelschule aufzubauen, weil es mit Patrick zu diesem Zeitpunkt schwierig war und ich kein Wort Spanisch sprach. Erinnere dich!« Empört sah er mich an, und ich erinnerte mich dunkel an die langen Telefonate, die wir in diesen Nächten geführt hatten.

»Habe ich wohl verdrängt«, erwiderte ich.

»Du kommt aus einer Familie, in der alle in dem Moment ihrer Geburt wissen, was wann zu geschehen hat«, sagte er, und ich nickte mit großen Augen. »Eine fürchterliche Sippe.« Schaudernd hob er die Schultern. »Also, sie sind nicht wirklich fürchterlich, aber so anders als du. Versicherungen! Ich bitte dich! Jemanden wie dich, der so kreativ, so wortgewandt, so menschenfreundlich, so anders ist, in eine Versicherung zu stecken. Natürlich hättest du dich arrangieren können, aber dann wärst du nicht glücklich geworden. Denn kein Geld der Welt wiegt das auf.«

»Quinn hat mir gesagt, ich sei erwachsen und ich solle mich jetzt so benehmen und Verantwortung übernehmen. Basta. Aus die Maus.«

»Das hat er zu dir gesagt? Der Arsch!«, rief Malte empört, und ich musste lachen. Weil Quinn ja in diesem Fall gar nicht so weit danebengelegen hatte. Aber Malte stand immer hinter mir wie eine deutsche Eiche.

»Ja, hat er«, bekräftigte ich. »Ich habe ihm allerdings auch gesagt, dass er sich hinter seinem minimalistischen Lebensstil versteckt und Angst hat, seine Persönlichkeit zu zeigen. Aber wir haben uns wieder vertragen.«

»Dann nehme ich das ›Arsch‹ zurück.« Malte grinste breit.

»Und er hat mir auch gesagt, dass er immer da ist, wenn es schwierig wird. War er auch. Er hat die halbe Nacht mit mir auf dem Marktplatz gesessen, um Calida zu bewachen. Und weißt du was?« Ich senkte verschwörerisch die Stimme. »Ich schlafe jedes Mal ein, wenn ich mit ihm zusammen bin. Und das nicht, weil er so langweilig ist.«

»Quinn beschert meiner Schlaflosen also einen gesegneten Schlaf. Und offenbar auch umgekehrt, wenn ich an euer erstes Date zurückdenke.«

Ich nickte.

»Quinn ist auch einer von denen, die sich mit dem Leben arrangieren mussten«, sagte Malte nach einer Weile.

Ich runzelte die Stirn. »So schlecht hat er es aber nicht getroffen.«

»Nein, finanziell nicht, auch wenn das nicht mein Maßstab vom Leben ist. Und das hier ist der schönste Ort der Welt.« Er atmete tief durch und deutete auf den Atlantik. »Aber er hatte andere Pläne. Er hat seine Geschwister großgezogen, hat er dir das erzählt?«

»Angedeutet hat er es. Was ist passiert?«, fragte ich. Calida hatte begonnen, mit Flipp zu spielen. Die beiden legten ein ordentliches Maul-Fecht-Duell hin.

»Das ist das Sonderbare an der Sache: Ich weiß es nicht. Er spricht nicht darüber. Er fliegt nie nach Deutschland, dabei lebt seine Familie noch dort. Er wirkt wie losgelöst von seinen Wurzeln. Und er ist immer so angespannt, ja verbissen.

Manchmal habe ich das Gefühl, er arbeitet so viel, um nicht nachzudenken.«

Einen Moment lang schwiegen wir. »Ich mag ihn sehr«, sagte ich dann leise.

»Ich vertraue ihm«, sagte Malte. »Er meint die Dinge so, wie er sie sagt, und er ist absolut verlässlich. Wenn Quinn beschließt, dein Freund zu sein, dann wird er in jeder Lebenslage zu dir stehen. Er hat mal einen seiner Geschäftspartner eiskalt abblitzen lassen, weil der sich als homophob herausgestellt hat. Der Kerl hat über Lesben und Schwule gelästert, dass mir ein Schauer über den Rücken gelaufen ist. Das war bei einer Baustellen-Einweihungsparty. Und der Typ sollte einen großen Teil des Innenausbaus machen. Quinn hat ihn kaltgestellt und ihm erklärt, er hätte kein Interesse daran, mit Arschlöchern zusammenzuarbeiten, und der Typ solle sich einen anderen Auftrag suchen. Das war krass.«

»Mich hat er auch gerettet. Auf dem Marktplatz«, murmelte ich. »Nur um mir dann am nächsten Tag zu erklären, ich solle jetzt mal den Arsch zusammenkneifen. Sinnbildlich gesprochen. Er hat zwei Seiten, die sehr unterschiedlich sind. Und die nette Seite hat nicht immer Ausgang, wie mir scheint.«

Malte beugte sich näher zu mir, während Eli sich mittlerweile bis zum Erdmittelpunkt vorgearbeitet hatte. »Und? Was läuft da jetzt zwischen euch?«

Ich zuckte die Schultern. »Sagen wir so«, antwortete ich vorsichtig. »Ich finde ihn enorm attraktiv.« Malte nickte wissend. »Und seine Anwesenheit hat eine enorm positive Wirkung auf mich. Solange ich nicht spontan einschlafe oder er mich beschimpft, weil ich keine Verantwortung übernehme, versteht sich.«

»Könnte er es in dein Herz schaffen?«, fragte Malte knapp und gab vor, den Atlantik und die tollenden Hunde zu beobachten.

»Hat er schon«, erwiderte ich und war über meine Worte selbst erstaunt. Malte lächelte maliziös. »Aber er ist so zielstrebig. So anders als ich.«

»Er braucht einfach mal wieder guten Sex«, erwiderte mein Kumpel trocken, und ich zog scharf die Luft ein.

»Malte, du Schwerenöter!«, rügte ich ihn.

»Ich meine das ernst.« Er sah mich von der Seite an. »Du übrigens auch. Nach deiner desaströsen Beziehung mit diesem Kasper wäre so ein Kerl wie Quinn wirklich mal eine sinnvolle Sache.« Der »Kasper« war das Synonym für meinen Exfreund. »Aber Quinn braucht noch etwas anderes«, fuhr Malte fort. »Also, guten Sex braucht jeder, aber er braucht jemanden, der ihn mal ausbremst. Jemanden, bei dem er mal zur Ruhe kommen, mit dem er reden kann. Über sich. Damit er nicht immer nur für andere da ist, sondern auch selbst mal was abbekommt. Was dir übrigens auch ganz gut tun würde.«

Wir schwiegen eine ganze Weile. »Das hast du schön gesagt«, brummte ich schließlich. »Malte?«

»Hm?«

Ich suchte einen langen Moment nach den richtigen Worten. Als ich sie gefunden hatte, brauchte ich noch mal fünf Wellenschläge lang, bis ich endlich sagte: »Ich habe das Gefühl, dass ich mich hier auf der Insel vor dem wahren Leben drücke.«

»Juli!« Malte sah mich streng von der Seite an. »Das hier ist das wahre Leben.«

Ich musste lächeln.

Kapitel 15

Als waschechte Hundebesitzerin war mein Leben zwar nicht unbedingt leichter geworden, aber die Tatsache, dass mich Calida jetzt durch meinen Alltag begleitete, hatte auch viele Vorteile. Zum Beispiel war ich nicht mehr alleine. Wenn ich nicht schlafen konnte, tat es gut, die kleine, schnarchende Hündin neben mir zu betrachten. Schlafen konnte ich dann zwar immer noch nicht, aber zumindest hatte ich so etwas zu tun. Viele Dinge waren zudem viel einfacher als gedacht. Die gemeinsamen Hunderunden mit meinen Dogsitter-Hunden zum Beispiel. Calida war einfach zu cool für diese Welt. Sie hatte Eli mittlerweile so lange ignoriert, dass die Dackelhündin ihre Anwesenheit offenbar vergessen hatte. Zumindest ignorierten sie sich jetzt beide gegenseitig. Was mir nur recht war.

»¡Hola, querida!« Was für eine ausgesprochen charmante Begrüßung. Quinn hatte mir die Tür geöffnet, und Calida kam wie ein Pfeil auf mich zu geflitzt, um ihrer Freude über mein Auftauchen Ausdruck zu verleihen, bevor sie sich einmal schüttelte und zurück zu ihrem Sofa trabte.

Ja, es war zu ihrem Sofa geworden, denn noch eine große Änderung hatte sich ergeben. Quinn kümmerte sich jetzt um Calida, wenn ich auf dem Foodtruck arbeitete, meistens bei sich zu Hause, wo er dann einen halben Homeoffice-Tag einlegte.

Calida konnte nämlich nicht alleine bleiben. Sie heulte jedes Mal wie ein verlassener Wolf. Beim ersten Versuch, sie kurz allein in meiner Wohnung zu lassen, hatte sich halb Bajo mit panischem Blick vor meiner Kellertür versammelt, und da war ich nur kurz im Laden auf dem Marktplatz gewesen, um einzukaufen. Calida hatte geheult, als ob ihr das Fell über die Ohren gezogen würde. Beim zweiten Versuch hatte sie während meiner zehnminütigen Abwesenheit mein Kopfkissen zerlegt. Komplett.

Ich diagnostizierte eine akute Verlustangst und hatte mit einem Alleinsein-Training begonnen, das wir zum aktuellen Stand der Dinge vermutlich im Jahr 2027 abschließen würden.

Maria war auch keine große Hilfe. Sie brachte mir eine Flasche Likör, von dem ich Calida geben sollte. Als ich empört ablehnte, zog sie nur eine Augenbraue hoch und meinte, dann müsse ich eben bis zum Ende von Calidas Tagen hierbleiben. Also im Keller. Sie hatte nicht ganz Unrecht, denn wie um alles in der Welt sollte ich jemals mit diesem Hund in Hamburg leben? Ich versuchte einfach nicht zu lange im Voraus zu planen, und wenigstens dafür brauchte ich mir zum Glück gerade keine Lösung einfallen zu lassen. Ich wollte schließlich noch eine Weile auf der Insel bleiben.

»Möchtest du etwas essen?« Quinn war in die Küche gegangen, und ich folgte ihm. Er fragte mich immer, ob ich etwas essen wollte. Das schien ein Automatismus zu sein. Man könnte ihn vermutlich nachts um drei wecken und nach Essen verlangen, und er würde Essen heranschaffen.

»Nein«, antwortete ich. »Ich habe gerade 237 Sandwiches zubereitet und dir einen mitgebracht.« Ich wühlte in meiner Umhängetasche nach meiner neuesten Kreation. Ziegenkäse mit Mango-Chutney und Chili. Leicht scharf, perfekt abgestimmt.

»Oh. Du hast *mir* etwas zu essen mitgebracht?« Er drehte sich zu mir um.

»Ja, eine erstaunliche Tatsache, aber wirklich wahr!« Quinn brauchte einen Moment, bis er begriff, dass meine Worte ironisch gemeint waren. So klug er auch war, mit Ironie hatte er es nicht so. Er nahm das in Mareilles zauberhaftes Knisterpapier eingewickelte Sandwich entgegen, packte es aus und biss beherzt hinein. Dann grinste er. »Lecker!«

»Danke, dass du auf Calida aufgepasst hast. Hat sie sich gut benommen?« Ich ließ meine Tasche auf den Boden gleiten und schwang mich auf den Küchentresen. Von hier aus hatte man einen phänomenalen Blick auf den glitzernden Atlantik hinter der schroffen Küstenlinie.

»Der Hund benimmt sich immer vorbildlich. Nur das Frauchen des Hundes setzt sich ständig auf Gegenstände, die dafür nicht vorgesehen sind.«

Ich betrachtete ihn einen Moment lang. Er sah ein wenig abgekämpft aus. Die dunklen Haare lagen, wie so oft am Abend, nicht mehr akkurat, und er hatte dunkle Augenringe und einen Bartschatten, was aber seine Attraktivität nur noch unterstrich.

»Auf Küchen kann man sitzen«, erklärte ich ihm.

»Aber du setzt dich auch auf Tore, wackelige Beistelltische und Bordsteine«, erwiderte er, womit er nicht unrecht hatte. Letzte Woche hatte ich mich bei Malte und Patrick auf dem

Balkon auf einen kleinen Beistelltisch gesetzt, der daraufhin sein Leben ausgehaucht hatte. Er war aber auch wirklich instabil gewesen.

Einen Moment lang schwiegen wir wieder. Zwischen uns war es sonderbar. Wir hatten uns seit Pedros Beerdigung nicht mehr geküsst. Dabei dachte ich sehr oft daran, und bei Quinn blitzte manchmal das Verlangen danach in seinen blauen Augen auf. Jetzt stand er wieder nur wenige Zentimeter von mir entfernt, und ich hätte ihm ohne Probleme eine Hand auf den Arm legen können. Oder meine Fingerspitzen über seine Wangen gleiten lassen. Oder meine Hand in seinem dichten Haar vergraben. Aber ich ließ es bleiben.

Quinn lehnte sich mit der Hüfte gegen die Küchentheke und aß hingebungsvoll sein Sandwich.

»Wie geht es deiner Mitarbeiterin?«, fragte ich nach einer Weile. Seine Empfangsdame – die mit der Fähigkeit, die Augenbraue bis zum Haaransatz zu ziehen – hatte ihn in den vergangenen Tagen ziemlich beschäftigt.

»Kotzt immer noch«, erwiderte er zwischen zwei Bissen. »Sie wird sich krankschreiben lassen. Ist bestimmt auch besser für das Kind.«

Ich nickte. Die Arme war seit ungefähr drei Wochen schwanger und verbrachte seit dem ersten Tag den gesamten Vormittag in dem kleinen büroeigenen Klo, um ihr Frühstück wieder von sich zu geben. »Bestimmt«, erwiderte ich. »Aber wer macht dann ihre Arbeit?«

Quinn kaute. Biss noch einmal ab und blickte aufs Meer. Als er fertig war, knüllte er das Papier zusammen, warf es in den Mülleimer und sagte: »Ich.«

»Hm«, brummte ich.

»Das geht schon«, erwiderte er trocken und grinste. Einseitig und nur ganz leicht.

»Ja, weil du Superman und Wonderwoman in einem bist«, bestätigte ich und grinste zurück.

»Juli«, murmelte er warnend und hob jetzt, wie seine Empfangsdame, eine Augenbraue.

Da war es wieder. Quinn war zuständig und verantwortlich. Für alles und jeden. Und er ließ sich da nicht reinreden. Er hielt es für normal, einundzwanzig Stunden am Tag zu arbeiten, und zur Not auch vierundzwanzig.

»Wenn du besser Spanisch könntest, würde ich dir den Job glatt anbieten.«

»Sí.« Ich seufzte. Mein Spanisch war durchaus besser geworden, nur mit dem Hörverstehen haperte es nach wie vor. Was nur an den Palmeros lag, die sich einfach aussprachetechnisch nicht ans Lehrbuch hielten. Wenn sieben Worte in einem Satz zu einem unverständlichen Buchstabenbrei zerkaut wurden, war das für mich einfach nicht zu verstehen.

Ich ließ die Schultern kreisen und hüpfte von der Arbeitsplatte. »Ich fahre nach Hause. Und ich schicke dir eine Nachricht, wenn ich in Bajo bin. Ist ja noch hell draußen«, sagte ich ernst und fügte hinzu, nur damit er es nicht sagen musste: »Und ich weiß, du würdest mich, den Hund und das Fahrrad auch bringen.«

Quinn überlegte. An seine Denkpausen, die er brauchte, bevor er redete, hatte ich mich zwischenzeitlich gewöhnt. »Okay«, sagte er schließlich betont fröhlich.

»Bravo«, antwortete ich ebenso fröhlich. Bis vor wenigen Tagen hatte er nämlich noch mehrmals insistiert, aber nun hatte er es offenbar verstanden. Ich fuhr gerne mit dem Rad.

Zumindest dort, wo mir nicht ständig hohe Berge im Weg waren.

»Komm, kleiner Hund!« Calida verstand meine Worte zum Aufbruch mittlerweile sehr gut und sprang umgehend vom Sofa, um sich dann wie eine Katze zu strecken. Quinn begleitete uns bis zur Tür, und hier verharrten wir wieder einmal für ein paar Herzschläge, in denen wohl jeder darüber nachdachte, wie man sich jetzt wohl am besten verabschiedete.

Schließlich gab ich Quinn einen Kuss auf die Wange, und er küsste zurück. Ich winkte noch einmal, sprang die Stufen hinunter und schwang mich auf Pedros Mountainbike.

Leider kam ich nicht weit, denn heute fegte eine ordentliche Brise über die Insel, die dem Hamburger Wetter durchaus Konkurrenz machen konnte. Sich auf dem Fahrrad dagegenzustemmen, erforderte mehr Kraft und Energie, als ich übrig hatte, und so stieg ich irgendwann ab und schob das Fahrrad. Nur so kam es auch, das ich das leise Klingeln in meinem Rucksack überhaupt hörte. Ich blieb stehen, balancierte das Rad an meiner Hüfte und suchte nach meinem Handy. »Mama« stand auf dem Display. Wie immer entbrannte umgehend ein heftiger innerer Kampf in mir. Anruf ignorieren oder drangehen? Und das in Dauerschleife. Fürs Drangehen sprach, dass ich seit fast zwei Wochen nicht mehr mit ihr gesprochen hatte und meine Eltern noch immer auf eine Antwort von mir warteten. Dagegen allerdings alles andere. Calida war stehen geblieben und beobachtete mich aus einigen Metern Entfernung. Sie schien gespannt darauf zu warten, wie ich mich entscheiden würde. Seufzend drückte ich schließlich auf den kleinen grünen Knopf. Ich konnte meine Mutter schließlich nicht ständig ignorieren.

»Hallo Mama«, begrüßte ich sie.

»Das ist so laut bei dir!«, war ihre Antwort.

»Der Wind!«, rief ich ins Telefon.

»Dann geh mal irgendwohin, wo es ruhiger ist. Da bekomme ich ja Tinnitus.«

Suchend blickte ich mich um. Ich hätte mich maximal flach auf den Boden kauern können, aber ansonsten fiel mir kein windstiller Platz ein. »Hier ist halt Wind, Mama. Ich verstehe dich trotzdem.«

»Na ja, gut. Wenn man dich schon mal ans Telefon bekommt, muss man das wohl ausnutzen. Hör mal. Ich habe mich wegen des Hundes erkundigt.«

»Ah«, sagte ich verblüfft und zog mir die leichte Fleecejacke über den Kopf, um den Wind jetzt doch ein wenig abzublocken und zu hören, was sie sagte. Calida kam interessiert näher, setzte sich vor mich und schien mich stirnrunzelnd zu betrachten. Diese Hündin war echt zum Piepen. Sie fand einfach alles an mir spannend.

»Der Hund braucht für die Einreise einen EU-Pass. Und alle Impfungen müssen erledigt sein. Und du musst so einen Hundeführerschein machen. Das geht aber auch nachträglich.«

»Du hast dich tatsächlich informiert?« Leichter Unglaube schwang in meinen Worten mit. Ich hatte meiner Mutter direkt nach Pedros Tod eine Nachricht und ein Bild von Calida geschickt, und offenbar hatte sie daraufhin in ihrer gewohnt anpackenden Art schon alles in die Wege geleitet. Damit hatte ich nun nicht gerechnet.

»Ja. Willst du denn nicht irgendwann nach Hause kommen? Also, der Job bei Heinz ist natürlich weg.«

»Hm«, brummte ich unverbindlich, aber es gab einen klitzekleinen Funken der Freude in meiner Brust. Denn meine Eltern waren sehr tierfreundlich. Sie fütterten die Wildvögel das ganze Jahr über, stellten im Winter Igelhäuser im Garten auf und nahmen den Hund meiner Schwester, wenn die in den Urlaub flog. Offenbar hatten sie kein Problem damit, Calida als neues Familienmitglied zu akzeptieren.

»Du hast da doch wohl niemanden kennengelernt?«, fragte mich meine Mutter plötzlich argwöhnisch, und ich verzog das Gesicht.

»Ich kann auch aus eigenen Stücken, ganz ohne Mann, noch ein wenig hierbleiben«, erwiderte ich knapp.

»Ich habe Matthias getroffen. In der Stadt, beim Kaiserwetter, in der Nähe vom Jungfernstieg. Er wird übrigens im Dezember Vater.« Sie sagte diesen Satz leicht dahin. Aber zwischen den Zeilen und dem lockeren Tonfall schwang eine Anklage mit. *Sieh her, was andere schaffen. Und du nicht. Das hätte dein Kind sein können. Dein Leben. Aber du musstest ja abhauen.*

Matthias war der »Kasper«, wie Malte ihn so freundlich getauft hatte. Der Mann, der mich in den dunkelsten Stunden meines Lebens hatte fallenlassen. Weil Dunkelheit in seinem Leben nicht vorkam. Sein Leben sollte das beste Leben von allen sein und ständig strahlen. Er wollte einfach immer der hellste Stern am Horizont sein. Wer Probleme mit seiner Leuchtkraft hatte, sollte bitte einen Therapeuten aufsuchen und diese beheben lassen. Oder wenigstens Veganer werden. Trotzdem war ich mit Matthias fast fünf Jahre zusammen gewesen und musste mich zusammenreißen, um den Stich, den mir diese Nachricht versetzte, tapfer zu ignorieren.

»Wie schön für ihn«, antwortete ich tonlos und zog gleichzeitig die Schultern hoch. Ich wusste nämlich, was jetzt kam. Und obwohl ich vorbereitet war, tat es weh.

»Vielleicht hätte man das einfach nicht so schnell aufgeben dürfen.« »Man« war in diesem Fall Juli. »In einer Beziehung muss man manchmal auch einen etwas längeren Atem beweisen.« Ich konnte hören, dass sie bei diesen Worten milde lächelte. Sie war seit fast dreißig Jahren mit meinem Vater zusammen und somit ein Profi im Langen-Atem-Haben.

Ich dagegen fand, dass eine Beziehung nur funktionieren konnte, wenn beide etwas dafür taten. Bei Matthias hatte ich getan, er hatte erwartet. Und fünf Jahre waren unter diesen Umständen schon ziemlich langatmig.

»Ich hätte mich eh von ihm getrennt. Die Entscheidung hatte ich lange vorher getroffen, ich hatte sie nur noch nicht umgesetzt.« Eine eisige Schärfe hatte sich in meine Worte geschlichen. Ich hatte viel zu lange in einer sehr unglückseligen Beziehung ausgeharrt, weil ich nicht in der Lage gewesen war, eine Entscheidung zu treffen und die damit einhergehende Verantwortung zu tragen. Vielleicht hatte ich bei Matthias auch einfach die Phase des Verliebtseins übersprungen und war direkt in die vermeintliche Sicherheit einer Beziehung gehuscht.

»Also, ich fand Matthias immer sehr nett«, erwiderte meine Mutter trocken. Matthias war auch sehr nett. Er hatte genug Charme, dass es vermutlich von hier bis Meppen reichte. Und er wusste, wie man sich den Menschen präsentieren musste, um gemocht zu werden. Ansonsten war es in unserer Beziehung meistens um ihn und seine Bedürfnisse gegangen, wovon er eine ganze Menge hatte, so viele, dass ich manchmal vergaß, dass ich selbst auch das Recht auf Bedürfnisse hatte.

Fünf Jahre lang hatte ich formvollendet die Rolle gespielt, die er gerade von mir benötigte. Die Aufmunternde, die Fröhliche, die Unterstützende, die Fürsorgliche. Er dagegen war in jeder Lebenslage Matthias.

Doch all das hatte meine Mutter einfach nicht nachvollziehen können. Sie hätte Matthias gerne als Schwiegersohn gehabt, und mittelfristig dann auch gerne ein paar Enkelkinder. Aber dann kam Tag X, und der Drops war gelutscht. Jedenfalls in ihren Augen.

»Ich war unglücklich in Hamburg«, sagte ich nachdrücklich. Nicht, dass ich das nicht schon mehrere Male gesagt hatte, aber ein kleiner, kindlicher Teil in mir hoffte inbrünstig, dass sie irgendwann einfach sagen würde: *Ah. Okay. Ich verstehe.*

Aber wie zu erwarten, sagte sie stattdessen ein weiteres Mal: »Das ist ja alles schön und gut, aber irgendwann muss man eben auch mal wieder vernünftig werden und sich dem Leben stellen.« Ich dachte an Maltes Worte, dass das Leben genau hier just in diesem Moment stattfand. Und dann dachte ich an Quinn, an die Wärme in seinen Augen, wenn er mich ansah. Wir sprachen zwar nicht über den Kuss oder über unsere Gefühle, aber es war nicht zu leugnen, dass wir einander sehr zugetan waren, um es mal altmodisch auszudrücken. Ich hatte also sehr wohl jemanden kennengelernt. Aber der gehörte nur mir, der gehörte in dieses Leben, dem ich mich sehr wohl stellte. Das sehr wohl ein Leben, ein gutes Leben war.

»Ich komme zurück, wenn ich weiß, was ich will. Ich will nicht irgendwelche Akten sortieren und den ganzen Tag in einem klimatisierten Büro hocken. Das macht mich unglücklich.« Vielleicht war es das erste Mal, dass ich es meiner Mutter gegenüber so deutlich aussprach. Jedenfalls schien es sie auf irgendeine Art und Weise zu beeindrucken, oder vielleicht auch einfach zu irritieren, denn sie schwieg lange. Der Wind fegte über mich hinweg und zerrte am Stoff meiner Jacke.

»Juli, du bist kein Kind mehr«, sagte sie schließlich streng. Das also war ihre Antwort.

»Genau!«, unterbrach ich sie. »Ich bin erwachsen, und ich übernehme Verantwortung für mein Leben. Indem ich hier bin, schließe ich aus, dass ich ein Leben lebe, das mich unglücklich macht. Ich finde das ziemlich erwachsen. Mir geht es hier nämlich verdammt gut!«

Und dann legte ich auf. Ich atmete tief ein und stieß die Luft durch den halbgeöffneten Mund wieder heraus. Vielleicht war das eine Yogaatmung, die ich irgendwann in einem der vielen Kurse mal gelernt hatte, vielleicht war es aber auch nur die einzige Möglichkeit, nicht zu hyperventilieren.

Ich schob die Jacke zurück und blinzelte in die Abendsonne. Verdammt!

Calida saß immer noch regungslos vor mir und sah mich ernst an.

»Hast du das gehört?«, fragte ich sie. Sie sprang auf, drehte sich um und trabte voran. Ich folgte ihr etwas langsamer, während der Sturm sich in meinen Locken austobte und mir unter die Jacke kroch.

Warum verstand meine Mutter mich nicht? Während meine Schwestern offenbar nur Dinge taten, die für meine Mutter nachvollziehbar waren, schien alles, was ich tat, sie irgendwie zu verwundern. Es war, als redete ich gegen eine Wand. »Das ist doch alles Scheiße«, brummte ich und stapfte missmutig über die dunkle Erde, während die Sonne ihre letzten Strahlen durch das Gebüsch neben dem kleinen Pfad tanzen ließ. Ich konnte den Atlantik riechen, er duftete verheißungsvoll nach Salz und Freiheit und Weite. Genauso wollte ich mich fühlen, frei und weit und offen für neue Erfahrungen. Und trotzdem saß der kleine Stachel, den meine Mutter mir unter die Haut gepickt hatte, ordentlich tief.

Als ich endlich die größte Steigung erklommen hatte, stieg ich wieder aufs Rad. Ich musste trotzdem noch kräftig gegen den Wind anstrampeln, aber es ging voran und wenigstens bergab.

In Bajo angekommen, rief ich Calida zu mir und leinte sie an. Doch mit Calida angeleint Rad zu fahren, glich ungefähr einem Eierlauf mit einem ausgewachsenen T-Rex auf einem Teelöffel. Sie fand es nämlich nach wie vor unerhört, im gewohnten Terrain an der Leine gehen zu müssen, und dann auch noch dicht am Fahrrad. Aber sie musste sich daran gewöhnen. Mit der einen Hand die Leine, mit der anderen den Lenker haltend, leitete ich sie vorsichtig durchs Dorf. Meiner Koordination verlangte das alles ab. Aber schließlich erreichten wir auf leicht schlingerndem Kurs Marias Hof.

Und wie an den letzten Tagen auch, hörte ich aus der Entfernung den Esel rufen. Sofort setzte Calida sich hin, und ich musste eine Vollbremsung hinlegen, woraufhin mir der Hinterreifen wegrutschte und ich mich fast auf die Straße gelegt hätte. Ein wenig zittrig atmete ich tief durch, dann stieg ich umständlich ab und klemmte mir den Hund unter den linken Arm. Dabei entging mir nicht ihr sehnsüchtiger Blick. Sie vermisste Pedro. Und jedes Mal, wenn Señor Burro seinen Ruf erklingen ließ, wurde sie an ihr altes Zuhause erinnert. »Blöder Esel«, murmelte ich, was mir aber im selben Moment leidtat. Denn auch der Esel litt, wenn auch einige Dorfbewohner begonnen hatten, ihm Möhren und Äpfel zu bringen und ihm jeden Tag seinen dichten Pelz zu kraulen, um ihn von seiner Trauer abzulenken.

So rumpelte ich auf Marias Hof und lehnte mein Fahrrad gegen die Hauswand. Es rutschte ab und landete mit Getöse auf dem Boden. Wie sollte es auch anders sein. »Kacke!«, schnauzte ich und bückte mich, um es wieder aufzurichten. Diese Gelegenheit nutzte Calida und wand sich in meinem Arm wie ein kleiner Aal, so dass ich sie auf den Boden setzen musste, wobei ich fast über die Leine gestolpert wäre. Slapstick-Profi Juli.

Ich richtete mich wieder auf, warf meine Locken nach hinten und marschierte missmutig Richtung Kellertreppe.

Auf der jemand saß. Jemand, der sich nur mit äußerster Mühe ein Lachen verkneifen konnte.

»Wo kommst du denn her?«, fragte ich entgeistert.

Quinn räusperte sich. »Ich bin mit dem Auto hergefahren, wie ich es üblicherweise zu tun pflege.«

»Dein Auto steht aber gar nicht draußen.«

»Ich hab's am Marktplatz abgestellt«, antwortete er. »Musste noch zur Post. Komme ich ungelegen?«

»Quinn! Wir haben uns vor fünfundzwanzig Minuten gesehen, und da hast du mit keinem Wort erwähnt, dass du noch mal nach Bajo fahren wolltest«, erwiderte ich. Ja, er kam ungelegen, denn ich war wütend und verschwitzt und steckte bis über die Hutschnur in unangenehmen Überlegungen mein Leben betreffend.

»Das habe ich nicht gewagt. Du hättest es als erneute Aufforderung verstanden, dich von mir fahren zu lassen. Was genau ist in den letzten fünfundzwanzig Minuten passiert, das diese schlechte Laune rechtfertigt?«

Einen Moment lang betrachtete ich ihn schweigend. Calida freute sich derweil wie verrückt, dass Quinn schon wieder da war. Und beinahe wider Willen spürte ich auch in mir plötzlich einen kleinen Funken echter Freude aufglimmen.

»Dinge«, sagte ich schließlich.

»Dinge?«, fragte er zurück.

»Dinge sind passiert, und jetzt bin ich ein klein wenig schlecht gelaunt«, konkretisierte ich meine Aussage.

Er kratzte sich am Kopf. »Ich habe gedacht, wir könnten vielleicht noch einmal zum Strand fahren. Ohne, dass ich einschlafe.«

Jetzt musste ich grinsen. »Ein Date im wachen Zustand? Und was ist bei dir in den letzten fünfundzwanzig Minuten passiert, dass dir das jetzt so spontan einfällt?«

Er blickte zu mir auf, und die letzten Sonnenstrahlen, die über die niedrige Mauer des Hofes fielen, spiegelten sich in seinen Augen. Er schien nach Worten zu suchen. Noch einmal räusperte er sich. »Ich habe dich vermisst.«

Ein leichtes Prickeln lief mir über den Nacken. Denn ich wusste, Quinn meinte es ernst. Weil er alles ernst meinte, was er sagte. Und ich spürte, dass es ihn einige Überwindung gekostet hatte, sich mir so zu offenbaren. Mein Herz hüpfte.

»Das ist ja cool«, sagte ich. O Gott, was für eine dämliche Antwort!

»Cool«, wiederholte Quinn und blinzelte. Ich seufzte tief.

»Quinn«, sagte ich leise. »Ich freue mich wirklich. Lass uns noch mal ein Date haben.« Es dauerte einen Herzschlag lang, doch dann lächelte er. Ein ganz besonderes Lächeln, das ich noch nicht von ihm kannte. Es schien vom tiefsten Grund seiner Seele zu kommen.

Kapitel 16

»Total romantisch«, brüllte ich in den tosenden Sturm, doch der trug meine Worte einfach weg und nahm sie mit auf den Atlantik. Ich tastete nach meinen Locken, die sich bei dem Wind von einer Frisur in eine Katastrophe verwandelt hatten.

Quinn rieb sich mit einer Hand über das Gesicht, denn der Sturm trieb nicht nur unsere Worte weg, sondern schoss auch scharf mit nadelspitzen schwarzen Sandkörnern.

»Lass uns wieder ins Auto gehen!«, brüllte er, und ich drehte mich auf dem Absatz um. Das ließ ich mir nicht zweimal sagen. Calida sah das ebenso. Sie drückte sich zitternd gegen meine Beine, und ich nahm sie jetzt schnell auf den Arm, um die wenigen Meter zum Parkplatz zu laufen.

Dort angekommen, kletterte ich auf den Fahrersitz, und Quinn rannte um das Auto herum, um sich neben mich zu setzen. Natürlich hatte er mich wieder fahren lassen.

Kaum waren wir im Wagen, sprang Calida geschickt über die Mittelkonsole auf die Rücksitzbank. Dort rollte sie sich wieder wie ein Fuchs zusammen, steckte die spitze Schnauze unter die Hinterpfoten und schloss die Augen.

»Schon faszinierend«, murmelte Quinn und betrachtete sie.

»Sie scheint sich immer dann am wohlsten zu fühlen, wenn wir beide zusammen sind.«

»So ein Rudel gibt ihr halt Sicherheit«, antwortete ich, schlüpfte aus den Schuhen und zog die Füße zu mir auf die Sitzfläche.

Quinn warf mir einen knappen Seitenblick zu. »Sind wir ein Rudel?«

Ich zuckte die Schultern. »Für sie wohl schon.«

»Was war vorhin los mit dir?«, fragte Quinn. Er drehte sich auf dem Sitz zu mir um, verstaute die langen Beine so gut es ging im Fußraum und lehnte das Gesicht an die Kopfstütze. Er sah fast entspannt aus, wenn man die grundsätzliche Anspannung, die einfach ein Teil von ihm zu sein schien, mal ausblendete.

Ich zögerte einen Moment. »Mein Ex wird Vater. Und meine Mutter ist der Meinung, dass ich mich nicht von ihm hätte trennen sollen. So schrecklich sei Matthias nun auch nicht gewesen – findet sie. Und außerdem würde sie dann jetzt Oma werden«, sprudelte ich schnell heraus, damit ich es mir nicht noch anders überlegte.

»Aber es wird ja gute Gründe gegeben haben, dass du dich von ihm getrennt hast«, erwiderte Quinn nach einem Moment.

»Oh ja!«, prustete ich, was Quinn ein leichtes Lächeln entlockte.

»Na, dann ist der Fall klar.« Er zuckte die Schultern. »Deine Entscheidung. Dumm gelaufen für ihn.«

Ein wenig ratlos sah ich ihn an.

»Dass du ihm den Laufpass gegeben hast«, fügte er hinzu und lächelte, und ich fühlte mich gleich ein wenig getröstet.

»Ich habe meiner Mutter gesagt, dass ich erwachsen bin und die Verantwortung für mein Leben selbst übernehme. Und zwar indem ich hier bin. Um herauszufinden, was ich will. Und wer ich bin.«

»Du bist Juli«, sagte Quinn. »Ich weiß schon, wer du bist.« Sein Lächeln schien aus einer anderen Zeit zu kommen, das unbeschwerte Lächeln eines kleinen Jungen.

»Aber wer ist Juli? Wo will sie hin? Was wird sie tun? Womit wird sie den Rest ihres Lebens verbringen, damit sie am Ende sagen kann: ›Wow, das war gut!‹«

»Vielleicht wollen wir alle immer zu viel.« Quinn blickte zu Boden. Seine Stimme klang jetzt leise und schien aus der gleichen Zeit zu stammen wie das jungenhafte Lächeln zuvor. »Die Leute glauben immer, ihr Leben müsse ein einziges großes Fest sein.« Er sah mich an.

»Du musst das Leben nicht verstehen, dann wird es werden wie ein Fest«, zitierte ich Rilke.

In Quinns Augen glomm etwas auf. Er hatte den Kopf schräg gelegt und mir genau zugehört. »Vielleicht ist das so, Juli. Ich glaube, du verstehst viel mehr vom Leben als ich.« Auch ich lehnte den Kopf jetzt gegen das Sitzpolster und blickte nachdenklich hinaus auf den Horizont.

»Es ist schön, hier mit dir zu sitzen«, sagte ich nach einer Weile genau das, was ich in diesem Moment fühlte.

Er atmete tief durch. Es klang, als würde er lachen, das tat er aber nicht. Plötzlich griff er warm und fest nach meiner Hand. Mit der anderen fuhr er mir ganz vorsichtig, so als verstünde er selbst nicht ganz, was er da tat, durch die Locken, versuchte sie zu glätten, und als das nicht gelang, strich er mir nur ein paar besonders widerspenstige Strähnen aus dem Gesicht.

Mein Herz geriet ins Stolpern, und in meinem Bauch kribbelte es. Dieser magische Moment dauerte so lange, bis eine Windbö an unserem Auto rüttelte und Calida vor Schreck mit Schmackes nach vorne gesprungen kam. Sie landete irgendwie auf der Mittelkonsole, rutschte ab und plumpste mir förmlich auf den Schoß, was sie wieder offenbar sehr freute, denn sie leckte mir kräftig durchs Gesicht.

»Weißt du, was unser gemeinsamer Freund Malte mal zu mir gesagt hat?«, brummte Quinn, während er Calida, die ihm die gleiche freundschaftliche Behandlung zuteilkommen lassen wollte wie mir, mit einer Hand sanft auf Abstand hielt. »›Herz öffnen, statt Kopf zerbrechen.‹ Ich glaube manchmal, er ist der Klügste von uns allen. Er gibt sich nur viel Mühe, dass wir das nicht merken. Willst du übrigens mal in mein Handschuhfach gucken?«, fragte er mich und zog die Nase kraus.

»Was?«, fragte ich verdutzt. »Ist das jetzt ein etwas skurriler Versuch zu flirten?«

Er grinste und offenbarte mir seinen abgebrochenen Schneidezahn. »Na ja, du hast zu mir gesagt, dass ich meine Persönlichkeit hinter dem gelebten Minimalismus verstecke.« Er überlegte. »Wenn man es genau nimmt, hast du es mir sogar entgegengebrüllt. Also, falls du einen exklusiven Einblick in meine Persönlichkeit haben möchtest, könntest du jetzt ins Handschuhfach schauen.«

»Deine Persönlichkeit befindet sich in diesem Handschuhfach?«, erkundigte ich mich interessiert.

»Teile davon«, antwortete er trocken, und ich beugte mich zu ihm rüber, um an dem kleinen Griff zu ziehen. Ich musste ein wenig daran herumzerren, bis die Klappe schließlich mit einem knackenden Geräusch aufsprang und sich unzählige Kassenbons in den Fußraum ergossen. Was mich innehalten ließ, wobei ich halb auf Quinns Schoß lag. Diese Nähe war mindestens so prickelnd wie seine sanfte Berührung vor wenigen Minuten.

»Toll.« Ruckartig richtete ich mich wieder auf. »Dieser Teil deiner Persönlichkeit ist wirklich enorm spannend.« Ich musste mich an der Mittelkonsole abstützen, um nicht wieder nach vorne zu fallen. Quinn seufzte demonstrativ, wühlte ein paar der Quittungen beiseite und zog dann eine alte Pappschachtel hervor.

»Noch mehr Papiermüll? Kann es sein, dass du den chaotischen Teil deiner selbst einfach ins Auto gesperrt hast?«

Er ignorierte meine Bemerkung und hielt mir stattdessen die Pappschachtel entgegen. »Die habe ich aus Deutschland mitgebracht«, sagte er.

»Und im Auto aufbewahrt?«, hakte ich nach. Er nickte. »Passte sie nicht in dein Einrichtungskonzept?«

»Du solltest mal über eine eigene Bühnenshow nachdenken«, war seine Antwort, doch er lachte. »Wie kommt es, dass dir nie die Worte ausgehen?«

»Ich liebe Worte«, antwortete ich und streckte die Hände nach der Schachtel aus. Der Einzige, der mich in den letzten Wochen sprachlos gemacht hatte, war er. »Darf ich da reingucken?«

Er nickte, und trotzdem spürte ich das Zögern in seiner Bewegung. Vielleicht fragte er sich, ob es ein Fehler sein könnte. Vielleicht hatte der Inhalt der Schachtel schon lange kein Tageslicht mehr gesehen. Und genau deswegen nahm ich die Schachtel nicht einfach so entgegen, sondern sah Quinn prüfend an. Wie so oft schien sein großer Körper vor Anspannung förmlich zu vibrieren, doch sein Gesicht wirkte ruhig. »Ich habe mir den Wagen gekauft, als meine Sachen aus Deutschland gekommen sind, und diese Schachtel habe ich damals ins Handschuhfach gelegt. Seitdem liegt sie da.«

»Falls Essen drin war, sollten wir sie vielleicht lieber nicht öffnen.«

»Nein«, erwiderte er. »Kein Essen.« Und dann stellte er die Schachtel auf die Mittelkonsole, schob Calida ein wenig beiseite und öffnete den Deckel. Zum Vorschein kam zu allererst eine CD. Danko Jones. Old School Rock. Ich liebte den kanadischen Sänger und Gitarristen, und ich drehte die CD-Hülle in den Händen. Wie lange hatte ich schon keine echte CD mehr in den Fingern gehabt. Dann folgte ein kleines Fläschchen Jägermeister.

»Das kann man getrost unkommentiert lassen«, brummte Quinn.

»Braucht dir nicht peinlich zu sein. Ein Mitbringsel aus der Heimat. Gibt es hier aber auch«, erwiderte ich.

»War ein Geschenk von einem Freund. Er hat wohl befürchtet, dass ich Alkohol bräuchte, um den Umzug zu verdauen.«

Ich griff nach einem Foto. Es war durch die Hitze ganz wellig geworden, die Farben waren blass. Dabei konnte es noch gar nicht alt sein, denn Quinn sah darauf aus wie jetzt auch. Nur dass er keine Haare hatte. Der Schädel war kahlgeschoren und braungebrannt. Er hatte die Augen vor der Sonne zusammengekniffen und den Arm um eine junge Frau gelegt, die verhalten in die Kamera lächelte. Die Ähnlichkeit zwischen den beiden war unverkennbar. Die radikale Frisur, oder besser die Abwesenheit einer solchen, veränderte ihn optisch total, machte ihn härter, kälter. Er wirkte auf dem Bild fast aggressiv.

»Deine kleine Schwester«, stellte ich fest. »Warst du krank?«

Quinn hob erstaunt eine Augenbraue. Dann schüttelte er den Kopf. »Nein. Ein Freund von uns hatte Krebs, und als er mit der Chemo angefangen hat, haben wir uns alle eine Glatze rasiert. Aus Solidarität.«

»Oh. Hat er es geschafft?«, fragte ich beklommen.

Quinn nickte. Ich zog den nächsten Schatz aus der Kiste. Ein bunt geflochtenes Armband. Ein Freundschaftsband. Die zarten gedrehten Kordeln hatten die Farben des Regenbogens.

»Das hat meine Schwester für mich gemacht. Da war sie vielleicht zehn oder so. Sie war immer auf Reitturnieren mit ihrem Pony, und da gab es für die Reiter solche Markierungsbändchen. Daraus hat sie mir das da gebastelt«, erklärte er leise und nahm es mir aus der Hand.

»Und warum trägst du es nicht?«, fragte ich.

Erstaunt sah er mich an. »Weil ich erwachsen bin?«, fragte er schließlich zurück.

Ich schnaufte empört. »Was für eine ausgesprochen dumme Antwort.«

Quinn blinzelte, dann schob er den Jackenärmel hoch und legte sich das Band ums Handgelenk. Er hielt es mir hin, und ich machte mich daran, es mit einem formvollendeten Knoten zu befestigen, während Quinn es anstarrte, als wüsste er noch nicht, ob er sich über das Wiedersehen mit einem Relikt aus seiner Vergangenheit freuen sollte oder nicht.

»Und was ist das?« Ich hatte den letzten Gegenstand aus der Schachtel genommen und hielt ihn hoch. Ein goldener Ring. Dick und schwer, mit einem geprägten Wappen. Ich betrachtete den Ring näher. Das Wappen im Siegel bestand aus einem Greifvogel, einem Baum und einer Burg. Ich erinnerte mich an das »Von« in Quinns Namen, das er bis jetzt immer unterschlagen hatte und das noch nicht mal auf seiner Visitenkarte Platz gefunden hatte.

Seine Miene sagte deutlich, dass der Ring nicht zu den Dingen gehörte, über die er sprechen wollte.

»Ich hab vergessen, dass er da drin ist«, sagte er tonlos.

»Dann sollten wir ihn schnell zurücklegen, damit du ihn wieder vergessen kannst.« Ich schob den Ring schnell zurück in die Schachtel und lächelte ihn an. Dabei war ich kurz abgelenkt vom tiefen Blau seiner Augen. Er erwiderte meinen Blick einen Herzschlag lang.

»Danke«, sagte er dann schlicht. Ich verstand. Er war einfach noch nicht so weit, über diesen Ring zu sprechen, und das war okay. Tag X war schließlich auch noch nicht dran. Für solche Dinge brauchte man den richtigen Moment, und der war noch nicht gekommen.

Quinn klappte den Deckel der Box zu und stellte sie auf den Rücksitz, wo Calida sich mittlerweile wieder zusammengerollt hatte. Als er den Arm zurückzog, konnte ich sogar unter der lässig sitzenden Fleecejacke das Muskelspiel seines Oberarms erkennen.

Ich lehnte mich zurück. Die Sonne versank langsam im Meer, und wir waren die Einzigen auf dem Parkplatz. Immer wieder ließ der Sturm den Geländewagen leicht schwanken, doch jetzt hatte Calida begriffen, dass keine Gefahr drohte, denn sie schlief unbeeindruckt weiter. Hin und wieder gab sie ein leises Schnaufen von sich, als würde sie im Traum einen Hasen quer über die Insel jagen.

Es war wunderbar gemütlich in dem warmen Auto. Aber von einer Form der Entspannung war ich weit entfernt, denn Quinns großer Körper neben mir war mir nur zu deutlich bewusst.

Ich wandte den Blick ab von den weißen Schaumkronen der aufgewühlten Wellen, die mit Wucht auf den schwarzen Strand schlugen und betrachtete Quinn aus dem Augenwinkel. Seine faszinierend blauen Augen lagen im Schatten, trotzdem spürte ich, dass er mich ansah.

Quinn roch gut. Er duftete nach Seife und Meer und Wärme. Ich schnupperte unauffällig, was ihm natürlich trotzdem auffiel.

Er hob eine Augenbraue und betrachtete mich. »Malte hat gesagt, er hält dich für Mr. Sex on Legs«, purzelte es aus mir heraus.

»Malte findet aber auch Anton Hofreiter sexy«, erwiderte Quinn stirnrunzelnd.

»Ja, aber nur wegen seiner Glaubwürdigkeit. Außerdem schreibt Anton Gedichte«, erklärte ich, und dann beugte ich mich einfach vor und küsste Quinn. Falls ich ihn damit überrumpelte, ließ er es sich nicht anmerken. Er küsste zurück. Fordernder, als ich es bis jetzt von ihm erlebt hatte. Seine Hand fuhr durch meine Haare, zwei Finger berührten meinen Nacken, und ein prickelnder Schauer durchlief meinen gesamten Körper. Ich sog scharf die Luft ein.

Quinn hörte auf, mich zu küssen, legte den Kopf schräg und ließ noch einmal zwei Finger zart über meinen Nacken gleiten.

»Himmel«, flüsterte ich und schauderte erneut am ganzen Körper. Quinn grinste. In seinen Augen funkelte es, und als sich seine Lippen erneut auf meine senkten, fand seine andere Hand zielstrebig ihren Weg zu meinen Brüsten. Seine Berührungen waren beinahe schwerelos, so sanft und zärtlich, aber sein Kuss war es nicht mehr. Er forderte mich heraus und erbat sich mehr. Dabei elektrisierte selbst diese zarte Berührung meinen ganzen Körper.

Ich war mehr als einverstanden.

Meine Hand legte sich um seinen Nacken. Ich zog ihn näher zu mir heran, und seine Lippen wanderten langsam an meinem Hals hinunter.

Sein Duft umhüllte mich und machte mich schier wahnsinnig, während die Scheiben des Wagens beschlugen und Calida leise vor sich hin schnarchte.

Kapitel 17

»Ich würde gerne irgendwann mal wieder selber fahren.«

»Pah«, antwortete ich und gab Gas. »Sei dankbar, dass ich dich chauffiere. So kannst du aus dem Fenster schauen und dir die wunderschöne Insel angucken. Sieh dir nur den Himmel an.«

»Er ist blau«, brummte Quinn, blickte aber gehorsam aus dem Fenster.

Der Himmel war weit mehr als nur blau. Er strahlte auf uns herab, während die Sonne die ganze Insel verheißungsvoll glitzern ließ. Wir waren auf dem Weg zu einem Schätztermin für das Haus von Frau Müller, die nach Deutschland zurückgehen wollte. Ich war mitgekommen, weil wir danach zu den La Fajana-Becken ganz im Norden fahren wollten. Malte hatte uns mal wieder unter die Nase gerieben, was für Inselbanausen wir waren. Wir kannten nichts, keine einzige Sehenswürdigkeit, denn während alle anderen Inselmigranten an den Wochenenden kreuz und quer über die Insel reisten, arbeiteten wir. Immer. Aber mit dem heutigen Tag sollte sich das ändern. Wir würden dem Atlantik einen Besuch abstatten und Zeit für uns haben. Ich war randvoll mit Vorfreude, nur Calida war nicht gerade begeistert. Sie kauerte zwischen

Quinns Füßen und zitterte am ganzen Leib. Dass Quinn ihr dabei auch noch das Köpfchen kraulte und beruhigend auf sie einredete, machte das Ganze nicht besser.

»Hör auf, sie zu bemitleiden«, sagte ich.

»Ich tröste sie«, antwortete er indigniert.

»Das ist nicht richtig. So glaubt sie, wirklich einen Grund für ihre Angst zu haben. Erzähl ihr einen Witz, sag ihr, dass Autofahren toll ist. Aber tröste sie nicht. Das ist kontraproduktiv.«

»Yes, Ma'am!«, erwiderte er zackig. Quinn war es gewohnt, anderen Menschen zu sagen, wo es langging. Er war es nicht gewohnt, dass andere Menschen Dinge besser wussten. Aber mit Hunden kannte ich mich nun mal sehr viel besser aus als er.

»Nicht trösten. Tut mir leid, Calida.« Er kraulte sie noch einmal am linken Ohr, lehnte sich dann zurück und griff stattdessen nach meiner Hand, die auf der Mittelkonsole ruhte. Augenblicklich schaltete mein gesamter Organismus in einen anderen Gang. Am liebsten wäre ich sofort rechts rangefahren, um über Quinn herzufallen. Es kostete mich enorm viel Kraft, es nicht zu tun, denn schließlich hatte Quinn einen Termin. Und er war immer pünktlich. Wenn sein Auto auf dem Weg zu einem Termin den Geist aufgegeben hätte, wäre er zur Not quer über die Insel gejoggt, nur um rechtzeitig dort zu sein.

Aber diese Nacht im Auto, die jetzt vier Tage her war, schien etwas Entscheidendes zwischen uns verändert zu haben. Es gab plötzlich einen Juli-&-Quinn-Kosmos. Und seitdem es den gab, wollte ich am liebsten Tag und Nacht mit Quinn zusammen sein. Bestenfalls mit direktem Körperkontakt.

Immer noch lag seine Hand auf meiner. Scheinbar gedankenverloren streichelte er mit dem Daumen meinen Handrücken und schickte eine ganze Armada an winzigen Explosionen durch meinen Körper. Doch ich riss mich zusammen. Weder stöhnte ich auf, noch fuhr ich rechts ran, ich wahrte die Contenance. Als Quinn seine Hand nach einer Weile wieder zurückziehen wollte, hakte ich wie beiläufig meinen kleinen Finger um seinen Daumen.

Frau Müller wohnte auf der anderen Seite der Insel, etwas außerhalb von Santa Cruz. Über schmale Straßen kurvten wir den Hügel hinauf und ließen die Stadt mit ihren schillernd bunten Häusern hinter uns. Die Abstände zwischen den einzelnen Fincas wurden immer weiter, die Natur eroberte sich ihren Raum zurück, und im Rückspiegel glitzerte der Atlantik vor dem schwarzen Sand.

»Da vorne müsste es irgendwo eine Straße nach rechts geben«, sagte Quinn und blätterte in seinen Unterlagen.

»Wer ist eigentlich Frau Müller?«, fragte ich und lenkte den Geländewagen in einen sehr schmalen ungeteerten Weg, der nach rechts von der Straße abzweigte.

»Das Objekt ist 1980 umgebaut worden. Baujahr finde ich hier nicht. 110 qm bebaute Fläche, großes Grundstück, aber das haben die hier draußen eigentlich alle.«

»Ah«, sagte ich und reduzierte noch einmal das Tempo, denn die Schlaglöcher waren hier so groß, dass ich Angst hatte, der Wagen könnte komplett in einem von ihnen verschwinden. »Und Frau Müller?«

»Mh?« Quinn sah mich von der Seite an. »Das ist die Verkäuferin.« Ich nickte wissend.

»Warum verkauft sie?«, fragte ich. Quinn blätterte weiter

in seinen Unterlagen. »Ihr Mann ist gestorben, und sie will nach Deutschland zurückkehren.«

Wir parkten auf dem großzügigen Hof der Finca, und Quinn nahm Calida an die Leine. Ich überlegte gerade, ob ich mit ihr lieber am Auto warten oder eine kleine Runde laufen sollte, als schon Frau Müller vor uns stand. Braungebrannt, kurze weiße Locken, verwegen rosafarbener Lippenstift. Und sie wirkte sehr nervös und ängstlich. Jetzt war ich erst recht froh, nicht doch rechts rangefahren zu sein.

Quinn drückte mir die Leine in die Hand und verwandelte sich augenblicklich in den Immobilienmakler. Er stellte sich vor, und gleich darauf auch mich. Und Calida, die sich vor der fremden Frau aber sicherheitshalber hinter meinen Beinen versteckte.

»Wollen wir gleich einen Rundgang machen?«, fragte Frau Müller und klang dabei so atemlos, als ob sie heute schon hunderte Rundgänge gemacht hätte. Ich überlegte, wie lange der Tod ihres Mannes schon zurückliegen mochte, und ob man ihr noch das Beileid aussprechen sollte, aber da war sie schon weg.

Ich folgte den beiden die gemauerte Treppe zum Eingang hoch. Die ehemals weiße Mauer hatte einen grauen Schimmer, und an einigen Stellen fehlte der Putz. Auf der obersten Stufe blieb ich stehen. Direkt neben der Eingangstür waren zwei Handabdrücke. Die Hände lagen übereinander, als hätten zwei Menschen nacheinander ihre Handflächen in den vor langer Zeit noch weichen Putz gedrückt. Ich musste lächeln. Das war eine schöne Idee zu zeigen: *Hier wohnen wir.*

Ich trat in die mit Fliesen ausgelegte Diele. Das Haus hatte seine besten Tage mittlerweile hinter sich. Die Wände waren rissig und hätten sich über einen neuen Anstrich gefreut, die

Kabel lagen wild über Putz, und die Türen passten allesamt nicht zusammen. Und hingen zum Teil ein wenig windschief in den Angeln, so dass sie ihrem ursprünglichen Job, sich zu schließen, vermutlich auch nicht mehr nachkommen konnten.

Überall lagen Zierdeckchen, und sogar eine sehr deutsch aussehende Schrankwand stand im Wohnzimmer, das sich auf eine großzügige Terrasse hinaus öffnete. Frau Müller erklärte Quinn gerade langatmig, dass ihr Mann sogar eine Deckenvertäfelung angebracht habe, und warum es im Haus keine Fußleisten gab, als es in meiner Hosentasche leise anfing zu bimmeln. Ich zog das Handy hervor und las Maltes Namen auf dem Display.

»Ist es in Ordnung, wenn ich in den Garten hinuntergehe?«, fragte ich Frau Müller, die sich in ihrem Redeschwall zwar nicht unterbrechen ließ, dafür aber huldvoll lächelte und nickte. Quinn nickte mir ebenfalls knapp zu und konzentrierte sich wieder auf Frau Müller.

»Hattet ihr Sex?«, war das Erste, was Malte mich fragte, als ich endlich im Garten stand und das Gespräch annahm.

»Hallo Malte«, flüsterte ich. »Schön, dass wir es endlich schaffen zu telefonieren.« Die Grundregeln des Anstands sollten doch selbst wir wahren. Auch wenn wir seit Tagen erfolgreich aneinander vorbeitelefoniert hatten und es wichtige Dinge zu besprechen gab.

»Hattet ihr Sex?«, kam er gleich wieder zum Punkt.

»Ja«, flüsterte ich, peinlich berührt von so viel Beharrlichkeit.

»Ihr hattet Sex und erzählt es mir nicht? Keiner von euch beiden? Seid ihr verrückt?«, rief Malte.

»Wir sind keine fünfzehn mehr«, erklärte ich, vorsichtshalber immer noch im Flüsterton, und blieb hinter einem reich blühenden Oleander stehen. »Und wir hatten beide viel zu tun. Ich habe zwei neue Hunde im Gassi-Rudel, und Quinns Empfangsdame ist schwanger«, sagte ich leise.

»Oh Mann«, sagte Malte, immer noch kein bisschen leiser. Ich konnte nur hoffen, dass nicht die gesamte Insel diesem Gespräch beiwohnte. »Meine liebste Lieblingsfreundin und mein heißgeliebter Problemlöser-Kumpel hatten Sex.« Er schwieg einen Augenblick lang, als müsste er das erst einmal sacken lassen.

»Himmel, Malte. Komm mal runter!«, zischte ich, aber er unterbrach mich.

»Du weißt, dass es zu schwierigen Verwicklungen führen kann, wenn zwei sehr wichtige Menschen im Leben eines Menschen sich plötzlich verpaaren. Wenn ihr euch streitet, werde ich immer zu dir halten. Es sei denn, du betrügst Quinn. Dann nicht. Und nun erzähl: Wie ist unser Freund so im Bett?«

»Malte. Ich liebe dich. Du bist der wunderbarste Freund, den ich mir vorstellen kann. Aber wir reden nicht miteinander über Sex!«, erwiderte ich streng.

»Nein?«, fragte er, jetzt endlich in normaler Lautstärke.

»Nein«, erklärte ich fest.

»Das ist schade. Reden wir über den Rest? Heißt das, ihr seid jetzt ernsthaft zusammen?«

»Ich bin total verliebt«, sagte ich das Erste, das mir durch den Kopf geschossen kam.

»Benenne es in der Matthias-Bewertungs-Skala«, befahl Malte.

Ich dachte an dieses wilde Kribbeln im Bauch, als Quinn vorhin meine Hand berührt hatte. »Plus zehn Punkte.«

»Das ist außerordentlich!«, erwiderte Malte hocherfreut. Zehn Punkte waren nicht zu toppen und bisher noch nie erreicht worden. Patrick war damals eine gute Neun gewesen. Die Null-Linie entsprach meinem Einstiegsgefühl in die Beziehung mit Matthias. Damals hatte ich schon geglaubt, verliebt zu sein. Ein bisschen. Außerdem hatten wir zusammengepasst. Ein bisschen.

Malte seufzte. »Juli ist verliebt. Ungeplant verliebt. Ich bin sehr glücklich.«

»Ich auch, aber jetzt muss ich auflegen. Ich bin mit Quinn bei einer Hausbesichtigung, und er schafft es gerade, sich mit der Eigentümerin zu streiten.« Ich legte auf und blinzelte durch den Oleander, hinter dem Quinn und Frau Müller sich gegenüberstanden und lautstark miteinander diskutierten. Quinn hatte sich hinter seine vor der Brust verschränkten Arme versteckt und hatte einen belehrenden Tonfall angeschlagen – wie immer, wenn er mit seiner Diplomatie am Ende angelangt war. Frau Müller keifte allerdings ordentlich zurück, so ordentlich, dass Calida, die die ganze Zeit brav zu meinen Füßen gelegen hatte, sich aufsetzte und ebenfalls durch den Oleander schielte.

»Meine Güte«, seufzte ich und steckte das Handy zurück in die Tasche. Und dann fiel mir auf, was ich gerade zu Malte gesagt hatte. Nämlich, dass ich sehr glücklich sei. Aber was da in mir herumhüpfte, fühlte sich wirklich so an wie Glück. Erschrocken sog ich die Luft ein, beruhigte mich dann aber wieder. Verliebt zu sein war nun mal Glück.

Das bedeutete ja nicht, dass ich spontan alle Bemühungen,

mich selbst zu finden, einstellte. Ich würde auf dem Weg dorthin einfach nur guten Sex haben. Und jemanden, der mich im Arm hielt. Jemanden, der zum Niederknien schön war noch dazu. Und klug. Und sich im Umgang mit trauernden, aber durchaus reaktionsstarken Kunden einfach dämlich anstellte. Mittlerweile hatte ich nämlich verstanden, worum es in diesem Konflikt eigentlich ging.

Offenbar hatte Quinn Frau Müller zu verstehen gegeben, dass sie in einer Bruchbude lebte. Was sie, trotz seiner vermutlich freundlichen Umschreibung, verstanden hatte. Und das hatte sie verständlicherweise verletzt. Natürlich war Quinns Einschätzung richtig. Von hier draußen sah man deutlich, dass auch das Dach dringend ein paar neue Ziegel brauchte und die sehr kanarische Elektroinstallation nur noch mit wenigen Schrauben an der Wand hing. Aber nichtsdestotrotz war es Frau Müllers Zuhause. Ich dachte an die beiden Handabdrücke an der Eingangstür und spürte, wie es mir kurz die Kehle zusammenzog. Frau Müller und ihr Mann hatten den Plan gehabt, hier gemeinsam alt zu werden. Und etwas war dazwischengekommen, wie es so ist im Leben, nur in diesem Fall ohne zweite Chance.

»Hallo«, flötete ich und sprang wie ein Überraschungsgast auf einer Party hinter dem Oleander hervor. Quinn und Frau Müller sahen mich gleichermaßen verwirrt an.

»Was für eine schöne Aussicht Sie haben! Und diese vielen Oleander, einfach traumhaft«, rief ich begeistert und gesellte mich wie selbstverständlich dazu. Frau Müller hingegen beäugte mich misstrauisch.

»Frau Müller hatte schon zwei Kollegen da, und die haben das Gleiche gesagt wie ich«, erklärte Quinn, jetzt an mich gewandt. »Man kann das Haus verkaufen, aber nicht für den Preis, den Frau Müller sich vorstellt. Es tut mir wirklich leid.«

Frau Müller schnappte nach Luft und blinzelte angestrengt.

»Hm, verstehe«, sagte ich.

»Mein Mann hat diese ganzen Mosaiksteine in der Mauer rund um das Grundstück verbaut. Das ist viel Arbeit gewesen, das verschenke ich nicht!«, jammerte Frau Müller.

»Ja, die habe ich gesehen«, sagte ich schnell. »Das ist eine ganz zauberhafte Idee.« Frau Müller hatte einfach nur das verständliche Bedürfnis, wahrgenommen zu werden, in ihrer Zuneigung zu diesem Haus, mit ihrer Vergangenheit, die in diesem Gebäude steckte. Mit der Erinnerung, die sie in sich trug. »Frau Müller, wie lange haben Sie hier denn mit Ihrem Mann gelebt?«, fragte ich.

Quinn kniff die Augen zusammen, schwieg aber.

Frau Müllers Gesicht verschloss sich. »Fast fünfzehn Jahre«, sagte sie schließlich.

»Das ist eine lange Zeit«, murmelte ich, und sie nickte. »Ich verstehe, dass all diese Dinge einen ganz besonderen Wert für Sie haben. Bestimmt auch die beiden Handabdrücke neben der Eingangstür.«

Sie seufzte. »Da war der Putz noch nicht trocken«, sagte sie leise und blinzelte erneut. »Das war vor fünfzehn Jahren. Mein Mann hat alles alleine renoviert, und das mit den Handabdrücken war seine Idee.«

»Eine zauberhafte Idee«, bekräftigte ich. »Ich verstehe Sie von ganzem Herzen, und auch, wie sehr es Sie schmerzt, dass der Immobilienmarkt keinen anderen Verkaufspreis ermöglicht. Das hier ist schließlich Ihr Zuhause. Gehen Sie zurück nach Deutschland?«

Sie nickte, und ich war froh, dass sie sich auf dieses Gespräch einließ. »Zu meinen Kindern. Ich habe drei Kinder und fünf Enkelkinder. Die freuen sich, wenn ich wieder da bin.«

»Sie sich bestimmt auch, oder? Wenn der Abschiedsschmerz ein wenig abgeklungen ist? Die Familie um sich zu haben, ist doch auch schön«, sagte ich, obwohl ich bei diesen Worten innerlich ein wenig die Augen verdrehte. Aber es stimmte ja schon. Also wenn man nicht gerade so eine Familie hatte wie ich.

»Ja«, sagte Frau Müller mit fester Stimme. »Aber ich werde die Sonne und die Farben vermissen. Und meine Freunde. Aber ein echter norddeutscher Herbst hat ja auch was für sich, nicht wahr? Nach fünfzehn Jahren vermisse ich manchmal die Jahreszeiten. Und Büsumer Krabben«, fügte sie nach einer kurzen Pause hinzu, und ich musste lachen. Sogar Quinn grinste.

»Frau Müller, denken Sie in Ruhe über alles nach. Sie können die Preise ja vergleichen, und wie Herr Anstetten schon sagte, scheinen die sich alle im gleichen Rahmen zu bewegen.« Leider kam ich bei diesen Worten nicht umhin, Quinn am Arm zu fassen. Was Frau Müller nicht entging. Ein leichtes Lächeln erschien in ihrem Mundwinkel.

»Sie sind keine Mitarbeiterin, Sie sind seine Frau«, stellte sie fest.

»Ja … äh … seine Freundin«, sagte ich einigermaßen überrumpelt. »Aber der Hund ist eine Mitarbeiterin. Der Trend geht ja zum Bürohund.« Ich deutete auf Calida, die das Gespräch interessiert verfolgt hatte und Frau Müller jetzt mit hängender Zunge anlächelte.

»Das ist die Hündin von Pedro, nicht? Dem Postboten. Und Sie beide haben sie gerettet. Das waren doch Sie?« Frau

Müller beugte sich zu Calida, die sicherheitshalber einen kleinen Schritt hinter meine Beine machte. »Ich habe davon gehört. Die ganze Insel hat davon gesprochen, aber jetzt erst habe ich die Hündin erkannt. Das haben Sie gut gemacht.« Sie betrachtete Calida nachdenklich. Dann sagte sie mit fester Stimme: »Ich werde über Ihr Angebot nachdenken, Herr Anstetten, und melde mich dann wieder bei Ihnen. Entschuldigen Sie, wenn ich ein wenig laut geworden bin. Sie müssen verstehen, das alles fällt mir sehr schwer.« Sie reichte erst Quinn, dann mir die Hand und verschwand ins Haus.

Wir sahen ihr hinterher und gingen dann schweigend zum Wagen. Kaum hatte ich die Einfahrt verlassen, sagte Quinn düster: »Ich bin in letzter Zeit viel zu schnell genervt von meinen Kunden. Es ist aber auch immer die gleiche Leier. Die Leute haben einfach total irre Preisvorstellungen!« Jetzt klang er beinahe wütend.

»Natürlich«, sagte ich. »Es ist ja auch nicht ihr Job, die Immobilienpreise von La Palma zu kennen. Dafür hat sie sich ja schließlich einen Makler gesucht. Außerdem geht es hier um ihr Zuhause. Ihr Widerstand gegen dich hatte nichts mit dir zu tun, er war einfach nur ein Zeichen, wie schwer es ihr fällt, das Haus zu verkaufen. Aber sie hat Druck. Sie *muss* verkaufen. Dabei weiß sie selbst, in welchem Zustand das Haus ist. Trotzdem vertut man sich nichts, wenn man einfach mal sagt: Ich verstehe Sie. Und du hast sie ja auch verstanden.« Ich schielte zu ihm rüber.

Quinn sah mich an, die Stirn in Falten gelegt. »Du hast wirklich eine tolle Art, mit Menschen umzugehen.« Unsere Blicke trafen sich für einen Moment, dann sah ich wieder auf die Buckelpiste, die sich Straße nannte.

»Menschen reden gerne mit mir. Und ich rede gerne mit Menschen«, sagte ich leise. Und hier auf der Insel hatte ich endlich die Möglichkeit dazu. In Hamburg hatte ich tagelang nur mit meinen Kollegen, Isabella und manchmal noch mit der Kassiererin im Supermarkt gesprochen. Oder mit irgendwelchen Mitarbeitern von irgendwelchen Versicherungsagenturen. Alles ganz sachlich und professionell. Und langweilig.

Da war das Sandwichverkaufen sehr viel spannender.

Was für eine Erkenntnis. Ich musste grinsen.

»Weißt du, was ich gerade in einem Newsletter gelesen habe, in dem es um gelungene Kommunikation ging? Hinter jedem Konflikt steht ein Bedürfnis«, erklärte ich zufrieden, weil ich diesen Satz so schlüssig fand. Und Zitate konnte ich mir nun mal gut merken.

»Fahr mal rechts ran«, sagte Quinn, und ich hörte Dringlichkeit in seinen Worten.

»Ist dir schlecht?«, fragte ich alarmiert. Als ich ein Kind war, mussten wir ständig rechts ranfahren, weil einer meiner Schwestern immer schlecht geworden war.

»Nein, fahr einfach rechts ran«, wiederholte Quinn, und ich brachte den Wagen auf dem rutschenden Schotter zum Stehen. Rechts ran ging nicht, dafür war die Straße zu schmal. Aber bis auf das Gestrüpp am Straßenrand waren wir hier eh alleine.

»Was ist denn?«, fragte ich.

Quinn beugte sich zu mir rüber und küsste mich. So intensiv, dass ich meinen Namen vergaß und mir schon bald nicht mehr sicher war, auf welchem Planeten wir uns befanden.

Es war der beste Kuss meines Lebens.

Kapitel 18

Die Füße auf Maltes und Patricks neuem Balkontisch abgelegt, ein Bier in der Hand, saßen Quinn, Patrick, Malte und ich zusammengequetscht wie die Ölsardinen auf dem Outdoor-Sofa und sahen dem Tag beim Schlafengehen zu. Calida hatte sich auf dem Korbstuhl neben uns zusammengerollt, während Eli es vorzog, das komplette Sofa im Wohnzimmer für sich zu beanspruchen.

Es war mittlerweile Anfang November geworden, die Touristen hatten La Palma wieder weitgehend sich selbst überlassen, und die gesamte Insel strahlte eine herrliche Ruhe aus. Die Temperaturen waren auf angenehme zwanzig Grad gesunken, aber das Meer war noch so warm, dass man ganz herrlich schwimmen gehen konnte. Und dabei den ganzen Strand für sich hatte.

Frau Müllers Haus war zum ersten Dezember verkauft worden. Sie hatte Quinn tatsächlich den Auftrag gegeben, und der hatte, wie von mir prophezeit, das Haus für den abgemachten Preis verkauft.

In der Zwischenzeit hatten Quinn und ich auch unser Sightseeing-Defizit ein wenig aufgeholt. Wir waren auf Märkten gewesen, hatten uns bunte Häuser vor schwarzen

Felsen angeschaut, waren im Atlantik geschwommen, und sobald ich den nötigen Mut aufgebracht hatte, würde ich endlich einmal tauchen gehen.

Quinns große Hand ruhte auf meinem Bein. Sein Daumen streichelte immer wieder über den Jeansstoff, während er, den Kopf gegen das Sofa gelehnt, zum Horizont blickte.

Es war Freitagabend. Alle waren erschöpft von einer anstrengenden Woche, aber trotzdem hatten wir uns zum Essen getroffen. Weil es einfach guttat, zusammen zu sein. Laut einer Studie war einer der wichtigsten Faktoren, um glücklich zu sein, sozialer Kontakt zu guten Freunden. Das hatte ich mir zu Herzen genommen.

Ich beobachtete Quinns Hand. Dieser anfangs so distanzierte, unterkühlte Mann nutzte mittlerweile jede Gelegenheit, mich zu berühren, und ich beschwerte mich nicht. Was wir nicht taten, war reden. Also, ich redete durchaus, aber nach wie vor vermieden wir es beide, über unsere Vergangenheit zu sprechen.

Auf dem kleinen Tisch vor uns stand eine gelbe, brennende Kerze. Malte hatte sie angezündet, Pedro zu Ehren, der heute vor drei Monaten gestorben war. Wir schwiegen in stiller Eintracht, bis Eli beschloss, dass sich irgendwo im Haus ein bösartiges Monster aufhielt, vor dem sie uns mit vollem Körpereinsatz und lautstark warnen musste. Für Quinn, Calida und mich das Zeichen zum Aufbruch. Wir hörten den Dackel des Grauens noch bis unten zum Parkplatz bellen.

»Es gibt echt schräge Hunde«, bemerkte Quinn trocken.

»Ja«, erwiderte ich. »Es gibt aber vor allem Menschen, die besagte schräge Hunde nicht so gut im Griff haben.« Quinn warf mir einen Seitenblick zu. »Ich rede mit Malte darüber«, beeilte ich mich zu erklären. Nicht dass er dachte, ich würde über meinen besten Freund lästern. »Er weiß es auch selber. Eli ist einfach furchtbar schlecht erzogen. Sag mal, Quinn«, fuhr ich fort, während ich ausnahmsweise mal auf den Beifahrersitz schlüpfte, Calida fest auf dem Arm. »Könntest du mich zum Friedhof fahren?« Unglaublich, aber wahr, ich war noch nicht ein einziges Mal auf dem Friedhof gewesen, auch wenn kein Tag verging, an dem ich nicht an Pedro dachte.

»Aus tiefster Dankbarkeit, dass ich mal wieder mein Auto fahren darf, tue ich das natürlich gerne«, antwortete er, ließ den Wagen an und setzte zurück. Calida rollte sich mit ängstlichem Blick im Fußraum zusammen. Meine Hoffnung, sie würde sich irgendwann an das Autofahren gewöhnen, hatte sich bis jetzt leider nicht erfüllt.

Wenige Minuten später parkte Quinn den Wagen auf dem fast leeren Parkplatz des Friedhofs. Die Sonne war mittlerweile untergegangen, und der Abend legte sich mit sanfter Farblosigkeit über die Felsen, Bäume und Häuser, doch noch war es hell genug für einen Besuch. Ich überlegte gerade, ob ich Quinn bitten konnte, Calida mit zu sich zu nehmen, als er sagte: »Ich bleibe hier, aber wir warten auf dich.« Er deutete auf Calida im Fußraum.

»Du musst nicht warten«, sagte ich.

Quinn schnallte sich ab, zog den Schlüssel aus dem Zündschloss und drehte sich zu mir herum. »Du denkst doch nicht, dass ich dich im Dunkeln nach Hause laufen lasse?«

Ich verdrehte die Augen. Egal wie hart ich in den letzten Wochen daran gearbeitet hatte, seine lästige Ritterlichkeit hatte er immer noch nicht abgelegt. »Wir kennen beide die Kriminalitätsstatistik dieser Insel. Sie ist quasi nicht vorhanden.«

Quinn zog ganz leicht die Augenbrauen zusammen und schaltete seinen stechenden Blick ein, mit dem er die Bauarbeiter, seine Mitarbeiter, das Wetter und manchmal auch mich tyrannisierte. Nämlich immer dann, wenn etwas nicht so lief, wie er sich das vorstellte.

»Entspann dich mal«, sagte ich den Zaubersatz, mit dem man Quinn so richtig auf Touren bringen konnte. Dann hielt ich ihm den ausgestreckten Zeigefinger vor die Nase und sagte: »Und wenn du jetzt behaupten willst, dass du furchtbar entspannt bist, sage ich dir gleich: Du bist es nicht.« Ich nahm seine Hand und küsste ihn auf die Wange. »Und jetzt straffe ich die Schultern, nehme meinen ganzen Mut zusammen und gehe auf einen Friedhof.« Und mit diesen Worten stieg ich schnell aus, damit Calida mir nicht folgte, ließ die Tür ins Schloss fallen und atmete einmal tief die würzige Luft ein.

Der Friedhof von Porto Bello lag, von einem kleinen Kiefernhain umschlossen, etwas oberhalb des Ortes. Hinter ihm erhob sich wie ein dunkler Scherenschnitt ein schwarzer Fels in die anbrechende Nacht. Es war viel dunkler, als ich gedacht hatte, und mucksmäuschenstill. Und plötzlich war ich ganz froh, dass Quinn mit Calida auf mich wartete. Ich zögerte kurz, aber dann beschloss ich, mich von Quinns Beschützerinstinkt nicht verunsichern zu lassen, denn eigentlich kannte ich keine Angst vor der Dunkelheit. Früher waren wir oft zelten gegangen, meine Schwestern und ich, und während die beiden sich in ihren Schlafsäcken verkrochen hatten, war ich im Mondschein über den Campingplatz spaziert und hatte die Stille genossen.

Das schmiedeeiserne Tor stand offen. Langsam betrat

ich den Friedhof, der ganz anders war, als alles, was ich aus Deutschland kannte. Eine weiß getünchte Mauer umgab das kleine Areal. Die Gräber ragten dicht an dicht in die Höhe wie Mehrfamilienhäuser in einer Wohnsiedlung. Fotos und üppiger Blumenschmuck lagen vor den einzelnen Kammern. Der Kies knirschte leise unter meinen Schuhsohlen, als ich den ersten Gang betrat. Irgendwo in der Ferne sang ein Vogel sein Abendlied, und aus dem Augenwinkel sah ich einen dunklen Schatten davonhoppeln, einer der Hasen, der sich vor den Jägern, die zur Zeit auf der Insel ihr Unwesen trieben, hierher zurückgezogen hatte. Das kluge Tier.

Der Friedhof war viel kleiner, als ich erwartet hatte, was vielleicht auch daran lag, dass die Gräber in die Höhe gebaut waren. Vorne waren sie mit Grabplatten verschlossen, auf denen in geschwungenen Lettern die Namen, das Geburts- und Todesdatum und oft noch eine liebevolle Zeile ihrer Angehörigen standen. Im Dämmerlicht betrachtete ich die Fotos, die in einem kleinen ovalen Rahmen neben jedem Namen hingen. Manche waren Porträtaufnahmen, manche sahen aus wie Schnappschüsse. Ich drehte mich einmal im Kreis. So würde ich Pedro niemals finden. Dafür brauchte ich tatsächlich eine konkrete Adresse: dritter Gang von links, zweite Etage, drittes Fach, so etwas in dieser Richtung.

Aber vielleicht reichte es auch schon, hier zu sein. Ich atmete noch einmal tief durch, dann steuerte ich eine weiße Holzbank an, die etwas abseits unter einer großen, ausladenden Kiefer stand. Hier ließ ich mich nieder und streckte die Beine von mir, dankbar, dass ich eine dicke Strickjacke übergezogen hatte, denn die Abende wurden jetzt frisch.

»Calida geht es gut«, sagte ich leise. Pedros Geist würde

schon wissen, dass ich ihn meinte. »Sie frisst ordentlich und schläft hervorragend. In meinem Bett, wohlgemerkt. Und weißt du was, Pedro? Das ist wunderschön. So sind wir nämlich nicht alleine, sie und ich. Mittlerweile glaube ich, dass ich in Hamburg vielleicht einfach nur sehr alleine war. Zwischen all den vielen Menschen ist mir das nur nicht aufgefallen. Und Matthias war schließlich da, obwohl ich mich neben ihm eigentlich immer einsam gefühlt habe. Hier habe ich gute Freunde gefunden.« Ich musste einmal schlucken, bevor ich weitersprechen konnte, denn Pedro war der Erste gewesen, der mich wirklich willkommen geheißen hatte.

»Ich vermisse dich sehr«, fuhr ich dann fort. »Den Marias geht es auch gut. Escoba fand die Tatsache, dass Calida jetzt mit auf dem Hof lebt, ein wenig befremdlich, aber Maria hat das mit ihr geklärt. Ach, und das wird dich freuen: Quinn und ich sind jetzt auch Freunde. Also, gute Freunde.« Ich überlegte einen Moment, dann fügte ich flüsterleise hinzu: »Also, sehr gute Freunde.« Das würde er schon verstehen. Ich senkte den Kopf und betrachtete meine Schuhspitzen. Die hellen Kappen der Chucks leuchteten in der Dunkelheit.

»Wir kommen wirklich gut klar. Er ist ein großartiger Mann, so ein richtiger Beschützer. Dabei brauche ich das gar nicht, und ich denke eher, Quinn bräuchte mal jemanden, bei dem er sich so richtig fallen lassen und entspannen kann. Aber weißt du, was das Problem ist?«, fragte ich in die allumfassende Stille hinein. »Über das wirklich Wichtige sprechen wir nicht. Quinn wirkt immer so furchtbar kontrolliert. Also nicht nur bei mir, sondern überall im Leben. Ständig wirkt er, als müsse er dringend irgendetwas erledigen. Als habe er verlernt, sich zu entspannen.«

Ich betrachtete den Stein neben meiner Schuhspitze. Er war geformt wie ein Herz und erinnerte mich an Isabella, die mir von ihren vielen Wochenendausflügen ans Meer immer einen Herzstein mitgebracht hatte. Am Meer war sie glücklich gewesen, und sie hatte mir in einem unserer letzten Gespräche anvertraut, dass sie darüber nachdachte, einen Sommer lang in einem der Pfahlbauten in St. Peter-Ording als Bedienung anzuheuern. Nur einen Sommer lang.

Aber dazu war es nicht mehr gekommen.

Ich hob den Stein auf und schloss die Hand um ihn. Er war noch warm von der Sonne des Tages. Es war wie ein Geschenk. Vielleicht war Isabellas Seele hier ganz in der Nähe, umgeben von ihrem geliebten Meer. Vielleicht hatte sie sich auch schon mit Pedro getroffen. Die beiden würden sich sicher hervorragend verstehen.

Isabella hatte mir immer gesagt, ich würde mit Matthias meine kostbare Zeit vergeuden. Eigentlich hatte ich gewusst, wie recht sie hatte, doch damals war ich einfach nicht in der Lage gewesen, mich von ihm zu trennen, aus Angst, möglicherweise einen Fehler zu machen. Vielleicht, hatte ich immer gedacht, musste ich mich einfach mehr anstrengen, um irgendwann mit Matthias die perfekte Beziehung zu führen. Ich hatte mich schließlich immer anstrengen müssen, um das zu erreichen, was für andere Leute ganz normal war. Weil mir das Normale irgendwie nicht lag.

Was Isabella wohl zu Quinn gesagt hätte? Definitiv hätte sie Maltes Ansicht von Mr. Sex on Legs geteilt. Dazu hätte sie ihr dreckiges Lachen von sich gegeben, das man dieser kleinen, zarten Frau niemals zugetraut hätte. Ihr italienisches Erbe.

Was hast du zu verlieren, hätte sie mich gefragt.

Mein Herz, hätte ich geantwortet. Ich könnte mein Herz verlieren.

Hast du schon. Der Drops ist gelutscht.

Und wieder hatte sie recht. Zitternd holte ich Luft und presste den kleinen Herzstein gegen meine Brust.

Ihr müsst reden. Er ist ein guter Kerl, aber er hat einen Knacks. Du auch, ihr passt gut zueinander. Jeder von euch muss sich allerdings um seinen eigenen Knacks kümmern. Du bist dabei, du hast neu angefangen und suchst dein persönliches Glück, deine Aufgabe im Leben. Und du bist auf einem guten Weg! Du musst nur endlich mal die Augen aufmachen! Aber du darfst dich nicht für seinen Knacks verantwortlich fühlen, denn das ist nur er. Aber du kannst ihm helfen. So, wie er dir helfen kann. Und es schon tut.

»Himmel«, stöhnte ich und blickte hoch in die Wipfel der Kiefer. Fast erwartete ich, Isabella und Pedro dort hocken zu sehen, wie sie auf mich herabblickten und mir zulächelten. Aber da war nur der Schein der ersten Sterne am schwarzen Himmel.

Ich spürte die Tränen warm meine Wangen hinunterlaufen und holte schluchzend Luft, dann beugte ich mich nach vorne und presste die Arme eng gegen den Oberkörper. Plötzlich war alles wieder da. Dieses eiskalte Gefühl der Einsamkeit, der brennende Schmerz des Verlustes. Und die Angst. Knorrige, bösartige Angst, die sich in mir ausgebreitet hatte und jeden Handschlag, jedes Wort und jeden Atemzug zur Qual hatte werden lassen.

Und dann traf mich etwas mit Wucht an der Schulter. Ich gab einen unterdrückten Schrei von mir und sprang von der Bank auf. Vor mir auf dem Kies lag ein riesiger Zapfen. Angestrengt blickte ich in die Baumkrone, die bestimmt fünf Meter über mir thronte. »Ist ja gut!«, rief ich hinauf. »Ich hab's verstanden!«

Hatte ich tatsächlich. Ich musste mit Quinn reden. Über Isabella. Wenn er mir dann seine Geschichte erzählte, war das gut. Und wenn nicht … dann war es eben so. Ich konnte nur meinen Teil beitragen.

Ich klaubte den Zapfen auf, bedankte mich mit einer angedeuteten Verbeugung vor der Kiefer und ging zurück zum Eingangstor.

Quinn saß unter der einzigen Laterne auf einer kleinen Mauer. Er hatte Calida auf den Arm genommen, und sie wiederum hatte ihr kleines Köpfchen auf seine Schulter gebettet. »Hast du jemanden getroffen?«

»Nicht direkt«, antwortete ich. »Aber ich habe dir etwas mitgebracht.« Ich streckte ihm die geschlossene Faust entgegen, und er reichte mir zögerlich seine Hand. Vorsichtig legte ich den Herzstein hinein. Es dauerte einen kleinen Moment, dann huschte ein Lächeln über sein Gesicht, und er sah wieder auf. Er legte den Kopf schief und betrachtete mich genauer. Unter seinem Blick wurde mir ganz warm, und ich lächelte zurück. Quinn blickte wieder auf seine Handfläche. »Der ist wirklich hübsch. Vielen Dank.«

»Er passt gut in deine Kiste«, sagte ich schnell, doch er drückte mir nur Calida in den Arm und begann in seinen Taschen nach etwas zu suchen.

»Ich habe auch etwas für dich«, sagte er. »Falls ich es finde.« Er fand es. Und mit diesem Grinsen, das mich wie so oft daran erinnerte, dass auch Quinn mal ein kleiner Junge gewesen war, überreichte er es mir, genau wie ich vorhin, in der geschlossenen Faust. Ich öffnete meine Handfläche, und er legte ein weiches Stoffband hinein. »Ein Freundschaftsband. Selbstgemacht«, erklärte er mir stolz. Ich drehte das Band in meinen Händen und hielt es ins Licht der Laterne. Es war aus roten, pinkfarbenen und goldenen Fäden geflochten, krumm und schief, aber wunderschön.

»Du hast mir ein Freundschaftsband geflochten?«, fragte ich ungläubig.

Quinn nickte. »Ich habe meinen kleinen Schwestern früher immer die Haare geflochten. Das war natürlich hilfreich.« Er nahm es mir vorsichtig ab und band es mir um das freie Handgelenk. »Also, es ist jetzt nicht so die große Handwerkskunst, mehr symbolisch.«

»Wofür?«, fragte ich leise. Fragend blickte er auf. »Symbolisch wofür?«

»Für uns. Symbolisch für uns. Es ist nicht ganz rund geworden und die Farben beißen ein wenig im Auge, aber in seiner Gesamtheit ist es einfach perfekt.« Er schwieg einen Moment, bevor er weitersprach. »Die Fäden wollten sich nicht einfach so miteinander verflechten lassen. Der goldene ist viel dünner als die anderen, ich brauchte Geduld. Und … na ja, mit Geduld und Fingerspitzengefühl ging es dann.« Er blickte zu Boden.

Ich öffnete den Mund, aber Worte wollten sich nicht einstellen. Also griff ich nach seiner Hand und drückte sie. »Ein großartiges Geschenk. Ich danke dir.« Ich sah ihn an und dachte an Isabellas Worte, dass wir miteinander reden mussten, über das, was bei uns beiden »dazwischengekommen« war. Und es machte mir Angst. Aber ein Mann, der mir ein Freundschaftsarmband flocht, war wichtiger als diese Angst.

Kapitel 19

Das Armband stand mir hervorragend. Der zarte Goldfaden glitzerte an meinem Handgelenk, nur das Rosa biss sich ein wenig mit meinem Hautton. Einen einzigen Tag nur hatte ich den Lichtschutzfaktor 1000 vergessen, und schon hatte sich meine Hautfarbe der eines Hummers angeglichen. Dabei hatten wir Herbst! Aber ich war in den vergangenen Tagen ziemlich abgelenkt gewesen. In meinem Kopf kreisten wilde Gedanken, und die schienen Probleme zu haben, sich zu einem schlüssigen Ganzen zusammenzusetzen.

Aber – und das war das erste Mal seit sehr langer Zeit – ich war zuversichtlich. Ich spürte, dass sich etwas verändert hatte, auch wenn mir noch die Worte fehlten, um diese Veränderung genauer zu benennen.

»Hast du dich eingecremt?«, fragte Malte und drückte mir eine Schirmmütze mit dem Logo der Segelschule in die Hand, nachdem er mit Eli auf dem Arm über den Steg vom Boot an Land balanciert war.

»Ja-ha«, antwortete ich, setzte die Mütze aber noch schnell auf meine Locken. Sah vermutlich dämlich aus, war aber keine schlechte Idee, denn auch meine Nase leuchtete seit gestern wie die von Rudi dem Rentier.

»Bereit?« Malte grinste mich fröhlich an. Ich rollte mit den Augen, dann nickte ich ihm auffordernd zu.

»Eli! Sitz!«, rief Malte inbrünstig. Eli sah ihn interessiert an, während Flipp, Calida, Lord Byron und Oskar, mein Neuzugang, sich augenblicklich hinsetzten.

»Vorhin hat sie es gemacht.« Malte blickte mit zusammengekniffenen Lippen auf.

»Ist nicht schlimm. Du musst sie auch nicht anbrüllen. Sag es freundlich, aber bestimmt. Und gib ihr das entsprechende Handzeichen. Das Hörzeichen und die Handbewegung kann man nachher noch voneinander trennen. Aber das muss sich erstmal verknüpfen.«

Malte hob den Zeigefinger und sagte freundlich »Sitz!«, und Eli setzte sich hin. »Yes!«, rief Malte in Ekstase, woraufhin Eli wieder aufsprang und ebenfalls ekstatisch zu kläffen begann.

»Gut«, mischte ich mich wieder ein. »Das nächste Mal lobst du sie direkt, und solange ihr das übt, darf sie auch einen Keks bekommen, wenn sie sich beim ersten Mal hinsetzt. Ungefähr tausendmal muss sie das üben, und dann widmen wir uns der schwierigen Aufgabe: sitzen bleiben.«

Wir begannen unsere übliche Gassirunde über den Hafen Richtung Strand. »Du solltest ein Buch schreiben«, sagte Malte. »Über Hundeerziehung und Kommunikation mit Menschen, die Hunde haben und nicht wissen, wie man sie erzieht.«

Eli preschte vor. Ich sah das Böse in ihren Augen aufblitzen und schubste ihr Malte direkt in den Weg. »Groß machen. Bedrohlich sein!«, zischte ich.

»Ich kann nicht bedrohlich sein. Ich bin Malte!«, zischte

er zurück, streckte aber trotzdem die Brust raus, stemmte die Beine in den Boden und schaffte es tatsächlich, für den Bruchteil einer Sekunde Autorität auszustrahlen. Fand Eli auch, die nämlich abrupt bremste und übergangslos am Wegesrand zu schnüffeln begann, als wäre nichts gewesen.

»Das hat gereicht?«, fragte Malte verwirrt und rieb sich die Stirn.

»Ja.« Ich stellte mich neben ihn. »Du hast sie aus dem Konzept gebracht. Pass auf: Entweder sie kratzt sich jetzt gleich am Kopf, oder sie schüttelt sich.« Und Bingo! Sie tat sogar beides, was den kleinen Hund fast von den Beinen riss. »Ist bei unerwarteten Situationen oft so. Die kriegen Hunde nicht gut verortet, und dann kratzen sie sich am Kopf. Wie Menschen, wenn sie verwirrt sind. Und wenn irgendetwas sie gestresst hat, schütteln sie es sich hinterher gerne aus dem Pelz.«

Flipp neben mir gähnte. »Er ist erschöpft. Von Eli und mir«, sagte Malte mitleidig, doch ich schüttelte den Kopf.

»Gestresst. Er ist gestresst. Die meisten Hunde gähnen auch, wenn sie Stress haben.« Flipp stresste das ganze Herumstehen und Eli-Anstarren. Er wollte jetzt dringend pullern und sein Revier abschreiten, war aber, wie immer, zu höflich, um deutlicher zu werden. Alle meine Hunde waren höflich. Weswegen wir jetzt auch den Aktionsplan ›Grunderziehung für Eli‹ ins Leben gerufen hatten. So konnte es schließlich nicht weitergehen.

Wir überquerten eine fast menschenleere Straße, auf der sich sonst in der Saison die Autos stauten, und liefen durch eines der Wohngebiete. Bunte Häuser säumten die Straßen, und hinter den Dächern ragten schwarze Felsen in die Höhe, gegen die sich die prächtigen Farben der vielen Blumenkästen, mit denen die Palmeros ihre Häuser schmückten, im Sonnenlicht noch einmal besonders schön abhoben. Etwas weiter westlich erreichten wir eine langgezogene Bucht und ließen die Hunde von der Leine – alle bis auf Eli, die mittlerweile aber immerhin an der langen Schleppleine laufen durfte. Malte übte schon seit Tagen mit ihr den Rückruf, und ich war erstaunt über die Fortschritte, die die beiden machten. Der Rückruf klappte besser als das schnöde »Sitz.«

Kaum hatten wir uns auf einen der großen dunklen Felsbrocken entlang des Küstenstreifens gesetzt, da klingelte mein Handy. Ich zog es aus meinem kleinen Rucksack und warf einen Blick auf das Display. Meine Schwester begehrte mit mir zu kommunizieren.

»Hallo«, begrüßte ich sie fröhlich und presste mir das Handy ans Ohr, denn der Wind pfiff ganz schön um uns herum.

»Hallo, Schwester«, antwortete sie mir und klang dabei fast freundlich. »Ich wollte mal fragen, wie es mit Weihnachten aussieht?«

»Weihnachten?«, fragte ich entsetzt zurück. Malte schlug sich mit der flachen Hand gegen die Stirn. Er schien sich den Inhalt der schwesterlichen Frage wohl nur aus dem einen Wort erschlossen zu haben.

»Das sind noch sieben Wochen«, flüsterte er. »Bis dahin könnten wir alle tot sein!« Er verdrehte dramatisch die Augen, und ich kniff ihm in die Taille, um ihn zum Schweigen zu bringen.

»Wir feiern dieses Jahr bei uns, und um planen zu können, muss ich natürlich wissen, ob du kommst«, erklärte sie.

Es würde eine bombastische Weihnachtsfeier werden, da

war ich mir jetzt schon sicher. Denn alles, was meine Schwester plante, wurde zu einem wahren Megaevent.

»Komm zu uns«, flüsterte Malte mir zu, während ich lauschte. »Wir wollen Frozen Margaritas machen, uns mit Eiswürfeln bewerfen, und vielleicht singt Patrick für uns auch ›Last Christmas‹. Nur mit einer Weihnachtsmannmütze bekleidet.« Sehr verlockend. Ich grinste ihn an, beschloss aber, weder auf das eine noch auf das andere Angebot einzugehen.

»Wie geht es euch denn?«, fragte ich stattdessen, was meine Schwester aus dem Konzept brachte.

»Äh, was?« Sie befürchtete wohl, sich verhört zu haben, und ich musste zugeben, dass ich sie das schon lange nicht mehr gefragt hatte.

»Also, wegen Weihnachten weiß ich wirklich noch nicht. Das sind ja noch sieben Wochen, da sag ich dir so schnell wie möglich Bescheid. Ich verstehe, dass du das für deine Planung wissen musst.« Das verstand ich wirklich, und es schien sinnvoll, das auch mal zu zeigen. »Aber wir haben schon lange nicht mehr miteinander gesprochen, deswegen: Wie geht es euch?«, fuhr ich fort. »Den Kindern? Dem Pferd? Dem Hund? Dem Mann?«

»Ja … äh …« Sie schien ernsthaft darüber nachzudenken. »Den Kindern geht es gut. Aber Hubertus hatte letzte Woche einen ganz schlimmen Magen-Darm-Infekt. Mit blutigem Durchfall.« Sie klang erschöpft. Ihr geliebter Jagdhund Hubertus war ihr Ein und Alles, was ich gut verstehen konnte. »Ich habe fast die ganze Nacht mit ihm im Garten verbracht und bin dann irgendwann in die Tierklinik gefahren. Sie haben ihm Medikamente gegeben und ihn an den Tropf gelegt, aber es war wirklich schlimm.«

»Oh, nein! Wie furchtbar! Calida hat zum Glück einen sehr robusten Magen …«, erwiderte ich langsam. Mir war plötzlich etwas eingefallen. Etwas sehr Wichtiges. Ich setzte mich ein wenig aufrechter hin und hielt den Gedanken, der endlich ein richtiger Gedanke war, fest.

»Und wie geht es dir? Bist du noch sehr traurig wegen Pedro?« Eine beeindruckende Frage von meiner sonst eher distanzierten, pragmatischen Schwester. Und sie hatte sich Pedros Namen gemerkt.

»Manchmal schon. Aber es fühlt sich gut an, dass ich jetzt auf seine Hündin aufpasse«, sagte ich. Für einen Moment schwiegen wir, wohl um die uns gegenseitig entgegengebrachten Freundlichkeiten zu verdauen.

»Ja … äh … dann kannst du dich ja noch mal melden«, verabschiedete sie sich schließlich knapp.

»Mach ich. Tschüss, bis dann.« Ich beendete das Telefonat.

Malte sah mich von der Seite an und kratzte sich am Kopf. »Was war das für ein gesittetes Gespräch?«, fragte er. »Keine hat die andere tödlich beleidigt oder einfach aufgelegt. Ich bin irritiert.«

»Malte«, sagte ich feierlich, ohne auf seine Bemerkung einzugehen. Dieses kurze, eigentlich so banale Gespräch mit meiner Schwester hatte den Knoten in meinem Kopf gelöst. Und nun formte sich endlich, endlich ein klarer Gedanke, den ich unbedingt festhalten, unbedingt laut aussprechen musste. »Ich möchte mit Menschen arbeiten. Was mit Kommunikation machen. Noch mehr über Sprache lernen.«

»Das klingt super. Genau das Richtige für dich«, sagte Malte und grinste mich an.

»Ha!«, rief ich triumphierend, woraufhin alle Hunde innehielten und die Köpfe zu mir drehten. »Das ist es!« Ich sprang von dem Stein, auf dem ich gesessen hatte, und drehte eine Pirouette durch den schwarzen Sand. »Ich hab's endlich! Jetzt weiß ich, was ich machen will. Eine neue Richtung in meinem Leben!«

»Hat dich das gerade so angesprungen, oder was?«, fragte mein bester Freund.

Ich setzte mich wieder neben ihn, dann schlängelte ich mich unter seinem Arm hindurch und lehnte den Kopf gegen seine Schulter. »Irgendwie schon«, sagte ich und überlegte. »Aber irgendwie auch wieder nicht.« Ich hatte nämlich endlich begriffen, dass man mit den richtigen Worten sogar ein friedlich verlaufendes Gespräch mit schwierigen Schwestern führen konnte.

Calida sprang klitschnass zu uns auf den Felsen und versuchte mir das Gesicht zu lecken. Ich musste lachen, woraufhin sie mich mit hochgezogenen Lefzen und einer tiefen Verbeugung zum Spielen aufforderte. Darauf ging ich nicht ein, stattdessen kraulte ich ihr sanft das Kinn, und sie schloss genüsslich die Augen. »Ich hatte solche Angst, sie aufzunehmen«, sagte ich leise. »Die Verantwortung für sie zu tragen. Und jetzt ist es so schön, dass sie bei mir ist.« Nachdenklich blickte ich zu Malte hoch. »Ich fühle mich, als wäre mein Gehirn die ganze Zeit blockiert gewesen, als könnte ich erst jetzt plötzlich wieder klar denken. Vielleicht studiere ich noch mal. Oder mache eine Ausbildung. Und arbeite irgendwo im sozialen Bereich. Dogsitting kann ich überall machen. Aber es muss auch irgendetwas geben, wo ich Menschen mit Worten helfen kann. Ich liebe Worte!«

»Und was ist mit Quinn?« Seine Frage ließ mir das Herz

für einen Moment stillstehen. »Denn wenn du das tust, wirst du nach Deutschland zurückgehen müssen.« Er klang auf einmal verzagt.

»Das weiß ich nicht.« Erschrocken sah ich ihn an. Himmel, mein Leben war kompliziert. »Ich habe mir noch überhaupt keine Gedanken darüber gemacht.«

Quinn stand in meiner Küche und kochte Milchreis. Ich saß derweil auf der wackeligen Arbeitsplatte. Maltes Frage ging mir nicht mehr aus dem Kopf.

»Was hast du?«, hatte Quinn mich mittlerweile schon zweimal gefragt, aber ich hatte nur die Schultern gezuckt. Ich wollte so dringend reden, ihm von meinen Zukunftsplänen erzählen, aber irgendwie brachte ich den Mut dazu nicht auf. Irgendwann hatte Quinn dann angefangen, Milchreis zu kochen. Es schien seine Art zu sein, mit Problemen umzugehen. Entweder er guckte sie scharf an, oder er kochte Essen.

»Ich hätte dich nicht alleine auf diesen Friedhof gehen lassen sollen«, sagte er schließlich und blickte von seinem Topf auf. »Seitdem bist du ein wenig seltsam. Hast du dort vielleicht doch Pedros Geist getroffen? Hat er dir ein Bein gestellt oder so?« Er grinste, aber ich zog nur die Schultern hoch. *Ihr müsst reden.*

»Du siehst so nachdenklich aus«, fügte er noch hinzu, als ich nicht reagierte.

»Quinn, wir müssen miteinander reden«, obwohl ich mir immer noch nicht sicher war, dass ich es auch tun würde.

Milchreis musste man beständig rühren, und das tat Quinn. Er schien im Milchreiskochen ziemlich versiert zu sein. Erst nach einer Weile blickte er auf und sah mich an. Ein leichter Argwohn lag in seinen Augen, was die Sache nicht leichter machte. Wenn ich ehrlich war, sah er so aus, als wollte er nicht, dass wir redeten, was dazu führte, dass meine Lippen sich spontan versiegelten. Quinn rührte noch ein wenig weiter, dann schaltete er den Herd aus und zog den Topf von der heißen Platte. Einen Moment lang schien er nachzudenken, dann drehte er sich abrupt zu mir um und nahm mich in den Arm.

In den Arm genommen zu werden, ersetzte kein Gespräch, aber es war schön. »Worüber möchtest du denn reden?«, fragte er ganz leise. Ich hörte seine Worte zweimal. Einmal mit den Ohren, und einmal mit dem ganzen Körper, denn er hielt mich immer noch fest an seine Brust gedrückt.

Vorsichtig befreite ich mich aus seinen Armen. »Wir müssen über uns reden. Über unsere Vergangenheit«, sagte ich schnell, bevor ich es mir anders überlegte. Er betrachtete mich mit hochgezogener Augenbraue. »Wir machen so wunderschöne Sachen zusammen. Ich genieße jede Sekunde mit dir. Aber zu einer …« Ich stockte kurz und sagte dann vorsichtig »Beziehung … gehören eben auch Gespräche. Über die Vergangenheit. Und die Zukunft«, fügte ich noch hinzu, in der Hoffnung, irgendeine Reaktion von ihm zu bekommen, doch er sah mich nur unverwandt an.

Lange herrschte Stille zwischen uns. Dann sagte er: »Deine Steuersachen habe ich dir übrigens auf die Kommode gelegt.«

Ich konnte Quinns Körper förmlich vibrieren spüren. Dieser Mann war ein einziger Widerspruch. Er wollte diese Nähe, brauchte sie, genau wie ich, aber gleichzeitig schien sie ihn zu überfordern. Scheinbar ungerührt drehte er sich wieder zum Herd und fuhr noch einmal mit dem Löffel durch den Topf, dann legte er den Deckel darauf und faltete sorgfältig ein Geschirrhandtuch darüber. Er betrachtete sein Werk, atmete tief durch und sah mich an. Zögerlich hob er eine Hand und legte sie mir an die Wange.

Und dann küsste er mich. Sanft, vorsichtig, zurückhaltend, als wäre dieser Kuss just in diesem Moment die einzige Möglichkeit, seine Gefühle für mich auszudrücken. Mein Körper reagierte auf ihn, wie er es immer tat: Er wollte mehr. Meine Hände fuhren über seine Oberarme, die straffen Muskeln unter dem hellblauen Hemd.

Wie so oft strich er über meine Locken, als wollte er sie glätten, sie in irgendeine Ordnung bringen, wie er alles im Leben zu ordnen, zu kontrollieren versuchte. Und wie immer gab er irgendwann auf, fuhr einfach nur mit den Fingerspitzen durch mein wirres Haar und brachte es damit noch mehr in Unordnung. Sein Atem ging schnell, sein Herz raste unter meiner Handfläche, die jetzt auf seiner Brust lag, und wenn ich Küssen im ersten Moment für die falsche Herangehensweise an dieses Problem betrachtet hatte, entschied ich mich jetzt um.

Er konnte nicht sprechen. Nicht über sich, nicht über uns. Vielleicht würde uns das ins Unglück stürzen. Vielleicht hatten wir niemals eine Chance. Aber wie, verdammt, sollten wir das wissen, wenn wir es nicht probierten?

Auch mein Herzschlag hatte sich erhöht. Ich hörte das Blut durch meinen Körper jagen, während in meinem Bauch und zehn Zentimeter darunter langsam, aber sicher ein süßes Ziehen einsetzte.

Vielleicht hatte Quinn meine Gedanken irgendwie gespürt, denn für einen Atemzug hörte er auf, mich zu küssen, stattdessen umfassten seine großen Hände mein Gesicht. Er war mir so nah, dass ich die hellen Sprenkel in seinen blauen Augen sah, die kleine Narbe an seiner linken Augenbraue, die unzähligen Sommersprossen, die am Ende dieses langen Sommers so klar und deutlich in seinem Gesicht verteilt waren.

»Ich kann nicht darüber reden«, flüsterte er, und in seiner Stimme lag eine solche Dringlichkeit, dass ich nichts erwiderte. Er sah mir direkt in die Augen. »Du machst mich glücklich, Juli. Wenn ich mit dir zusammen bin, bin ich glücklich.« Er blinzelte mit leicht gekräuselter Nase und fest aufeinandergepressten Lippen, so als hätte er Angst, dass noch mehr Worte seinen Mund verlassen könnten.

»Komm«, sagte ich leise und deutete mit dem Kinn zum Bett. »Lass uns ins Bett gehen.« Sein Lächeln war verhalten, doch er nickte und trug mich, als wäre ich eine Feder, zu meinem ungemachten Bett.

Der Mond schickte seine fahlen Strahlen durch die Kellerfenster zu uns hinunter. Quinn hielt mich fest in seinen Armen. Calida lag irgendwo neben mir, ich hörte sie leise atmen und spürte, wie ihre Pfoten leicht im Schlaf zuckten, als würde sie im Traum einen Hasen jagen.

Ich spürte Quinns Atem auf meinem Nacken. Er schlief ganz tief, losgelöst von seiner Anspannung. Nur ich lag wach und dachte über Quinns Sprachlosigkeit nach. Und über meine eigenen Probleme, über meine Vergangenheit zu sprechen. Und dann war da noch diese sonderbar kribbelige Energie in mir, die mich seit dem Telefonat mit meiner Schwester erfasst hatte.

Vorsichtig stieg ich aus dem Bett und schlüpfte in eine Strickjacke. Ich nahm mir ein Stück Schokolade und ein Glas

Wasser und schaltete mein altersschwaches Tablet ein. Es war ganz still in meiner kleinen Wohnung, nur Quinns und Calidas Atem begleiteten mich auf meiner Google-Suche. Ich las mich durch zahllose Seiten zum Thema Kommunikation. Das meiste davon wusste ich bereits: Gelungene Kommunikation war der Schlüssel zu allem. Zumindest doch zu einer gelungenen Beziehung. Wenn man eine hatte. Hatten Quinn und ich eine Beziehung? Ich seufzte.

Leise holte ich mir noch ein Stück Schokolade, und als ich mich wieder auf den Sitzsack hockte, die Beine angezogen, das Tablet auf den Knien, stahl sich der Gedanke in meinen Kopf, dass Quinn und ich möglicherweise gar keine gemeinsame Zukunft haben konnten. Ich hob den Blick und betrachtete den Mann, der mein Leben so durcheinandergewürfelt hatte. Er hatte Calida, die wie immer wie ein Fuchs eingerollt neben ihm lag, liebevoll eine Hand auf den Rücken gelegt. Mein Herz krampfte sich schmerzhaft zusammen. Einen von beiden würde ich hierlassen müssen. Aber zum ersten Mal seit langer Zeit spürte ich wieder meine alte Energie, die Fähigkeit, Entscheidungen zu treffen.

Eine Stunde später wusste ich alles über die Weiterbildung zur Mediatorin. Ich hatte eine sympathische Ausbilderin in Hamburg gefunden, die im März einen neuen Kurs anbot. Die Kosten waren für meine aktuelle Finanzlage sehr hoch, aber was ich darüber gelesen hatte, passte so sehr zu mir. Menschen mit Worten helfen. Das wollte ich! Und das konnte ich auch! Ich schrieb ihr eine Mail und fragte nach den weiteren Konditionen.

Und dann zog ich meine bunte Kiste unter dem kleinen Couchtisch hervor. Darin bewahrte ich allen möglichen

Schnickschnack auf – schöne Bildchen, Blumenaufkleber, Postkarten mit netten Sprüchen, Briefumschläge und schönes Papier. Ich suchte nach einem hübschen Papier und griff dann nach einem wunderbar kirschroten Filzschreiber. Es war Zeit, den Spruch über meiner Eingangstür auszutauschen. Voltaire hatte ausgedient. Ich hatte seine Worte verstanden und tief in mir gespürt. Jetzt war Goethe dran. Über meiner Tür stand jetzt:

Wer nicht mehr liebt und nicht mehr irrt,
der lasse sich begraben.

Denn das wollte ich. Ich wollte lieben, und wenn ich mich irrte mit meinen Plänen, dann war ich wenigstens immer noch am Leben.

Kapitel 20

Quinn stand hinter mir und hatte die Arme fest um meine Taille gelegt. Um uns toste der Wind, und unter uns brodelte der Atlantik in hellem Aufruhr. Wir hatten zu Fuß die Vulkane der Insel erkundet, hatten Eidechsen getroffen und waren still durch die schwarze, zerklüftete Mondlandschaft gelaufen, die der letzte Vulkanausbruch vor nicht einmal fünfzig Jahren hinterlassen hatte, während dicht über uns die Passatwolken hinwegzogen und die Ostküste unter sich verbargen.

Ich lehnte den Kopf an Quinns Schulter und schloss die Augen. Der Wind brüllte in meinen Ohren, nahm alles mit sich, ließ wenigstens für einen kleinen Moment keinen Raum für Gedanken oder Grübeleien.

Calida saß in respektvollem Abstand von den Klippen etwas weiter hinter uns auf einem Felsen und blinzelte mit zusammengekniffenen Augen in das helle Licht der Sonne, das durch die tiefhängenden Wolken tausendfach reflektiert zu werden schien. Der Wind ließ ihr die Ohren zu Berge stehen, und sie hatte sich klein gemacht, um den wilden Böen möglichst wenig Angriffsfläche zu bieten. Sie war ein kanarischer Hund und mit diesen Naturmächten vertraut. Wie ihr wohl Hamburg gefallen würde?

Ich umfasste Quinns Arme mit den Händen und schmiegte mein Gesicht gegen seine Wange. Heute Morgen hatte ich die Zusage für die Weiterbildung im Postfach gehabt. Die erste Rate war fällig und hatte mich sämtliche Ersparnisse gekostet. Ich würde mir in Hamburg schnell einen Job suchen müssen. Und ein Zimmer in einer WG. Und Hunde, ich brauchte Hunde. Und eine Homepage. Und eigentlich brauchte ich auch Quinn. Denn vielleicht war es seine unaufgeregte Nähe, seine Standhaftigkeit, seine klare Struktur, die es dem Knoten in meinem Kopf erst möglich gemacht hatten, sich zu entwirren. Aber Quinn war hier und würde es vermutlich auch bleiben. In meinem Magen lag ein kleiner fester Stein, und er schmerzte.

Um die Mittagszeit kehrten wir in einem inseltypischen Lokal ein. Klein, schnörkellos, mit leckerem Essen, auch wenn ich keinen rechten Appetit hatte. Calida hatte sich mir zu Füßen auf meiner Fleecejacke eingerollt. Es gab lange geschmorten Eintopf mit Bohnen und Fleisch, dazu frisches Brot und eiskaltes Wasser. Wir aßen fast schweigend, und die ganze Zeit grübelte ich darüber nach, wie ich das, was ich ihm sagen musste, in Worte fassen sollte. Schließlich schob ich den Teller zurück und sammelte all meinen Mut zusammen.

»Ich gehe zurück nach Hamburg«, platzte es aus mir heraus, womit ich mich selbst überraschte. Die ganze Nacht hatte ich wachgelegen, den ganzen Tag gegrübelt und mir überlegt, wie ich es Quinn erklären konnte, aber nun hatte ich mich selbst überholt.

Quinn hob den Kopf und sah mich an. Es dauerte einen Moment, bis die Bedeutung meiner Worte zu ihm durchgedrungen war. Dann fragte er tonlos: »Wieder zu der Versicherung?«

Ich zuckte leicht zusammen. Wie konnte er das glauben? »Das wäre doch völlig abwegig«, erwiderte ich. »Ich werde nie wieder Akten sortieren.« Ich wollte noch viel mehr sagen. Ihn bitten, mit mir gemeinsam einen Plan zu machen, einen Plan für uns, aber Quinns Miene war so verschlossen, dass mich der Mut verließ.

Sein Blick wanderte unstet über den Tisch, aus dem Fenster, über die große Speisekarte auf der schwarzen Schiefertafel und zurück zu mir. Dann rieb er sich das Gesicht. »Das ist … okay. Ich weiß nicht, was ich dazu sagen soll.«

Ich setzte an, schloss den Mund aber wieder. Seit Tagen quälten mich die Gedanken, und jetzt war alles so schnell gegangen – und so ganz anders, als ich es mir vorgenommen hatte, verdammt! Aber trotz allem fühlte sich mein Plan richtig an. Zum ersten Mal seit sehr langer Zeit fühlte sich etwas richtig an. Etwas, das nur mit mir zu tun hatte, und nicht mit Quinn. Ich war einfach zu feige gewesen.

Quinn atmete tief durch und nahm einen Schluck Wasser. Seine Hand zitterte leicht. »Wollen wir fahren?«, fragte er knapp. Auch ich atmete tief durch und legte meinen Anteil der Rechnung auf den Tisch, die schon neben dem Teller lag. Quinn legte einen Zwanzig-Euro-Schein darauf und schob mir meine fünf Euro wieder zu. »Ich bezahle«, sagte er knapp. »Und bitte lass uns diese Diskussion heute mal nicht führen.« Mit diesen Worten stand er auf und ging.

Als ich mit Calida ebenfalls nach draußen trat, saß Quinn bereits im Wagen und hatte den Motor angelassen. Calida sprang freiwillig in den Fußraum und blickte Quinn erwartungsvoll an. Das hatte sie zu meiner Überraschung vorhin schon getan. Normalerweise rollte sie sich im Auto immer zu einem Häufchen Elend zusammen, das sich seinem Schicksal ergab. Quinn erwiderte den Blick der kleinen Hündin und griff dann ins Handschuhfach, um eine Tube hervorzubefördern. Auf meinen fragenden Blick hin sagte er: »Hundeleberwurst. Habe ich in Deutschland bestellt. Ich füttere ihr das Autofahren schön. Klappt.« Er klang fast wieder normal, so als wollte er über meine Worte einfach hinweggehen. Calida fiepte leise, weil sie es nicht erwarten konnte, an der Tubenöffnung zu lecken.

Quinn hielt mir die Tube hin, und ich nahm sie ihm ab. »Kannst ihr zwischendurch immer mal was geben.«

Wow. Quinn tat tatsächlich so, als hätte es das Gespräch beim Essen gar nicht gegeben. Er lenkte den Wagen auf die Straße zurück und gab Gas. Calida hatte sich jetzt in gespannter Freude zu mir gedreht und beobachtete die Tube in meinen Händen.

»So einfach ist es, Angst zu vergessen?«, fragte ich sie leise.

Quinns Handy klingelte.

Auf dem großen Display am Armaturenbrett erschien »Mama«. Quinn reagierte nicht. Verwundert sah ich ihn von der Seite an. Sein Gesichtsausdruck hatte sich versteinert. Dann zog er plötzlich den Wagen nach rechts und brachte ihn in einer Staubwolke zum Stehen. Er schnappte sich sein Handy und sprang aus dem Wagen.

Ich sah ihm nach und beobachtete, wie er am Straßenrand stand und telefonierte. Calida nutzte die Gelegenheit, um noch einmal an der Leberwursttube zu lecken, die in meinen Händen lag.

Quinn hatte uns den Rücken zugewandt, aber seine ganze Körperhaltung bewies, dass dies kein alltägliches Telefonat war. Er stand dort, als hätte ihm jemand einen Dolch in die Brust gerammt.

Kurz entschlossen schnallte ich mich ab und kletterte über die Mittelkonsole auf den Fahrersitz. Quinn sah nicht so aus, als ob er noch Auto fahren sollte. Was wohl passiert war? Mein eigener Herzschlag hatte an Tempo zugelegt, und mir war ein wenig übel.

Das Telefonat dauerte nicht lange. Trotzdem stand Quinn noch eine ganze Weile draußen und starrte hinunter auf die dunkle Erde. Dann drehte er sich zu uns um, sah mich auf dem Fahrersitz und ging zur Beifahrerseite. Er stieg ein, schnallte sich an und blickte ausdruckslos nach vorn.

Ich ließ den Wagen an. »Was ist passiert?«, fragte ich leise.

Es dauerte einen Moment, bis er reagierte. Er suchte nach Worten, verwarf sie wieder und landete schließlich bei dem klassischen »Nichts«.

Ich wollte gerade anfahren, stellte jedoch den Fuß zurück auf die Bremse und schnaubte.

»Quinn, was ist passiert?«

»Kann ich jetzt nicht drüber reden«, murmelte er.

Ich betrachtete ihn einen Augenblick lang. »Wohin?«, fragte ich ihn und nahm den Fuß von der Bremse.

»Zu dir«, murmelte er.

Ich fuhr also zu Marias Hof, parkte und stieg aus. Quinn ging wortlos um das Auto herum auf die Fahrerseite und fuhr davon.

Mittlerweile hatte es angefangen zu regnen. Das kanarische Hundetier gab einen entsetzten Laut von sich und stürmte in den Hof, um sich unter dem kleinen Dachvorstand in Sicherheit zu bringen. Ich blieb stehen und blickte erst Quinn hinterher, dann Calida. Diesen Hund wollte ich mit nach Hamburg nehmen? Wo es an fast hundertfünfzig Tagen im Jahr regnete, und zwar nicht so sanft wie hier? Dort kam der Regen aus allen Richtungen.

Benommen folgte ich ihr, rammte die Kellertür mit der Schulter auf, schlüpfte aus meinen dreckigen Schuhen und suchte nach einem Handtuch, um Calida ein wenig trockenzureiben. Das ließ sie sich immer gerne gefallen. Sie fing dann an zu hüpfen wie ein Hase und rieb sich mit Inbrunst an dem Frotteestoff. Und während wir so auf dem Boden saßen und Calida frohen Mutes um mich herumhüpfte, fing ich an zu weinen. Meine Hündin, die feine Antennen für jegliche Form von emotionalen Verstimmungen besaß, schnüffelte fragend in meinem Gesicht, und ich rieb mir die Tränen von der Wange.

»Ich liebe Quinn«, murmelte ich und sah sie an. Ich hatte es noch nie ausgesprochen, dementsprechend verdutzt schnupperte sie an meinem linken Ohr. »So was habe ich noch nie gefühlt. Das ist ein bisschen, als ob man mich an ein Starkstromkabel angeschlossen hätte. Der Kerl nimmt mich in den Arm, und ich denke: ›Wow, alles wird gut!‹« Calida setzte sich hin und reichte mir die Pfote, vermutlich um mich zu fragen, ob ich nicht zufällig diese fantastische Leberwurst aus dem Auto mitgebracht hatte. »Aber ich muss zurück nach Hamburg«, sprach ich weiter. »Ich will diese Ausbildung machen. Und ich werde das schaffen!«, erklärte ich ihr. Aber ich hätte Quinn niemals so vor den Kopf stoßen dürfen. Verdammt! Was hatte ich mir nur gedacht? Ich war kein Stück besser als er. Ich konnte genauso wenig sprechen.

Calida seufzte. Offenbar war ihr klar geworden, dass die Leberwurst nicht mitgekommen war. Sie küsste mich noch einmal auf den Hals, dann trabte sie zum Bett, sprang hinauf und rollte sich auf ihrer Hundedecke zusammen.

Mein Handy klingelte, und ich kramte es aus meinem kleinen Rucksack heraus.

»Hallo Malte«, begrüßte ich meinen besten Freund.

»Was ist mit Quinn passiert?«, fragte der statt einer Begrüßung. Echte Sorge schwang in seinen Worten mit.

»Wieso?«, fragte ich alarmiert zurück.

»Er hat mich gerade angerufen und gefragt, ob ich gewusst habe, dass du zurück nach Hamburg gehst. Das wusste ich zwar schon, aber ja auch erst seit ein paar Tagen. Da ruf ich ihn doch nicht an, sondern gehe davon aus, dass du es ihm schon selbst sagen wirst. Daraufhin hat er aufgelegt.« Er schnaufte empört. »Und er klang die ganze Zeit überhaupt nicht wie Quinn. Er klang ein bisschen, als wäre er betrunken. Oder verrückt geworden. Jedenfalls nicht wie er selbst.«

Ich rieb mir das Gesicht und erzählte ihm in kurzen Worten, was im Auto passiert war.

Malte schwieg. »Echt jetzt?«, fragte er nach einer Weile. »Du knallst ihm das so vor den Latz? Dass du zurück nach Hamburg gehst? Das war …« Er suchte nach Worten, doch ich kam ihm zuvor.

»Scheiße war das«, sagte ich düster.

»Aber offenbar war das nur ein Teil des Problems. Wenn das seine Mutter am Telefon war, muss auch in Deutschland irgendwas vorgefallen sein. Warum hat er nicht einfach mal mit uns darüber gesprochen?«

Ich seufzte tief, und mir tat das Herz weh. »Wir müssen

nach ihm sehen«, sagte ich, und jetzt endlich konnte ich wieder einigermaßen klar denken, woraufhin mir aber erneut die Tränen kamen. »Ich blöde Kuh habe mich hier einfach von ihm absetzen lassen und ihn nicht mal gebeten zu bleiben! Ich habe ihn einfach wegfahren lassen.«

»Er benimmt sich halt oft wie der Oberchef, da kann man schon mal vergessen, dass er das Leben genauso wenig im Griff hat wie wir«, brummte Malte. »Sag mal, Juli, weinst du?«

»Ja«, seufzte ich. »Ich heule. Ich will nach Hamburg, um diesen Mediatorenkurs zu machen, aber eigentlich will ich auch bei Quinn bleiben.« Ich dachte einen kleinen Moment nach, während die Tränen mir weiterhin ungehemmt über die Wangen liefen.

»Okay. Juli, die Sache ist völlig klar: Das mit Quinn ist für dich ziemlich ernst. Ich bin ja immer in dem festen Glauben, dass es für alle Probleme auch eine Lösung gibt. Also auch für die Tatsache, dass du in Hamburg eine Weiterbildung machst, während er hier Häuser verkauft. Abgesehen davon, hat er mir schon ein paarmal erzählt, dass auch er sich vorstellen könnte, irgendwann wieder zurückzugehen. Wichtig ist nur, dass du nicht auf irgendetwas verzichtest, weil er sich so benimmt. Es ist immer schlecht, wenn man seinen Lebenslauf für den anderen anpasst und verbiegt. Schon gar nicht jetzt, wo du endlich wieder die gewohnte Juli-Energie hast, die so lange verschwunden war.« Er machte eine kleine Pause, und ich hörte, wie er im Hintergrund herumkramte. »Aber erst mal sollten wir uns um Quinn kümmern. Ich hole dich ab, wir bringen Calida zu Patrick und fahren dann zu ihm. Ich mache mir echt Sorgen.«

»Sehr guter Plan«, sagte ich, legte auf und suchte ein paar

trockene Klamotten zusammen, in die ich in Windeseile schlüpfte. Keine zehn Minuten später stand Malte vor der Tür. Ich bugsierte Calida in sein Auto, woraufhin sie sich ohne Leberwurst-Bestechung sofort wieder in ein Häufchen Elend verwandelte. Wir lieferten sie bei Patrick ab und machten uns dann auf den Weg nach Porto Bello zu Quinn.

Während dieser ganzen Aktion schlug mir das Herz bis zum Hals, und ich hatte das Gefühl, nicht genug Luft zu bekommen. Ich kannte dieses Gefühl aus Hamburg und bemühte mich, länger aus- als einzuatmen.

»Du klingst, als ob du Presswehen hättest«, sagte Malte, als wir vor Quinns Haus anhielten.

»Mir geht der Arsch auf Grundeis«, erwiderte ich trocken, und Malte fing an zu lachen, was der Situation absolut nicht angemessen war.

»Mir aber auch«, sagte er, als er endlich mit dem Lachen aufhörte.

Wir stiegen aus und marschierten auf die Haustür zu. Ich drückte auf die Klingel. Nichts geschah. Malte drückte auch noch einmal, mit dem gleichen Ergebnis. Stille, bis auf das stetige Prasseln des Regens auf das Vordach. Malte begann, mit den Fäusten gegen die Tür zu hämmern, was zwar einen ohrenbetäubenden Lärm machte, aber leider auch nichts brachte, denn im Haus blieb es ruhig. Wir sahen uns an. In Maltes Gesicht stand die gleiche Sorge, die sich auch in mir ausgebreitet hatte. Denn Quinns Auto stand in der Einfahrt. Wenn er nicht zu Fuß unterwegs war, war er im Haus und hatte möglicherweise die Klingel abgestellt. Und wenn er uns nicht aufmachte, wirklich nicht mit uns reden wollte, musste es ihm sehr schlecht gehen.

»Wir müssen die Polizei rufen. Eine Vermisstenanzeige aufgeben!« Manchmal ging die Drama Queen mit Malte durch.

»Er ist erwachsen und macht uns die Tür nicht auf. Die Polizei wird uns einen Vogel zeigen.«

Malte brummte und zog dann unelegant die Nase hoch.

»Wir gehen durch den Garten«, erklärte ich bestimmt und schlug mich seitlich durch den Oleander.

»Das ist Hausfriedensbruch!«, rief Malte mir hinterher, folgte mir aber, was ich am Rascheln der Büsche hörte.

»Ist es nicht«, antwortete ich und duckte mich unter einem klitschnassen, tiefhängenden Zweig hindurch. »Es könnte schließlich Gefahr im Verzug sein!«

Und so schlugen wir uns durch die Büsche und kletterten schlussendlich über die Mauer in Quinns Garten.

»Quinn!«, rief ich laut. Er sollte schließlich keinen Herzinfarkt bekommen, wenn er uns plötzlich aus den Büschen auftauchen sah. Den bekam er dann aber trotzdem, denn er hockte mit Kopfhörern auf den Ohren im Schneidersitz auf der überdachten Veranda und war geistig völlig abwesend. Vor ihm stand eine halbleere Flasche Whiskey. In dem Moment, als wir beide tropfnass vor ihm auf dem Rasen standen, blickte er auf und erschrak so heftig, dass er im Sitzen einen richtigen Satz nach hinten machte. Dann verdrehte er die Augen und presste eine Hand an die Schläfe. Mit der anderen zog er sich wortlos die Super-Noise-Cancelling-Kopfhörer vom Kopf. Seine Augen waren rot und glasig.

»Bist du irre?«, fuhr Malte ihn an. »Wir dachten, du bist tot!« Quinn sagte nichts, aber seine Hände zitterten. Und er hatte die Zähne so fest aufeinandergebissen, dass seine Kiefermuskeln hervortraten. »Wir haben uns Sorgen gemacht«, fügte Malte hinzu, klang jetzt aber irritiert, weil Quinn immer noch keine Reaktion zeigte. »Kann man sich in der kurzen Zeit komplett betrinken?«, raunte er mir zu. Ich betrachtete Quinn. Er wirkte eigentlich gar nicht betrunken, sondern eher erschöpft. Und als wäre ihm gerade etwas vor die Füße gefallen, das er lange Zeit in der Luft balanciert hatte.

»Malte, magst du die Haustür aufschließen und draußen warten? Nur einen Moment?«, bat ich Malte. Der brummte zu meiner Überraschung bloß ein »Klar!«, drückte mir einen Kuss auf die Wange und trabte die Treppe zur Veranda hoch, um im Wohnzimmer zu verschwinden. Wenige Sekunden später hörte ich die Haustür ins Schloss fallen.

Ich umrundete Quinn ebenfalls und holte zwei Decken und ein Kissen aus dem Wohnzimmer. Auf das Kissen setzte ich mich, die eine Decke legte ich Quinn, die andere mir über die Schultern.

Ihr müsst reden.

Quinn betrachtete mich mit glasigen Augen von der Seite. »Es tut mir leid, dass ich es dir nicht vorher gesagt habe«, begann ich und rückte dabei ein wenig dichter an ihn heran. »Ich werde im März eine Ausbildung zur Mediatorin in Hamburg machen, und danach habe ich doch auch keinen Plan. Ich weiß nur, dass ich dich sehr mag. So sehr …« Ich kam ins Stocken, weil mein Herz so schnell klopfte. »Ich liebe dich.«

In Quinns Gesicht zuckte es.

»Du bist einfach abgehauen nach diesem Telefonat mit deiner Mutter«, fuhr ich fort. »Ich kann dich nicht zwingen, mir zu erzählen, was passiert ist, aber ich weiß, dass es dir vielleicht helfen würde. Auch wenn schlimme Dinge passiert sind, lebt man weiter. Aber man muss darüber sprechen.« Ich beugte mich ein wenig nach vorne und sagte leise: »Sonst geht man kaputt.«

Quinn rieb sich wieder die Stirn, als würden meine Worte ihm heftige Kopfschmerzen bereiten. Dann räusperte er sich und suchte nach seiner Stimme. Als er sie endlich fand, murmelte er: »Ich kann nicht so gut über mich sprechen.«

Ich schwieg, weil das jetzt wirklich keine bahnbrechend neue Information war. Er drehte den Kopf, als würde er versuchen, Verspannungen in seinem Nacken zu lösen. Irgendwo über uns erscholl der Ruf eines Vogels, obwohl es schon dunkel war, und Quinn beugte sich ohne ein weiteres Wort zu mir und zog mich fest an sich. Seine Nähe beruhigte meinen Herzschlag sofort. Ich schloss die Augen und lehnte mein Gesicht an seine Brust, ließ mich umfangen von seiner Stärke und Wärme und atmete tief durch.

»Tut mir leid«, sagte er schließlich leise.

»Mir auch. Dass ich nicht vorher mit dir über meine Pläne gesprochen habe. Ich wollte ja, aber … es ist schwierig«, flüsterte ich, und dann schlang ich meine Arme um ihn, was sich anfühlte, als wollte man eine Eiche umarmen. Er war einfach ein riesiger Kerl.

Eine ganze Weile saßen wir einfach so da, und ich lauschte Quinns Atem. »Hast du auch Alkohol, der einen nicht sofort blind werden lässt?«, fragte ich irgendwann und deutete auf die Whisky-Flasche, was ihn zu einem keuchenden Lachen veranlasste. Er rieb sich erneut über das Gesicht und wischte sich ungeschickt die Augen.

Dann nahm er für einen Moment mein Gesicht in seine Hände, stand erstaunlich schwungvoll auf und verschwand im

Haus. Zurück kam er mit einer Flasche Rotwein, entkorkt und mit zwei Gläsern in der anderen Hand.

Ich sah ihm zu, wie er sich wieder neben mir niederließ und uns einschenkte, und zog mir die Decke enger um die Schultern. Es war jetzt empfindlich kalt geworden, aber keinen von uns beiden schien es ins Haus zu ziehen.

»Vielleicht hast du recht.« Quinn reichte mir ein Glas, wobei er es vermied, mir in die Augen zu blicken.

»Womit?«, fragte ich leise. Der Mond schob sich durch die tiefhängenden Wolken und glitzerte in seinen Augen. Ich seufzte, nahm ihm das Glas aus der Hand und trank einen Schluck. Der Rotwein war vermutlich wertvoll und sehr teuer gewesen, aber staubtrocken. Aber egal, heute war das wirklich unwichtig.

Langsam ließ Quinn den Wein in seinem Glas kreisen und trank einen Schluck. Nach einer Weile sagte er tonlos: »Mein Vater hat sich erschossen, als ich achtzehn war.«

»Oh Gott«, entfuhr es mir.

»Ich habe ihn gefunden.« Er klang, als würde ihm die Luft wegbleiben. »Ich rede da nicht drüber. Weil ich es nicht aushalte.«

»Wäre aber gut«, erwiderte ich mit Bestimmtheit und sah erstaunt, dass er matt nickte.

»Ich bin sehr behütet aufgewachsen. Auf einem riesigen Gutshof im Norden von Deutschland. Ich hatte gerade das Abi gemacht und wollte studieren. Literatur oder Jura oder was weiß ich. Es war diese Zeit, in der man das Gefühl hat, die ganze Welt steht einem offen, und alles ist möglich. Man hat den festen Glauben, dass alle Träume in Erfüllung gehen können. Ich war so jung.«

Ich rückte näher an ihn heran, und er griff nach meiner Hand, blickte jetzt aber auf die tief hängenden Wolken. »Ich hatte mich nie um irgendetwas kümmern oder mir wegen irgendetwas Sorgen machen müssen«, fuhr er fort. »Auch Geld war immer genug da. An diesem Tag war ich bei meinem nagelneuen Auto in der Scheune. Wir hatten eine große Scheune, in der die landwirtschaftlichen Maschinen standen. Meistens parkten meine Eltern ihre Autos auch dort, und da stand nun auch mein Wagen. Ein schwarzer Golf, mit breiten Rädern, hinten abgedunkelten Scheiben, Alufelgen. Mein erstes eigenes Auto. Meine Eltern hatten es mir zum Geburtstag geschenkt. Ich habe an diesem Tag meine ganzen CDs ins Auto geräumt, um am Wochenende mit meinen Freunden rumzufahren. Ich war der Einzige mit einem eigenen Auto.

Der Schuss war sehr laut und kam aus der Nähe. Mein Vater war Jäger, das habe ich dir ja schon erzählt.« Er sah mich an, und ich nickte. »Ein Schuss war jetzt erstmal nichts Besonderes. Aber er war so dicht am Haus, und das hat mich eben doch irritiert. Also bin ich losgegangen, um nachzuschauen. Ich dachte, mein Vater hätte vielleicht auf eins der wilden Kaninchen geschossen, die die Pferdekoppeln immer in Buckelpisten verwandelten. Aber auf den Koppeln standen die Pferde. Da hätte er niemals geschossen. Also habe ich weitergesucht. Gefunden habe ich ihn dann in seinem Büro. Er hatte sich in den Kopf geschossen.«

Ich presste eine Hand vor den Mund, aber Quinn schien sich gefangen zu haben, denn er sprach weiter. »Im Nachhinein hat sich herausgestellt, dass er spielsüchtig war. Er hat unser gesamtes Vermögen verspielt. Es war so viel, dass ich fast nicht glauben konnte, dass man dieses ganze Geld wirklich einfach so verzocken konnte.« Er runzelte die Stirn. Seine Augen waren rot, und hektische Flecken lagen auf seinen Wangen.

»Wie ging es weiter?«, fragte ich leise und drückte seine Hand. Er sah mich an, als hätte ich ihn aus einem Traum geweckt.

»Ich habe nicht studiert. Stattdessen habe ich zusammen mit Bernd, dem besten Freund meines Vaters, alle Unterlagen gesichtet und überall, wo wir Schulden hatten, um Zahlungsaufschub gebettelt. Zwei Jahre lang habe ich kaum etwas anderes getan, als Unterlagen zu sortieren und um Zahlungsaufschub zu bitten. Wir haben alles verkauft, was sich zu Geld machen ließ. Irgendwann habe ich dann bei Bernd eine Ausbildung zum Immobilienkaufmann gemacht. Ich hatte keine große Wahl, es war die einzige Möglichkeit, denn bei ihm habe ich mehr bekommen, als man als Azubi normalerweise verdient. Anders hätte ich noch nicht mal eine Ausbildung machen können, denn meine Geschwister und meine Mutter mussten ja irgendwie überleben. Trotzdem habe ich neben der Ausbildung noch gejobbt.« Er räusperte sich kurz, fuhr dann aber fort. »Meine Mutter war keine große Hilfe, ich glaube, sie hat diesen Schock einfach niemals überwunden. Vielleicht bis heute nicht. Sie hat sich ins Bett gelegt und ist nicht wieder aufgestanden. Aber ich habe drei kleine Geschwister, die mussten versorgt werden. Das habe dann zwangsläufig ich übernommen, zusammen mit Bernd und seiner Schwester Annegret, die in Lübeck als Psychologin arbeitet. Sie hat sich extra freigenommen und viel Zeit mit uns verbracht. Annegret hat uns vielleicht davor bewahrt, eine komplette Vollmeise aus der Zeit mitzunehmen.« Einen Moment schwieg er und schien nachzudenken.

»Vielleicht besitze ich deswegen so wenig. Weil ich schon einmal alles verloren habe. Und wenn man nichts besitzt, kann man schließlich auch nichts verlieren, oder?«

Ich nickte.

»Das sind ja alles keine Dinge, die man sich ausdenkt«, fuhr er fort. »Wirklich schlüssig sind solche Verhaltensweisen höchstens im Nachhinein, wenn man darüber nachdenkt. Aber weißt du, was wirklich schwierig war?« Quinn kniff die Augen zusammen und sah mich an. »Es war so schwierig zu trauern. Weil ich ihn so gehasst habe. Dafür, dass er uns das angetan hat. Dafür, dass er sich bei uns zu Hause erschossen hat. Dafür, dass ich diese Bilder nicht mehr aus dem Kopf bekommen habe. Bis heute.« Wieder schwieg er, als müsste er sich kurz sortieren. »Anfangs wollte ich gar nicht zu seiner Beerdigung gehen. Ich fand es abwegig, ihn auch noch öffentlich betrauern zu müssen.« Seine Stimme hatte einen leichten Tremor bekommen und war eine Oktave nach oben gerutscht.

»Aber ich bin dann doch mitgegangen zu dieser verlogenen Veranstaltung, schon um meine Mutter nicht allein zu lassen. Unser Hausarzt hatte ihr ein starkes Beruhigungsmittel verschrieben. Sie konnte kaum stehen. Bernd und ich mussten sie stützen, während alle an ihr vorbeigegangen sind und ihr kondoliert haben. Und der Pastor stand da vorne und erklärte, was für ein wichtiges Mitglied der Gemeinde mein Vater gewesen sei. Sein Selbstmord, seine Spielschulden, dass er uns ruiniert hatte, all das wurde mit keinem Wort erwähnt, obwohl alle es wussten. Und dann habe ich an seinem Grab gestanden und ganz laut ›Arschloch!‹ gebrüllt.« Er räusperte sich. »Vielleicht habe ich auch ›dummes Arschloch‹ gebrüllt, ich weiß es nicht mehr, aber danach bin ich abgehauen.«

»Wie ging es weiter?«, fragte ich, während Quinn sich immer noch an meiner Hand festhielt.

»Das Haupthaus wurde verpachtet, weil wir es nicht verkauft bekommen haben. Solche riesigen Immobilien sind extrem schwierig zu verkaufen. Die Pacht hat meiner Mutter zumindest eine kleine Wohnung finanziert, und ich habe zugesehen, schnell Geld zu verdienen, damit meine Geschwister auf der Privatschule bleiben konnten. Mit der Hilfe von Freunden ging das. Bernd und Annegret haben uns unterstützt, und die Leute aus dem Dorf. Der Landhandel hat uns viele Schulden erlassen, und die Jagdfreunde meines Vaters, diese knorrigen alten Kerle, haben uns immer wieder Geld zugesteckt. Aber wir waren jahrelang abhängig. Und der Gedanke daran, abhängig zu sein oder Schulden zu haben, macht mich bis heute verrückt.«

Ich schwieg. Himmel, was hatte er erlebt.

»Irgendwann hat sich alles irgendwie normalisiert, und ich bin hierher auf die Insel geflüchtet, um bei einem Freund ins Geschäft einzusteigen. Weg, das war mein einziger Gedanke, einfach nur weg. Ich habe diese Enge nicht mehr ertragen, diese Schulden, die Tatsache, dass alle – der Tankwart, der Wirt, der Tierarzt – über unsere Situation Bescheid wussten. Achtzehn Jahre lang wächst du auf und bist der Sohn des Gutsbesitzers, und dann, schlagartig, bist du die arme Sau, der Sohn des Schuldners, der sich das Leben genommen hat.« Er kniff die Augen zusammen und blickte in die Ferne. »Hier konnte ich neu anfangen.«

Ich betrachtete ihn. »Und was ist dann heute passiert?«

»Du hast mir gesagt, dass du zurück nach Deutschland gehst. Einfach so.« Er sah mich wieder direkt an, und ich konnte den Schmerz in seinen Augen sehen. Beschämt nickte ich. »Das hat mir ehrlich gesagt den Boden unter den Füßen weggezogen. Und dann hat meine Mutter angerufen. Das war ein bisschen viel auf einmal. Wir haben ein sehr gutes Angebot für den Gutshof bekommen. Der Pächter, eine große Eventagentur, die die Gebäude für Veranstaltungen und Märkte nutzt, möchte sie jetzt kaufen. Endlich. Wir haben schon lange mit denen verhandelt, aber diese Endgültigkeit jetzt hat bei mir irgendwie einen Schock ausgelöst. Trotz allem ist das Gutshaus ja mein Elternhaus. Das Haus, in dem all die schrecklichen Dinge passiert sind. Aber eben auch das Haus, in dem der Weihnachtsbaum stand, meine Geschwister und ich Fangen und Verstecken gespielt haben, wo wir im Winter in der Gutsküche saßen und Kakao getrunken haben.« Er atmete tief durch. »Aber wenn das Anwesen verkauft wird, sind wir schuldenfrei. Ich zahle immer noch an zahlreiche Gläubiger. Das wäre dann endlich vorbei.«

»Und das alles hast du niemandem erzählt?«, fragte ich schließlich. Wie war es möglich, all diese Dinge mit sich selbst auszumachen?

Quinn zuckte die Schultern und sah mich an. »Nein, niemandem. Aber in den vergangenen Tagen und Wochen habe ich immer wieder darüber nachgedacht, es dir zu erzählen. Ich tue mich so schwer, Menschen zu vertrauen und mich zu öffnen.« Bei den letzten Worten brach ihm die Stimme weg, und er setzte noch einmal an. »Malte hätte es verdient, dass ich es ihm erzähle, aber es ging irgendwie nicht. Ich habe es einige Male versucht und dann so lange auf den richtigen Worten rumgekaut, bis der Moment wieder vorbei war.« Er schwieg, als könnte er seine Worte selbst nicht fassen. »Manchmal habe ich mir vorgestellt, was du wohl sagen würdest, wie du dich verhalten würdest, und ich war mir sicher, dass ich es dir hätte erzählen können. Aber ich habe es aufgeschoben, mich nicht getraut, weil dann dieser Teil meines Lebens in unsere Beziehung gerutscht wäre. Ergibt das einen Sinn?« Fragend blickte er mich an, und ich nickte. »Es tut so gut, dich in meinem Leben zu haben. Du hast meine Schutzmauer in den letzten Wochen Stein für Stein demontiert und dich von mir nicht abschrecken lassen. Irgendwie beeindruckt mich das.«

Schweigend lehnte ich meinen Kopf an seine Schulter, und er legte seine Hand in meinen Nacken. Ich atmete tief durch und schmeckte die salzige Frische des nahen Atlantiks, aber dann fiel mir etwas ein. Etwas sehr Wichtiges.

»Argh!«, rief ich. »Wir haben Malte vergessen!« Ich sprang auf und drückte dem verdutzten Quinn mein Glas in die Hand. Es war mittlerweile stockdunkel.

»Er sollte doch draußen warten, bis ich ihm Bescheid gebe!« Ich lief über die Terrasse zum Wohnzimmer. »Das ist aber schon eine halbe Ewigkeit her.«

»Na, er wird ja wohl hoffentlich nicht immer noch warten«, murmelte Quinn, der mir ins Haus gefolgt war, und stellte unsere Gläser auf die Küchenarbeitsplatte. Ich drehte mich zu ihm um und bedachte ihn mit einem scharfen Blick. »Okay«, antwortete er, und ein leichtes Grinsen zog sich über sein Gesicht. »Er ist Malte. Du hast recht.«

Ich öffnete die Tür und fand Malte auf der Treppe hocken. Er hatte sich in zwei Fleecejacken mit dem Aufdruck der Segelschule eingewickelt, die er wohl noch im Auto liegen gehabt hatte. Elis Hundedecke hatte er sich über den Kopf gelegt, und so lugte nur seine Nasenspitze hervor.

»Malte.« Ich kniete mich neben ihn und streichelte seine Schulter.

Er riss die Augen auf und richtete sich erschrocken auf. »Ist alles in Ordnung? Geht es Quinn gut?«

Quinn war ebenfalls mit nach vorn gekommen und beugte sich zu uns runter. »Alles gut, Malte. Hast du hier echt gewartet?«

Malte grinste verschlafen. »Klar. Vielleicht hätte einer von euch noch gerettet werden müssen.« Etwas umständlich streckte er sich, kam auf die Beine und sammelte seine ganzen Decken und Jacken zusammen. »Aber wie ich sehe, geht es euch gut. Dann fahre ich jetzt mal nach Hause. Calida kann über Nacht bleiben. Falls ihr noch was vorhabt.« Vielsagend hob er eine Augenbraue und wackelte damit. Dann umarmte er erst mich, dann Quinn, ging zu seinem Auto und stieg ein.

Kapitel 21

Ich stand auf dem Foodtruck und schnitt Salat klein. Heute war nicht viel los, und das war gut, denn irgendwie behinderten die vielen Gedanken in meinem Kopf meinen Umgang mit anderen Menschen. Quinns Geschichte hatte mich tief bewegt. Drei Wochen waren vergangen, seit er mir von seiner Vergangenheit erzählt hatte, und das Paradoxe war: Er hatte mit mir gesprochen! Endlich! Nur ich bekam die Zähne nicht auseinander.

Es war, als wären meine Lippen plötzlich versiegelt. Als steckten mir Isabella und Tag X in der Kehle und ließen kein Wort nach außen dringen.

»Erde an Juli!« Meine Kollegin war neben mir aufgetaucht und nahm mir geschickt das Messer aus der Hand. »Es ist toll, dass du so enthusiastisch Salat schneidest, aber für wen?«

Ich blickte auf. Sie hatte recht. Kein Mensch wollte ein Sandwich. »Geschnittenen Salat kann man nie genug haben«, erwiderte ich schließlich und schob mit der Handkante den grünen Berg in die entsprechende Schüssel.

»Wo bist du denn mit deinen Gedanken?« Jana musterte mich durchdringend.

Ich rang mir ein Lächeln ab, schwieg aber. Jana blickte auf.

»Dein Ritter kommt«, raunte sie und deutete mit der Messerspitze auf die gegenüberliegenden Gemüsestände. Einen ganzen Schwung Einkaufstüten in der Hand, schlenderte Quinn unserem Foodtruck entgegen. Calida trabte an ihrer neuen Lederleine neben ihm her und hielt witternd die Nase in die Luft.

»Und den Prachtkerl willst du wirklich alleine hier auf der Insel lassen?«, flüsterte Jana mir zu und hob vielsagend die Augenbrauen. »Das würde ich mir an deiner Stelle noch mal überlegen.«

Ich seufzte schwer.

»Moin, die Damen«, begrüßte der Prachtkerl uns launig, sah dabei aber nur mich an, während Calida juchzende Laute der Wiedersehensfreude von sich gab, sich aber brav neben Quinn auf den Boden setzte.

»Moin, edler Ritter«, antwortete Jana kokett, während ich mir die Hände abtrocknete.

Quinn ließ mich nicht aus den Augen. »Fertig?«, fragte er, und ich nickte.

Ich band mir die Schürze ab, sammelte meine Sachen zusammen und verließ den Truck durch die Seitentür. Quinn begrüßte mich mit einer Umarmung, die für seine Verhältnisse geradezu stürmisch war. Ich legte meinen Kopf kurz an seine Schulter und genoss seine Nähe, während Calida, die ihr Glück kaum fassen konnte, mich endlich wiederzusehen, wie ein Flummi an mir hochsprang. Schließlich trat ich ein Stück zurück und sah ihm fragend ins Gesicht. »Und?«

Er zog die Nase kraus. Und dann nickte er. Nachdrücklich und wortlos. Ich griff nach seiner Hand und drückte sie. Heute war in Deutschland der Kaufvertrag für den Gutshof unterzeichnet worden. Ohne Quinn. Der hatte zwar alle Verträge im Vorfeld mit ausgehandelt, aber das Haus und alle angeschlossenen Gebäude gehörten seiner Mutter. Quinn hatte ein paar Tage darüber nachgedacht und dann entschieden, die Verantwortung jetzt an sie zurückzugeben. Und er war nicht gefahren.

Quinn hielt meine Hand fest, und gemeinsam spazierten wir zu seinem Auto. »Du wirkst, als ob du gleich anfängst zu hüpfen«, sagte ich und grinste.

»Ja«, erwiderte er und warf mir einen Seitenblick zu. »Ich hätte auch gedacht, dass ich mich danach erstmal drei Wochen in meiner Höhle verkriechen muss, um damit abzuschließen, aber dem ist nicht so. Es geht mit gut.« Er dachte kurz nach und legte mir den Arm um die Schulter. »Ich glaube, zum ersten Mal fühle ich tatsächlich so etwas wie Freiheit.«

Wir fuhren zu Quinn nach Hause, den Kofferraum voller Wochenendeinkäufe. Es war ein besonderes Wochenende. Wir hatten beide frei, und das schon zum zweiten Mal im Dezember. Gemeinsam trugen wir unsere kulinarischen Schätze ins Haus und verstauten alles. Als ich mich gerade umdrehte, um zwei Tüten Milch in die Schublade unter der Küchentheke zu stellen, blieb mein Blick an einer mir unbekannten Teekanne hängen, die schmückend auf der weißen Arbeitsfläche stand. Sie war bauchig und rot und hatte weiße Tupfen. Eine ganz typische Juli-Kanne. »Wo kommt die denn her?« Ich drückte die Schublade wieder zu und drehte mich zu Quinn um, der beiläufig vom Zwiebelschneiden aufblickte. Er blinzelte mich aus roten Augen an und schenkte mir ein einseitiges Grinsen.

»Die habe ich in einem Laden in Porto Bello gefunden. Beziehungsweise, sie hat mich gefunden, denn sie stand im Schaufenster, und da musste ich sie kaufen. Ich dachte, sie gefällt dir. Bringt hier in bisschen Juli-Style rein«, er machte mit dem Messer in der Hand eine allumfassende Bewegung, mit der er wohl das Haus meinte, und widmete sich wieder seinen Zwiebeln. Ich betrachtete die wunderschöne Teekanne. Der Kerl hatte mir eine gepunktete Kanne gekauft. Und sie auch noch mitten auf den steril aufgeräumten Küchentresen gestellt. »Danke«, murmelte ich. »Die hätte ich auch ausgesucht.«

Ich trat hinter Quinn, schlang die Arme um ihn und presste mein Gesicht an seinen Rücken. Und so stand ich und spürte dem Spiel seiner Muskeln nach, während er weiter Zwiebeln kleinhackte, die Tomaten schnitt und schlussendlich alles in der Pfanne anbriet. Ich fühlte mich, als könnte ich ewig so stehen bleiben. Aber dann musste ich Quinn loslassen, weil er anfing, mit Schüsseln und Tellern zu hantieren, und es ungemütlich wurde.

»Wie war dein Tag?«, fragte er beiläufig, rührte das in Entstehung begriffene Abendessen um und schnitt Brot auf. Er war ein großartiger Koch.

Ich schwieg. Dann räusperte ich mich. »Gut«, erwiderte ich etwas wortkarg, woraufhin Quinn die Pfanne von der heißen Platte zog und sich zu mir umdrehte.

»Weißt du, Juli, du findest doch Reden so wichtig. Sagst du zumindest immer. Und du bringst auch alle anderen dazu, mit dir zu reden. Nur du selbst redest eigentlich gar nicht so viel. Jedenfalls nicht über dich.« Die Worte schienen sich förmlich in ihm aufgestaut zu haben, und in seiner Stimme schwang ein Hauch von Ärger mit.

Ich räusperte mich erneut und schob die Hände in die Hosentaschen. Ertappt, würde ich sagen.

Quinn drehte sich um, griff die Pfanne und stellte sie in den vorgeheizten Backofen. Geräuschvoll ließ er die Klappe zuschlagen, dann sah er mich wieder an, blieb aber auf Distanz.

»Als Malte mir damals erzählt hat, dass seine beste Freundin auf die Insel kommt, habe ich dich für einen Paradiesvogel gehalten. So wie Malte ja auch manchmal einer ist. Er hat erzählt, wie unglaublich toll du bist, wie großartig du mit Menschen und Hunden umgehen kannst und dass du in der Lage wärst, jedem sein dunkelstes Geheimnis zu entlocken. Quasi eine magische Begabung.«

»Ach«, brummte ich und beobachtete, wie Quinn jetzt auch noch die Brotkrümel in die Spüle wischte. »Bist du mir deswegen auf Maltes Party aus dem Weg gegangen?« Ich drehte mich zu ihm um und sah ihn forschend an.

»Ja«, antwortete er gedehnt. »Ich hielt es für sicherer, magische Wesen von mir fernzuhalten. Bis ich dich unten vor dem Haus getroffen habe und es keine andere Möglichkeit gab, als dich nach Hause zu fahren.«

Ich nickte langsam, und meine Mundwinkel zuckten. »Wegen der Kriminalstatistik auf dieser Insel.«

»Ja. Nein. Weil ich … weil du einfach so großartig ausgesehen hast und so lustige Dinge gesagt hast. Wie schon gesagt, du hast einen enormen Unterhaltungswert.«

»Das liegt an deinem Kümmerer-Gen. Wenn es etwas gibt, um das man sich kümmern kann, warte ab, Quinn kümmert sich«, gab ich zurück, doch er schwieg und sah mich nur an.

Als er dann endlich sprach, klang seine Stimme anders. Kühler. »Das kannst du gut, Juli.«

»Was?«, fragte ich irritiert.

»Andere Leute analysieren«, erwiderte er knapp. Er machte eine kleine Pause und fuhr dann fort: »Ich weiß mittlerweile einfach nicht mehr, wie ernst es dir eigentlich noch ist. Mit uns.« Ich wollte etwas sagen, doch er hob die Hand. »Was glaubst du denn? Dass das, was du mir über deine Vergangenheit erzählen wolltest, so groß ist, dass es alles verändern würde? Ich dich danach nicht mehr …« er zögerte einen kurzen Moment, als müsste er Mut schöpfen, »lieben würde?«, fuhr er fort und sprach damit das erste Mal dieses große Wort aus. Ich hatte jedoch keine Gelegenheit, mich daran zu erfreuen, denn er war noch nicht fertig. Und jetzt klang er wütend. »Hast du so wenig Vertrauen in uns beide? Aber vielleicht ist genau das ja das Problem. Vielleicht vertraust du mir einfach nicht. Hättest du mir sonst nicht von deinen Plänen mit Hamburg erzählt?« Ich starrte ihn fassungslos an, und in meinem Magen ballte sich eine kleine, eiskalte Kugel zusammen.

»Das hatte nichts mit Vertrauen zu tun«, sagte ich schließlich.

»Womit dann, Juli?« Quinns Blick war so stechend, dass ich mich irgendwo verstecken wollte. Ich öffnete den Mund, aber kein Wort kam heraus. Quinn fuhr sich mit beiden Händen durch die Haare. »Juli. Jetzt rede endlich mit mir!«

»Ich war feige«, brachte ich schließlich hervor. »Ich wusste einfach nicht, wie ich es dir sagen sollte. Du bist mir so wichtig. Ich kann mir gar nicht mehr vorstellen, ohne dich zu leben. Ich will nicht von dir weggehen. Aber diese Ausbildung ist mir auch wichtig. Dieses Mediatorentraining hört sich an, als hätte jemand es für mich persönlich erfunden! Aber das kann ich nun mal nur in Deutschland machen, und …«

Quinn unterbrach mich mit einer Handbewegung, aber statt etwas zu sagen, drehte er sich von mir weg und ging zur Schublade unter der Kaffeemaschine. Er öffnete sie, griff etwas heraus und reichte mir einen Prospekt. Er stammte von einem Hamburger Institut, das Mediation als Aus- und Weiterbildungen anbot.

»Was ist das?«, fragte ich verdutzt.

»Das habe ich mir für dich schicken lassen. Schon vor Wochen. Ich habe dann aber vergessen, dir die Unterlagen zu geben. War ja auch nicht nötig. Du hast das für dich alleine entschieden. Ein Freund von mir arbeitet für ein großes Wohnungsbauunternehmen, und die arbeiten dort schon sehr lange mit Mediationen, gerade bei Mieterkonflikten, und ich dachte, das könnte etwas für dich sein.«

Mein Herz machte einen wilden Doppelschlag.

Ich beugte mich vor, bis unsere Gesichter nur noch wenige Zentimeter voneinander entfernt waren. Er duftete nach Tomaten, dem Meer und seinem Duschgel. Verführerisch gut.

»Das ist genau dein Ding«, sagte Quinn und rückte jetzt seinerseits etwas näher. »Hast du geglaubt, dass ich das nicht verstehe? Du hast so viel Talent, du wirst nicht für immer Sandwiches verkaufen.« Er schwieg einen Moment. »Aber vielleicht kommst du danach zurück. Auf die Insel. Zu mir. Man kann damit sicherlich auch hier etwas anfangen.« Jetzt räusperte er sich. »Oder wir gehen irgendwann gemeinsam zurück nach Hamburg«, sagte er ganz leise.

Damit hatte ich nicht gerechnet. Ich begegnete seinem Blick. »Okay.« Meine Stimme klang rau.

Quinn griff nach meiner Hand. Seine warmen Finger umfassten mich, und ich wusste: Nun war der Zeitpunkt gekommen. Ich schluckte trocken.

»Es war der 25. August. Strahlender Sonnenschein, keine Wolke am Himmel. Ich wollte nur raus, an die Alster, in die Natur, in einen Park. Aber ich war in meinem Büro, wie jeden Tag. Jeder hat sich über die Klimaanlage gefreut, die uns ihre gefilterte Luft ins Office pustete, ich nicht.« Bei dem Wort *Office* malte ich Gänsefüßchen in die Luft. Es klang einfach so dämlich hochtrabend. Es war schließlich nur ein Büro – mit abgehängten Decken und diesen grauen, umlaufenden Steckdosenkanälen, den normierten Schreibtischen und Glastüren mit Nummern drauf. »Ich habe mir mein Büro mit Isabella geteilt. Sie war nicht nur meine Kollegin, sondern auch meine Freundin. Meine Seelenverwandte. Es war, als hätte nur sie ein kleines Guckloch in meine Seele und könnte deshalb einfach alles verstehen, was ich fühlte. Und meistens fühlte sie genauso. Sie war wohl die beste Freundin, die ich je hatte. Sie war Italienerin, in Rom geboren, und ihre Familie musste sehr arm gewesen sein. Ihre Familie war so stolz auf sie, weil sie es geschafft hatte, diesen Job zu ergattern. Aber wir waren beide irgendwie nicht für so einen Bürojob gemacht.«

Ich blickte auf den Horizont, bewusst nicht zu Quinn. Ich würde ihm das alles jetzt einmal erzählen und damit abschließen. In Hamburg würde ich Isa einen Strauß Rosen auf das Grab legen, wie ich es immer hatte tun wollen, wenn ich nur die Kraft dazu hätte aufbringen können. »Wir haben Fluchtpläne geschmiedet und uns überlegt, wie es wohl wäre, einfach morgens nicht zur Arbeit zu erscheinen, abzuhauen. Das waren süße Träume, denn ohne Arbeit hätten wir unsere Wohnungen verloren, die Autos, einfach alles.«

Ich hob eine Hand, obwohl ich gar nicht wusste, ob Quinn etwas sagen wollte. »Natürlich weiß ich, dass man auch anders leben kann. Aber das weiß ich erst jetzt. Ich war echt jung, als ich diese Sache mit der Versicherung angefangen habe. Und ich dachte, so sei eben das Leben. Man lebt eigentlich nur für den Feierabend. Wenn überhaupt. Mein Ex Matthias hatte zum Beispiel gar keinen Feierabend. Der hat seinen Job so sehr geliebt, dass er überhaupt nicht aufgehört hat zu arbeiten.« Himmel. Er hatte mich mal angeschnauzt, ich solle endlich den Arsch hochbekommen, bloß weil ich auf unserer Fensterbank im Wohnzimmer gesessen und in den Ästen des Baumes im Innenhof die Spatzen beobachtet hatte. Das erzählte ich Quinn nicht. Denn damals hatte ich tatsächlich gedacht, Matthias hätte recht und es würde reichen, den Hintern hochzubekommen. Mich noch mehr anzustrengen.

»Isabella war so voll Energie, sie wollte noch so viel machen und erleben«, sagte ich und warf Quinn jetzt doch einen Blick zu. Er beobachtete mich mit leicht nach hinten geneigtem Kopf.

»Und dann?«, fragte er leise.

»Dann ist sie gestorben«, antwortete ich ebenso leise und sah zu Boden. Tränen schossen mir in die Augen, aber ich blinzelte sie weg. Dann atmete ich tief durch, hob den Blick wieder und fuhr fort: »Isabella und ich sind oft zusammen in den Urlaub gefahren. Wenn eine von uns krank war, hat die andere sich gekümmert. Und irgendwann, das war ein paar Tage vor ihrem Tod, hat sie mir erzählt, dass sie darüber nachdenke, eine Auszeit zu nehmen. Als Aushilfe auf einer der Pfahlbauten in St. Peter-Ording anzuheuern. Nur für eine Saison. Einfach mal, um etwas Neues auszuprobieren, direkt am Meer zu sein für eine längere Zeit. Sie hat das Meer so geliebt. Und zwar nicht das Mittelmeer, sondern die Nordsee. Rau. Wild. Laut. Das war ihr Ding. Mich hat ihre Idee in Panik versetzt. Denn wenn sie so etwas machen konnte, musste ich es doch auch irgendwie schaffen. Und ich habe Isabella nach ihrem Tod versprochen, mich aufzumachen und mein Glück ebenfalls zu suchen. Malte war zu diesem Zeitpunkt schon eine ganze Weile hier. Ich habe ihn fürchterlich vermisst, und als Isabella dann plötzlich nicht mehr da war, gab mir das endlich einen Grund, meine Sachen in Hamburg zu packen und zu verschwinden.« Ich blickte auf unsere verschränkten Hände und dachte nach. »Darin bin ich nicht so gut, weißt du?« Fragend blickte ich auf. »Also neue Dinge anzufangen. Ich mag das Gewohnte. Zumindest war das mal so. Auf der Insel hat sich viel verändert für mich. Ich habe mich verändert.« Ich musste mich räuspern. Quinn hörte mir schweigend zu, er hatte sich einmal über das Gesicht gerieben, sah alles in allem ziemlich derangiert aus, und hörte zu.

»An dem Tag, als sie gestorben ist, war Isabella ein wenig schwindelig. Sie meinte, es sei der Kreislauf, und sie wollte sich einen Kaffee aus der Kaffeeküche holen. Ich hatte schon den ganzen Morgen eine unangenehme Mail vor mir hergeschoben und beschloss, dass ein Kaffeeküchenbesuch genau das Richtige wäre, um sie noch ein wenig länger vor mir herzuschieben.« Ich holte tief Luft. »Als ich dort ankam, lag Isabella auf dem Boden, und ich wusste sofort, dass sie tot war. Ich hatte vorher noch nie einen toten Menschen gesehen, aber ich war mir ganz sicher, keine Ahnung warum.«

»Was ist dann passiert?«, fragte Quinn mich mit belegter Stimme.

»Ich habe geschrien. Kollegen kamen. Der Notarzt wurde gerufen, und ich habe versucht, sie zusammen mit einem der Kollegen wiederzubeleben. Mein letzter Kurs war noch nicht lange her, und ich habe einfach alles abgespult, wie eine Maschine. Kopf überstrecken, Atmung kontrollieren, beatmen.« Ich biss kurz die Zähne zusammen, denn die Erinnerung spülte auch die alte Angst wieder hoch. Wie schnell ein Leben enden konnte. »Es war ein Aortenaneurysma. Wenn das platzt, stirbst du in kürzester Zeit. Bei Isabella ging es einfach so schnell, dass sie tatsächlich schon tot gewesen sein muss, während ich noch über meine lästige Mail nachgedacht habe. Das alles …« Meine Stimme brach weg, und ich hob den Kopf. Quinns Blick ruhte immer noch auf mir, doch er hatte plötzlich ganz glasige Augen. Aus irgendeinem Grund machte er es mir damit einfacher, weiterzusprechen. »Sie hatte so viele Pläne, so viele Wünsche. Und sie war, genau wie ich, gefangen gewesen in diesem Job, der uns zwar Geld und Sicherheit gebracht hat, aber uns unglücklich machte. Es war die quälende Erkenntnis, dass wir keine Zeit haben, etwas aufzuschieben, die mich hierhergebracht hat. Weil das Leben so kurz sein kann.«

Ich atmete tief durch. Jetzt war ich fertig.

Quinn hob eine Hand und streichelte mir sanft über die Wange.

»Und warum konntest du mir nicht von Isabella erzählen?«

Ich zuckte die Schultern. »Keine Ahnung. Es hat sich angefühlt, als müsste ich den Mount Everest besteigen. Unüberwindbar. Aber am Ende war es doch nur der Brocken. Nicht angenehm, aber machbar.« Ich sah ihn an. »Meine beste Freundin tot dort liegen zu sehen war so ein Schock, dass ich

Monate benötigt habe, es irgendwie zu verarbeiten. Ich vermisse Isa so sehr, und ich denke, die eigene Endlichkeit wirklich zu begreifen, ist für jeden ein Schock.«

Quinn nickte nachdenklich. Dann hob er mich vor sich auf die Arbeitsfläche und zog mich in seine Arme.

Lange saßen wir so. Zwischendurch piepste die Backofenuhr, doch Quinn stellte sie kurzerhand ab und öffnete nur die Klappe.

»Ich weiß jetzt zum ersten Mal in meinem Leben wirklich, was ich machen möchte«, murmelte ich an seiner Schulter. Ich fühlte mich sonderbar schläfrig. »Aber sonst weiß ich nichts. Außer, dass ich mit dir zusammen sein will.«

»Das reicht doch erstmal.« Quinn nahm mein Gesicht in seine großen Hände.

»Juli, ich liebe dich«, sagte er leise, als würde das alles erklären. Als wäre das die Lösung. Und vielleicht war es auch so.

Ende

»Ihr seid solche Luschen!«, rief Malte und turnte über unsere Köpfe hinweg durch die vielen Seile, die sich offenbar auf so einem Segelboot befinden mussten. Dieses ganze verwirrende Geflecht aus bunten Stricken machte auf mich keinen besonders vertrauenerweckenden Eindruck.

»Ja«, brummte Quinn und hielt meine Hand fest. »Dazu stehen wir auch.«

»Entspannt euch mal!«, rief Malte und grinste.

»Klappe halten!«, rief ich zurück und klammerte mich meinerseits an Quinn fest, während ich Calida mit ihrer Schwimmweste fest an mich drückte. Sie fand Bootfahren übrigens ganz chic und hielt schon seit einer Stunde lächelnd ihre Schnauze in den Wind.

Das Boot schaffte es, in alle Richtungen zu schaukeln. Also vorwärts, rückwärts und dann noch nach links und rechts. »Ist das normal?«, raunte ich, doch Quinn schüttelte nur ratlos den Kopf.

»Boote sind nicht meine Kernkompetenz. Frag mich nach Häusern. Nicht nach Booten.«

»Wir sind gleich wieder im Hafen«, ließ Patrick vom Steuerrad aus vernehmen. Er fand uns lustig in unserer einvernehmlichen Angst vor dem Segeln – also vor jeder Art von Booten, wenn ich ehrlich war.

»Es ist schön zu wissen, dass du niemals mit dem Segeln anfangen und mich zwingen wirst, ständig auf solchen Booten herumzusitzen«, bemerkte Quinn.

»Danke gleichfalls«, antwortete ich.

Das hier war mein Abschiedstörn. Malte und Patrick hatten darauf bestanden, dass wir die Insel vor meiner Abreise endlich einmal von der Seeseite aus bewunderten. Sie verstanden einfach nicht, dass wir die Schönheit der Insel aus dieser Perspektive nicht wirklich würdigen konnten, weil wir Luschen einfach zu viel Schiss hatten.

Morgen würde ich nach Hamburg fahren. Also *wir* würden fahren, tatsächlich mit dem Auto. Gemeinsam. Quinn brachte mich nach Hause. Waren nur schlappe 4500 Kilometer, aber wir hatten ja ein sehr schönes, komfortables Auto. Und Calida wog nun mal wesentlich mehr als die zulässigen acht Kilo inklusive Transportbox und hätte deswegen im Frachtraum des Fliegers mitreisen müssen. Im Frachtraum! Sie bekam ja schon nervöse Zuckungen, wenn Quinn und ich in entgegengesetzte Richtungen gingen, weil Quinn etwas aus dem Auto holen wollte und ich aufs Klo musste. Dann stand sie verwirrt und orientierungslos im Flur und wartete mit bangem Herzen, dass wir endlich zurückkamen. Aber ich fand, es war Zeit, dass sie Deutschland kennenlernte.

So würden wir also zuerst mit der Fähre unterwegs sein. Dort konnten wir Calida mitnehmen, ich hatte mich erkundigt. Danach würden wir einmal quer durch Spanien fahren, um uns dann langsam, aber sicher Hamburg zu nähern.

Erstaunlicherweise stammte die Idee, mit dem Auto zu fahren, nicht von mir. Ich hatte bloß vor vier Wochen neben Quinn auf dem Sofa gesessen und die Flugbedingungen mit Hund im Internet recherchiert, während er aus dem Fenster auf die Wolkenberge gestarrt hatte, die seit Tagen hartnäckig über der Insel hingen. Irgendwann, also direkt nach der Erkenntnis, dass die kleine Hündin zwischen Koffern und Kinderwagen reisen sollte, musste mir ein Schreckenslaut entfahren sein, zumindest fragte Quinn, ohne den Blick von den Wolken zu nehmen: »Was hast du Schreckliches entdeckt? Die Hamburger Mietpreise?«

»Calida kann nur im Frachtraum fliegen!« Schon sah ich all meine Träume platzen. Ich würde auf ewig auf der Insel Hunde spazieren führen und Sandwichsoßen kreieren.

Doch Quinn sagte nur: »Dann nehmen wir das Auto.«

Zügig googelte ich die Entfernung – sage und schreibe 4500 Kilometer, davon ein großer Teil mit der Fähre über den Atlantik. Aber als ich ihm das mitteilte, lachte er nur.

»Du bist doch hier die, die ständig Auto fahren will. Ich werde der perfekte Beifahrer sein und Häppchen reichen. Und Calida liebt Autofahren inzwischen.« Was stimmte. Quinns Training hatte Erfolg gehabt. So viel Erfolg, dass Calida jetzt schon ein Freudengeheul anstimmte, wenn er nur den Autoschlüssel in die Hand nahm. Also hatte Quinn ihr eine unfassbar teure und hochkomfortable Transportbox gekauft und sie über viele Tage nur noch darin gefüttert. Und es hatte funktioniert.

Patrick manövrierte das Segelschiff äußerst geschickt, und das auch noch rückwärts, in seine Parkbucht, und ich atmete auf, als Malte wie ein Affe herumturnte, um die Seile zu vertauen, oder wie auch immer man das nannte.

Eli, in ihrer äußerst kleidsamen roten Rettungsweste, sprang auf sein Handzeichen aus ihrer kleinen Koje direkt neben dem Steuerrad und eilte auf ihn zu, um dann zu warten, bis er den kleinen Steg vom Schiff zum Kai geschoben hatte. Eli war jetzt überwiegend wohlerzogen und hatte nicht mehr das Bedürfnis, Menschen und Hunde zu fressen. Dementsprechend lief sie die meiste Zeit ohne Leine.

Ich hievte mich in die Höhe und balancierte an Quinn geklammert über das schwankende Boot Richtung Reling. Calida folgte mir langsam. Vermutlich fragte sie sich, was ihre beiden Menschen eigentlich für ein Problem hatten, aber sie zeigte es zumindest nicht.

Kaum stand ich an Land und wurschtelte mich aus der Rettungsweste, kam ein fröhlich wedelnder blonder Hund auf mich zugelaufen. »Flipp!«, rief ich erstaunt. Zu Flipp gesellte sich noch Oskar, und zu guter Letzt tauchte auch Lord Byron auf der Bildfläche auf. Als ich endlich aufblickte, entdeckte ich ihn: Mareilles Foodtruck.

Er stand am Hafen, und auf der großen Tafel, dort, wo wir sonst immer unsere Spezialangebote präsentierten, las ich heute in kunstvollen Lettern:

Juli, wir werden dich vermissen!
Gute Reise! Komm bald wieder!
Deine Freunde!

Ich presste eine Hand vor den Mund. Quinn trat neben mich, um seinen Arm um mich zu legen. »Hast du das gewusst?«, fragte er. Ich schüttelte den Kopf.

Unsere Freunde hatten eine große Party für mich organisiert. Alle waren gekommen. Meine drei Marias, die mich bereits vermissten, seit ich mit meinen Tassen und Kannen zu Quinn gezogen war, waren da, und die Frauen aus dem Ort, alle meine Gassi-Hunde und ihre Besitzer, Mareille und meine liebe Kollegin Jana, und sogar ein paar fremde Gesichter. Alle standen sie da und jubelten und klatschten. Ich kannte tatsächlich nicht alle der Anwesenden, aber da auch die mir Unbekannten sich so sehr freuten, konnte es sich nur um glückliche Palmeros handeln, die gesehen hatten, dass hier eine Party stieg, um dann kurzerhand mitzumachen.

Ich ließ mich fallen, mitten hinein in die Freundschaft und Wärme. Wir aßen köstlichste Sandwiches, tranken Kaffee und Rotwein und genossen jede Sekunde. Quinn saß neben mir auf der Bierbank, die jemand aufgestellt hatte. Irgendwann, als die Sonne sich anschickte unterzugehen und Patrick Decken an uns verteilte, beugte er sich zu mir und flüsterte: »Weißt du, ich muss an das Goethe-Zitat denken, das über deiner Tür in Marias Keller hing.« Ich sah ihn an, und er erwiderte meinen Blick aus seinen wunderschönen blauen Augen, in denen der Schalk funkelte. Wie so oft in letzter Zeit. »Wer nicht mehr liebt und nicht mehr irrt, der lasse sich begraben.«

Wir liebten uns, wir irrten uns, die Zukunft blieb ungewiss, aber eins wusste ich genau: Ich würde nicht mehr alleine sein. Denn ich hatte jetzt Quinn und Calida.

Danksagung

Mein herzlicher Dank geht an Grit, die mich während des Schreibprozesses begleitet hat, immer ansprechbar war für Sorgen und Nöte einer Autorin, mit der ich gemeinsam schon neue Vogelarten erfunden habe und die wirklich alles unerschrocken liest, was ich ihr so reiche.

Danke an meine liebe Mira, die vor einigen Jahren durch Eli in mein Autorenleben getreten ist und seitdem gemeinsam mit mir plottet, herumhirnt (großartiges Wort, ist natürlich von Mira) und alle Texte auf Herz und Nieren prüft.

Mein besonderer Dank gilt Claudia Zierenberg, die mir nicht nur ihre ganz persönlichen Fotoalben von La Palma zur Verfügung gestellt, sondern sich in Gesprächen auch immer wieder als absolute Fachfrau für die Isla Bonita entpuppt hat. Abgesehen davon, führt sie in dem klitzekleinen Ort Abbenrode am Elm das Mühlencafé, und wer dort in der Gegend ist, sollte unbedingt einen Abstecher zu diesem traumhaften Café machen. Es gibt die beste heiße Schokolade der Welt! Und Kuchen! Und wir alle wissen, wo Kuchen ist, ist Hoffnung.

Vielen lieben Dank an meine wunderbare Kollegin Beate Rygiert, die mich mit einem tiefen Einblick in das Inselleben beglückt hat.

Danke an meine liebe Claudia, Mediatorin aus Leidenschaft und mit großem Herz, die wie immer alle meine Szenen, in denen es nicht nur um die Worte der Autorin, sondern ganz konkret um die Worte von Juli ging, gegengelesen hat.

Dann danke ich meiner wunderbaren Nachbarin Steffi und ihrer Familie für die musikalische Begleitung beim Schreiben. Alle in Steffis Familie spielen Klavier, und das virtuos, und wenn man sich ganz still an die Grundstückgrenze setzt, kann man ihnen lauschen. Das habe ich bei diesem Buch oft getan, mit dem Laptop auf dem Schoß.

Gracias an meine liebe Katha! Die sich mutig auf die spanische Sprache in diesem Buch gestürzt hat. Ich kann Spanisch nur sprechen, leider nicht schreiben. Danke, meine Liebe!

Danke, mein Mann. Es gilt wie immer: Hayatım sensın, Baby!

Und mein größter Dank gilt Herrn Hund. Meinem Begleiter seit fast sieben Jahren. Er sieht aus wie Calida, und auch er hatte ein ähnliches Schicksal wie die kleine Hündin in diesem Buch. Er brauchte dringend ein Zuhause und hat es bei uns gefunden. Als Ratonero Bodeguero Andaluz und somit waschechter spanischer Terrier hat er mir Vorlage gestanden für die kleine Calida.

Denn wie heißt es: Ein Tier aus dem Tierschutz aufzunehmen, verändert zwar nicht die Welt, aber die Welt verändert sich für dieses Tier.

Für ein gutes Leben gibt es ein simples Rezept: Man muss nur alles Schlechte vermeiden.

Charlotte Lucas
FÜNF STERNE FÜR DICH
Roman
ISBN 978-3-431-04114-9

Konrad ist Bewertungsprofi. Er schreibt Rezensionen fürs Internet. Auch privat versieht er alles mit Sternen: die flinke Kassiererin, den lauwarmen Kaffee …und Pia, die neue Lehrerin seiner Tochter Mathilda. Zu hübsch, zu unsicher, nicht geeignet für den Lehrberuf. Gerade mal zwei knappe Sterne von fünf Durch Zufall bekommt Pia Wind davon - und schwört Rache. Dass Konrad der neue Elternvertreter wird, passt ihr da bestens ins Konzept. Immer neue Aufgaben denkt sie sich aus, um ihn ins Schwitzen zu bringen. Doch als einer ihrer Schüler gemobbt wird, erweist sich ausgerechnet Konrad als unerwartete Hilfe …

Bastei Lübbe

„So'n Herz hält ganz schön viel aus. Das ist zäh." (Knut)

Petra Hülsmann
MEISTENS KOMMT ES ANDERS, WENN MAN DENKT
Roman
ISBN 978-3-404-17823-0

Pechvogel Nele hat von der Liebe die Nase gestrichen voll. Ihr neuer Job bei einer angesagten PR-Agentur soll ab jetzt an erster Stelle stehen. Inhaber Claas betraut sie mit der Imagekampagne für den Politiker Hofmann-Klasing, dessen Umfragewerte tief im Keller sind – aus gutem Grund, wie Nele bald herausfindet. Ausgerechnet jetzt beschließt ihr kleiner Bruder Lenny, der das Down-Syndrom hat, sich eine eigene Wohnung zu suchen. Um das Chaos perfekt zu machen, stellt Nele fest, dass Claas mehr als nur ein netter Chef für sie ist und dass er ihr Herz ganz schön zum Stolpern bringt. Aber soll Nele sich von der Liebe etwa schon wieder einen Strich durch die Rechnung machen lassen?

Bastei Lübbe